ELIN HILDERBRAND

Inselwinter

Elin Hilderbrand
Inselwinter

Roman

Übersetzt
von Almuth Carstens

GOLDMANN

Die Originalausgabe erschien 2015 unter dem Titel
»Winter Stroll« bei Reagan Arthur Books/Little, Brown
and Company in der Hachette Book Group, New York.

Der Verlag weist ausdrücklich darauf hin, dass im Text
enthaltene externe Links vom Verlag nur bis zum Zeitpunkt der
Buchveröffentlichung eingesehen werden konnten. Auf spätere
Veränderungen hat der Verlag keinerlei Einfluss. Eine Haftung des
Verlags ist daher ausgeschlossen.

Dieses Buch ist auch als E-Book erhältlich.

Verlagsgruppe Random House FSC® N001967

2. Auflage
Deutsche Erstveröffentlichung November 2016
Copyright © der Originalausgabe
2015 by Elin Hilderbrand
Copyright © der deutschsprachigen Ausgabe 2016
by Wilhelm Goldmann Verlag, München,
in der Verlagsgruppe Random House GmbH,
Neumarkter Str. 28, 81673 München
Umschlaggestaltung: UNO Werbeagentur, München
Umschlagmotiv: FinePic®, München
U2 / Schlitten: GettyImages / STOCK48
Redaktion: Dr. Ann-Catherine Geuder
LT · Herstellung: Str.
Satz: omnisatz GmbH, Berlin
Druck und Bindung: GGP Media GmbH, Pößneck
Printed in Germany
ISBN 978-3-442-48483-6
www.goldmann-verlag.de

Besuchen Sie den Goldmann Verlag im Netz

*Dieser Roman ist dem Andenken an
Grace Caroline Carballo MacEachern
(10. März 2006 – 5. Dezember 2014) gewidmet*

*sowie ihren Eltern, meinen allerliebsten Freunden
Matthew und Evelyn MacEachern.*

Die Liebe überwindet alles.

FREITAG, 4. DEZEMBER

MITZI

Sie verlässt das Hotel durch die Hintertür und zündet sich eine Zigarette an. George weiß, dass sie raucht, weigert sich jedoch, ihr dabei zuzusehen – also muss sie es schnell und heimlich tun. Wenn sie länger als zehn Minuten weg ist, schickt er einen Suchtrupp aus, der meistens aus ihm selbst und seinem Jack-Russell-Terrier Rudy besteht, manchmal aber auch aus einer oder mehreren der Frauen, die in der Hutmacherei arbeiten. George glaubt, Mitzi könnte sich etwas antun. Oder ihn womöglich mit jemandem betrügen, wie sie auch ihren Ehemann Kelley betrogen hat, und mit ihm durchbrennen.

Für Mitzi ist eine Affäre in ihrem Zustand undenkbar. Und sich etwas anzutun, käme ihr überflüssig vor; sie erleidet schon jetzt den schlimmsten Schmerz, den ein Mensch durchleben kann.

Bart Bart Bart Bart Bart.

George behauptet, sie zu verstehen, aber er hat nie ein Kind gehabt, wie also könnte er?

Nikotin ist Gift. Und doch gehören Zigaretten, seit Bart vermisst wird, zu den beiden Dingen, mit denen es Mitzi besser geht. Das zweite ist Alkohol. Sie hat eine Vorliebe für einen Tequila namens Casa Dragones entwickelt, der in einen eleganten, schmalen türkisgrünen Karton verpackt ist und in dem einzigen Geschäft mit Edelspirituosen, das es in Lenox gibt, fünfundachtzig Dollar kostet.

Mitzi fragt sich, ob eine der Spirituosenhandlungen auf Nantucket wohl Casa Dragones führt. Murray's vielleicht? Sie hätte jetzt gern ein paar Schlucke, um den Schmerz ein bisschen zu lindern.

Als Bart sich vor achtzehn Monaten bei den Marines verpflichtete, nahm Mitzi naiverweise an, der sogenannte Krieg gegen den Terror sei *vorbei*. Osama bin Laden war getötet und seine Leiche im Meer versenkt worden. Mitzi ging davon aus, dass Barts Einsatz in Afghanistan dazu dienen sollte, einem vom Krieg geschundenen Volk wieder auf die Beine zu helfen. Sie dachte, er würde Brunnen graben und Schulen neu aufbauen. Sie stellte sich vor, wie er mit Kindern arbeitete – ihnen Stifte und Kaugummi schenkte und anstößige Wendungen aus irgendwelchen Rap-Songs beibrachte. Aber Bart war noch keine vierundzwanzig Stunden im Land gewesen, als sein aus fünfundvierzig Soldaten bestehender Konvoi gefangen genommen wurde.

Inzwischen gilt er seit fast einem Jahr als vermisst.

Das Verteidigungsministerium glaubt, dass die für die Entführung verantwortliche extremistische Gruppe der *Beleh* ist, was auf Afghanisch »ja« bedeutet. Sie ist noch nie öffentlich in Erscheinung getreten; man weiß nur, dass ihre Mitglieder jung sind – die meisten erst Teenager – und sehr bösartig. Ein Beamter soll gesagt haben: »Gegen diese Jugendlichen sind ISIS und Taliban die reinsten Chorknaben.« Und anscheinend sind sie auch Zauberkünstler, denn obwohl das US-Militär in Sangin und der umliegenden Provinz drei Aufklärungsmissionen durchführte, weiß man immer noch nicht, wohin die Marines verschleppt wurden.

Mitzi kann nicht mehr fernsehen oder die Zeitung lesen; sie schafft es kaum, ihren Computer einzuschalten. Wenn es *entscheidende Neuigkeiten* über den Verbleib von Barts Konvoi gibt, wird das Verteidigungsministerium Kelley und Mitzi direkt kontaktieren.

Georges Ratschlag ist: *Versuch, nicht daran zu denken.* So geht man am Nordpol wohl mit Schicksalsschlägen um. Man ignoriert sie.

Mitzi hat aufgeraucht, drückt die Zigarette auf der Sohle ihres Clogs aus und wirft eine Pfefferminzpastille ein – warum, weiß sie selbst nicht recht. George küsst sie nicht mehr, und Sex haben sie selten. George ist schon älter und benötigt die Hilfe einer Pille beim Geschlechtsverkehr, und Mitzi gelingt es nicht, sich auch nur für eine halbe Stunde fallen zu lassen. Sie ist ebenfalls eine Gefangene – ihrer Sorge, ihrer Angst, ihrer Unruhe und ihrer schlechten Angewohnheiten.

Sie holt ihr Handy hervor und ruft Kelley an.

»Hallo?«, sagt er. Seine Stimme klingt kräftig, beinahe fröhlich; im Hintergrund hört Mitzi Weihnachtsmusik, »Carol of the Bells«. Mitzi hat einige Schwierigkeiten mit Kelley, aber die größte ist, dass er sich anscheinend manchmal gar nicht mehr daran erinnert, dass ihr Sohn vermisst wird. Er behandelt Barts Verschwinden mit einem Gleichmut, den Mitzi irritierend findet. Typisches Beispiel: Im

Moment scheint er Weihnachtslieder zu hören! Und vermutlich bereitet er sich darauf vor, Champagnercocktails für die Gäste zu mixen. Es ist das Wochenende des Adventsbummels – das auf Nantucket weihnachtlicher ist als Weihnachten selbst. Die Stadt durchzieht der berauschende Geruch von Fichtengrün, salziger Luft und Holzrauch. Als die Fähre am frühen Nachmittag Brant Point umrundete und Mitzi den riesigen Kranz mit seinen Lichtern am Leuchtturm hängen sah, fiel ihr für einen Augenblick wieder ein, wie sehr sie die Feiertage auf dieser Insel liebte.

Doch dann senkte sich die Realität wie eine dunkle Decke auf sie herab.

»Kelley«, sagt sie jetzt. »Ich bin hier.«

»Hier?«, fragt Kelley.

»Auf Nantucket«, sagt Mitzi. »Übers Wochenende. Wir wohnen im Schloss.«

»Um Himmels willen, Mitzi«, sagt Kelley. »Warum?«

Warum? Warum? Warum? Sie und Kelley haben sich darauf geeinigt, dass es für alle das Beste wäre, wenn Mitzi in der Weihnachtszeit bei George in Lenox bleiben würde.

»Du hast deine Entscheidung getroffen«, sagte Kelley, als Mitzi einmal erwähnte, besuchsweise nach Nantucket zurückkehren zu wollen. »Du hast dich für George entschieden.«

Ich habe mich für George entschieden, denkt Mitzi. Zwölf Jahre lang hatten sie und George über Weihnachten eine Liebesaffäre gehabt, wenn George mit seinem alten Feuerwehrauto auf die Insel gekommen war und sich für das Winter Street Inn als Santa Claus verkleidet hatte. Im letzten Jahr spitzte sich die Sache zu, und Mitzi beschloss, Kelley für George zu verlassen. Bart war *gerade* in seinen Einsatz entsandt worden und Mitzis Urteilsvermögen geschwächt. Mehr als alles andere wollte sie den Gegebenheiten entfliehen, sich in eine Fantasiewelt voller Schlittenglocken und Elfen zurückziehen.

Es war ein riesengroßer Fehler gewesen. Jetzt, da Mitzi tagein, tagaus mit George zusammen ist, hat sich der Zauber abgenutzt. Wer möchte schon am St. Patrick's Day oder am vierten Juli Santa Claus um sich haben? Niemand. Santas Sexappeal ist dem Monat Dezember vorbehalten. An guten Tagen verspürt Mitzi eine schwesterliche Zuneigung für George; an schlechten ist sie von bitterer Reue erfüllt.

»Ich musste einfach kommen«, sagt sie jetzt. »Ich habe die Insel so sehr vermisst, und ich weiß, dass Kevin und Isabelle am Sonntag das Baby taufen lassen.«

»Woher?«, fragt Kelley. »Von wem weißt du das?«

Mitzi zermalmt ihre Pfefferminzpastille. Sie will ihre Quelle nicht preisgeben.

»Ava hat es dir bestimmt nicht erzählt«, sagt Kelley. »Und Kevin oder Isabelle auch nicht. Und Patrick ist im Gefängnis.«

Gleich kommt er drauf, denkt Mitzi.

»Jennifer!«, sagt Kelley. »Du weißt es von Jennifer. Ich fasse es nicht, dass sie noch mit dir spricht. Sie ist wirklich der netteste Mensch auf der Welt, genau wie wir immer vermutet haben.«

»Jennifer und ich sitzen im selben Boot«, sagt Mitzi. »Sie hat ihren Ehemann verloren und ich meinen Sohn.«

»Sie hat ihren Mann nicht *verloren*«, sagt Kelley. »Patrick ist im Gefängnis, nicht *tot*. Und« – an dieser Stelle räuspert Kelley sich – »Bart auch nicht, Mitzi.«

Mitzi kneift die Augen zusammen. Sie kann nicht erklären, wie wichtig es ihr ist, das von Kelley zu hören. *Bart ist nicht tot.* Das heißt, dass Bart lebt. Er ist irgendwo. Die Beleh-Leute sind Feinde, über die man nichts weiß, abgesehen von ihrem zarten Alter. Manche Nächte übersteht Mitzi nur, wenn sie sich vorstellt, wie Bart und die anderen Marines mit ihren Pendants vom Beleh Fußball oder Karten spielen.

Als Mitzi George diese Vision mitteilte, gab er ihr einen aufmunternden Klaps und sagte: »So ist es richtig, Mrs Claus.«

Mitzi hat über einen vom Verteidigungsministerium angebotenen Service mit zweien der Mütter der anderen vermissten Soldaten Brieffreundschaft geschlossen, und obwohl die beiden in ganz anderen Milieus zu Hause sind als sie – die eine ist eine christliche Fundamentalistin aus Tallahassee, Florida, die zweite lebt in der Flatbush Avenue in Brooklyn, beide sind schwarz –, geben ihre E-Mails Mitzi Kraft und ein Gefühl der Gemeinschaft. Es existieren mindestens zwei andere Menschen auf der Welt, die genau wissen, was Mitzi empfindet.

»Kann ich zur Taufe kommen?«, fragt sie. »Bitte?«

Kelley schnauft laut. »Das möchte ich eigentlich nicht. Du hast *mich* verlassen, du hast *mich* betrogen, du hast *mich* hintergangen, du hast *mir* das Herz gebrochen, Mitzi.«

»Ich weiß«, sagt sie. »Es tut mir leid.«

»Wenn es eine einmalige Sache gewesen wäre, hätte ich es vielleicht verstanden. Aber zwölf Jahre? Das war vorsätzlicher, geplanter, langjähriger Betrug, Mitzi.«

»Ich weiß«, sagt Mitzi. Sie haben dieses Thema im letzten Jahr Dutzende Male durchgekaut, und Mitzi hat festgestellt, dass es am besten ist, Kelley einfach zuzustimmen, statt sich zu verteidigen.

»›Friede auf Erden und den Menschen ein Wohlgefallen‹, Lukas, Kapitel 2, die Verkündigung an die Hirten«, sagt Kelley. »Das ist in diesem Jahr mein Weihnachtsmotto, und deshalb erlaube ich dir, zur Taufe zu kommen. Sie findet am Sonntag um elf Uhr statt. Ich reserviere dir und George zwei Plätze in unserer Bank.«

»Danke«, sagt Mitzi. Sie wäre auch ohne Kelleys Einwilligung zu der Taufe gegangen, doch so fühlt es sich besser an. Und zwei Plätze in der Familienbank sind mehr, als sie sich erträumt hat.

»Gern geschehen«, sagt Kelley. »Vergiss, was ich über Jennifer gesagt habe. *Ich* bin der netteste Mensch auf der Welt.«

In dem Moment, als Mitzi auflegt, tritt George durch die Hintertür des Hotels.

»Ich hab schon überall nach dir gesucht«, sagt er und wedelt mit zwei Tickets. »Bist du bereit für die Adventsschmuck-Besichtigungstour?«

Bart Bart Bart Bart Bart. Mitzi sagt seinen Namen im Geiste immer fünfmal hintereinander auf wie ein Gebet.

Eine von Mitzis Brieffreundinnen, Gayle aus Tallahassee,

stützt sich auf ihren Glauben an Gott, um ihren Alltag zu bewältigen. Sie arbeitet in einer Kinderarztpraxis, und der Umgang mit kranken Kindern und deren Eltern hilft ihr, sich von ihrem Sohn KJ abzulenken. Mitzis andere Brieffreundin, Yasmin aus der Flatbush Avenue, bleibt meistens den ganzen Tag über im Bett. Sie räumt ein, dass sie es einfach nicht schafft, zur Normalität zurückzukehren. Ihren Job als Sicherheitsbedienstete im Barclays Center hat sie aufgegeben. Es fällt ihr schwer, etwas anderes zu tun, als sich im Fernsehen Realityshows anzuschauen.

Mitzi ordnet sich irgendwo zwischen diesen beiden Frauen ein. Als sie George *Adventsschmuck-Besichtigungstour* sagen hört, denkt ein Teil von ihr: *Oooooh, wie weihnachtlich!* Sie hat sich immer gewünscht, daran teilzunehmen, konnte sich am Freitag des Adventsbummel-Wochenendes aber nie freimachen. Jetzt, da sie keine Pension und keine Gäste mehr hat, ist es endlich möglich. Doch dann denkt der andere Teil von ihr: *Adventsschmuck-Besichtigungstour?* Wie kann sie die festlich dekorierten Häuser anderer Leute bewundern – die Fichtenzweige, die Kerzen, die kostbaren Familienerbstücke –, wenn Bart vermisst wird?

Friede auf Erden und den Menschen ein Wohlgefallen. Sie wird die Tour mitmachen. Aber zuvor wird sie George dazu bewegen, dass er diesen Tequila auftreibt.

AVA

Scott Skyler hat es geschafft! Er hat den hässlichsten Weihnachtspullover aller Zeiten gefunden.

Er zeigt ihn Ava in seinem Büro, nachdem alle Kinder und die meisten Mitarbeiter für den heutigen Tag die Schule verlassen haben. Er bittet sie, die Augen zu schließen, während er ihn anzieht. Und dann, das spürt sie, macht er das Licht aus. Scott und Ava sind seit einem Jahr wild aufeinander, haben sich jedoch nie getraut, in der Schule Sex zu haben. Im Frühling haben sie sich auf Avas Klavierbank ungestüm geküsst, was fast dazu führte, dass … Aber dann bremsten sie sich. Im Sommer sind sie zusammen aufs Schuldach gestiegen, um sich die Sterne anzusehen, und hätten beinahe … Aber dann bremsten sie sich.

»Okay«, sagt Scott. »Kannst sie wieder aufmachen.«

Ava schreit auf – halb vor Entsetzen, halb vor Begeisterung. Es ist ein roter Wollpullover, auf den vorn ein bauschiger weißer Weihnachtsbaum aus Tüll aufgenäht ist, an dem echte Lichter blinken und blitzen. Ava fängt an zu gackern. Die Wirkung des Pullovers wird noch gesteigert durch Scotts ausdruckslose Miene; jemand muss schon so stattlich sein und gebieterisch auftreten wie er, um ihn richtig in Szene zu setzen.

Nathaniel hätte in diesem Pullover lächerlich ausgesehen, glaubt Ava. Und außerdem besäße er nicht genug Selbstironie, um ihn zu tragen.

Ein Jahr später und sie denkt *immer noch* an Nathaniel. Er ist im Frühjahr nach Martha's Vineyard gezogen, um auf Chappaquiddick für irgendwelche wahnsinnig reichen Leute ein Haus zu bauen, und an klaren Tagen schaut Ava blinzelnd auf den Horizont und fragt sich, wie es ihm wohl geht – ob es ihm dort besser gefällt als auf Nantucket, ob er inzwischen das Martha's-Vineyard-Äquivalent von Ava Quinn kennen gelernt hat und ob er je zurückkommen wird.

Sie küsst Scott. Er ist einfach der Beste, Zuverlässigste, Tollste, weil er eingewilligt hat, ihr bei der Planung der Weihnachtssänger-im-hässlichen-Weihnachtspullover-Party am heutigen Abend zu helfen. Avas Pullover ist gelb mit einem vorn aufgestickten Bild von Jesus, auf dessen weißer Tunika GEBURTSTAGSKIND steht. Ava war stolz auf ihren Pullover – bis sie den von Scott gesehen hat.

Um sieben Uhr abends versammeln sich Ava und Scott und ihre Mitstreiter vor dem Our Island Home, Nantuckets Pflegeheim. Avas beste Freundin Shelby, die Schulbibliothekarin – eindeutig schwanger –, ist ebenso dabei wie Roxanne Oliveria, Englischlehrerin an der Highschool.

Roxanne hat die Tatsache, dass dies eine Weihnachtssänger-im-hässlichen-Weihnachtspullover-Party ist, entweder vergessen oder ignoriert, denn sie trägt einen verführerischen roten Wickelpullover aus Mohair, der ihre Silikonbrüste betont. *Hmmmm, Roxanne,* denkt Ava. Roxanne Oliveria, von ihren Schülern »Mz O« genannt – wobei sie das O genüsslich in die Länge ziehen, um einen Orgasmus anzudeuten –, ist italienischer Herkunft und hat herrlich dichte dunkle Haare, einen bräunlichen Teint und einen Schönheitsfleck à la Sophia Loren.

Obwohl Ava nicht in derselben Schule arbeitet, hat sie jede Menge Tratsch über Mz Ohhhhh gehört. Mz Ohhhhh hat zwei geplatzte Verlobungen hinter sich und ist mit vierzig Jahren immer noch unverheiratet. Bei den Teenagern ist sie als »Raubkatze« bekannt, da sie jüngere Männer vorzieht. Sie war mal mit dem damals erst siebenundzwanzigjährigen sportlichen Leiter des Nantucket Boys & Girls Club zusammen und verhält sich den Letztklässlern des Footballteams gegenüber ein wenig unpassend.

Ava zieht Scott beiseite. »Wieso ist Roxanne mit von der Partie?«

»Ich hab sie eingeladen«, sagt Scott. Dann bemerkt er Avas Gesichtsausdruck und setzt schnell zu einer Erklärung an. »Ich hab sie zufällig im Flur des Schwimmbads getroffen und bin einfach irgendwie damit rausgeplatzt, ohne nachzudenken.«

»Schwimmt sie auch?«, fragt Ava.

»Äh ... ja«, sagt Scott.

Schwimmen ist Scotts Lieblingsmethode, fit zu bleiben. Er war Rückenschwimmer in der Schwimmstaffel der University of Indiana, mit der er auch zwei Titel gewann, eine wenig bekannte Tatsache, die Ava sehr an ihm schätzt. Aber jetzt malt sie sich aus, wie er Seite an Seite mit Roxanne seine Bahnen schwimmt. Bewundert er ihre Züge, ihre Rollwenden, ihre künstlichen Brüste im Badeanzug?

Ava holt tief Luft und denkt: *Fa-la-la-la-la la-la-la*. Wie sie bereits in ihrer Beziehung mit Nathaniel feststellen musste, neigt sie zur Eifersucht. Doch sie wird diesem Gefühl jetzt nicht nachgeben und sich nicht den Spaß an der Party verderben lassen. Kommt nicht infrage.

Sie lächelt Roxanne strahlend an und reicht ihr ein Gesangsheft. »Hier, bitte!«

»Oh, das brauche ich nicht«, sagt Roxanne. »Ich singe nicht. Scott hat mich nur als Augenschmaus eingeladen.«

Als Augenschmaus?, denkt Ava und nimmt das Heft wieder an sich. Sie hat gewissenhaft achtzehn Exemplare davon auf dem Schulcomputer ausgedruckt, mit roter Bastelpappe gebunden und mit Buchstaben aus Goldflitter beschriftet.

Sie tritt wieder zu Scott und piekst ihn mitten in seinen Tüllweihnachtsbaum. Es sieht aus, als hätte er eine winzige Ballerina verschluckt. »Roxanne sagt, du hättest sie als *Augenschmaus* eingeladen!«

Scott lacht nervös. »Dein Bruder ist hier«, sagt er.

Noch mal Glück gehabt. Aber Ava wird Roxanne im Auge behalten.

»Hey, Schwesterherz«, sagt Kevin und umarmt Ava. »Von mir aus kann's mit dem Singen losgehen!« Herrlich, Kevin ist in einem von Mitzis alten Pullovern aufgetaucht, den er in einem Karton auf dem Dachboden entdeckt hat. Der Pullover ist so alt, dass Mitzi ihn nicht mitgenommen hat, als sie mit ihrem Santa-Claus George durchbrannte. Er ist vorn mit tanzenden Rentieren bestickt, die Zylinder mit Zuckerstangenstreifen tragen, und reicht Kevin knapp über die Brust bis zur Mitte seines Bauches und zu den Ellbogen.

Auf Kevin folgt ihre Schwägerin Jennifer in einem blauen Mohairpullover mit einem Wichtel vorne drauf, der *Lass mich heute Nacht dein Butzemann sein* sagt. Jennifer ist mit ihren und Patricks drei Söhnen, die momentan zu Hause sind und für ihr Alter unpassende Videospiele spielen, übers Wochenende auf Nantucket. Es war sehr nett von Jennifer zu kommen, wenn man bedenkt, dass Patrick zurzeit wegen Insiderhandels in einem Gefängnis in Shirley sitzt und erst im Juni entlassen wird. Aber Jennifer ist Familie äußerst wichtig, deshalb hätte sie die Taufe auf keinen Fall versäumt. Manche Frauen, das weiß Ava, wären vor lauter Selbstmitleid zusammengebrochen, doch zu denen gehört Jennifer nicht. Jennifer zieht ihren Butzemann-Pullover an.

Ava packt Jennifer am Arm. »Staatsfeind Nummer eins ist heute Abend Roxanne, die mit den Titten.«

»Alles klar«, sagt Jennifer.

Jennifer ist die beste Schwägerin der Welt. Sie ist eine Kämpferin, und wenn es um einen Krieg Frau gegen Frau geht, sitzt sie immer mit einer Handgranate neben Ava im Schützengraben, bereit, den Stift abzuziehen.

»Zeig sie mir«, sagt Jennifer. »Nein, musst du nicht. Ich hab sie schon erkannt.«

Weitere Lehrer und andere Mitarbeiter der Schule schließen sich ihnen an, bis sie insgesamt neunzehn Personen sind. Ava fehlt ein Weihnachtsliederheft, daher beschließt sie, sich ihres mit Scott zu teilen.

Als Musiklehrerin gibt sie mit einem Summen die Tonart jeden Liedes vor.

>God Rest Ye Merry, Gentlemen.
>The Holly and the Ivy.
>Chestnuts Roasting.

Die Weihnachtssänger in den hässlichen Pullovern wandern singend und lächelnd durch die Flure von Our Island Home und winken den Gebrechlichen und Bettlägerigen zu, bis sie den Gemeinschaftsraum erreichen, wo sich eine kleine Gruppe von Bewohnern versammelt hat. Einige dieser Senioren klatschen und singen mit, und ein besonders munteres Pärchen, Bessie und Phil Clay, steht auf, um zu tanzen. Und plötzlich tanzt Roxanne Oliveria *mit ihnen*, was Ava zunächst empört, doch dann merkt sie schnell, wie sehr Phil sich darüber freut und Bessie ebenfalls, die sich erschöpft in ihren Rollstuhl sinken lässt, während Phil ein paar Runden mit Roxanne dreht.

>Sleigh Ride.
>Herbei, o ihr Gläubigen

Und dann – seufz – »Jingle Bells«. Ava mag das Lied noch weniger als letztes Jahr, aber Weihnachten ohne »Jingle Bells« ist wie Halloween ohne Kürbislaternen oder der Valentinstag ohne Rosen und so weiter. Ava hat sogar alle Weihnachtssänger mit winzigen Glocken ausgestattet, die sie zum passenden Zeitpunkt schütteln sollen. »Jingle

Bells« ist das einzige Lied, das Roxanne mitschmettert, wenn auch falsch. Die Heimbewohner haben ihre helle Freude daran und singen selbst mit. Wie alt man auch wird, den Text von »Jingle Bells« vergisst man nie.

Die Bewohner des Our Island Home applaudieren den Weihnachtssängern stürmisch, und Ava und die anderen verbeugen sich. Scott schüttelt einigen ihrer Lieblingssenioren die Hand. Er verteilt im Our Island Home jeden Freitag ehrenamtlich das Abendessen, und mittlerweile spielt Ava dazu immer Klavier. Sie genießt diese Tätigkeit und hat sich inzwischen sogar ein Cole-Porter-Liederbuch gekauft. Viele der alten Leute hier sind traurig und einsam oder fühlen sich vernachlässigt – und Musik verleiht ihnen, fast mehr als alles andere, neuen Schwung.

Es war *nett* von Roxanne, mit Phil Clay zu tanzen, wird Ava klar. Roxanne hat christlich gehandelt.

Sie steigen ins Auto, um in die Stadt zu fahren. Ava hat bewusst dafür gesorgt, dass Roxanne nicht mit ihnen fährt, sondern mit Shelby und ihrem Mann Zack und Zacks Freund Elliott, der in einer Bruce-Springsteen-Coverband Saxofon spielt. Elliott und Roxanne würden ein gutes Paar abgeben – welche Frau hätte nicht gern eine Verkörperung von Clarence Clemons an ihrer Seite? –, aber er ist zu alt, nämlich fast fünfzig.

Ava und Scott fahren mit Kevin, der heute »nichts trinkt«, damit er sich ab Mitternacht um Baby Genevieve kümmern kann. Doch dann reicht er Ava einen Flachmann, und sie nimmt einen Schluck: Jameson. Natürlich.

Ihre Familie!

»Freust du dich auf die Taufe?«, fragt sie ihn.

»Na ja, ich wünschte, Patrick und Bart wären hier, klar. Es fühlt sich ein bisschen komisch an, als letzter Mann übrig zu sein.«

»Dad«, sagt Ava.

»Ja, aber Dad sieht nicht besonders gut aus. Ist dir das nicht aufgefallen?«

»Er hatte ein beschissenes Jahr«, sagt Ava. »Seine Frau hat ihn verlassen, und er hat beinahe die Pension verloren. Es war bestimmt schrecklich für ihn, dass Mom einspringen und sie retten musste.«

»Sie hat sie aber tatsächlich gerettet«, sagt Kevin. »Wir waren das ganze Jahr über ausgebucht. Und haben eine Warteliste!« Kevin hat das Tagesgeschäft der Pension übernommen und Isabelle das Housekeeping und das Kochen. Da sie beide unter einem Dach leben und arbeiten, können sie sich ihre Zeit mit Genevieve aufteilen. »Was nicht nur am Geld liegt.«

»Ich weiß«, sagt Ava. »Aber geholfen hat es schon.«

Margaret Quinn hat der Pension eine Finanzspritze von einer Million Dollar verpasst, die so wirksam war wie Adrenalin bei einem versagenden Herzen. Außerdem hat sie für das erste Wochenende jeden Monats ein Zimmer für sich selbst reserviert. An diesen Wochenenden steht sie den Gästen zur Verfügung. Sie hält sich in der Küche auf, hilft Isabelle bei der Zubereitung der pochierten Eier, schenkt Kaffee ein, zeichnet mit schwarzem Filzstift auf Landkarten Fahrradrouten ein. Und gelegentlich lässt sie sich über Kofi Annan, Papst Franziskus oder Raúl Castro aus. Die Hotelgäste wollen gar nicht mehr abreisen. Sie posten ihre Bilder bei Facebook und Instagram und twittern über das Winter Street Inn.

Margaret Quinn hat auf meine Karte gezeichnet! #familienerbstück #nantucket #winterstreetinn.

Kelley war Margaret dankbar für ihre Hilfe, das äußerte er sehr deutlich, aber weder Ava noch Kevin kamen dahinter, was genau sich zwischen ihren Eltern abgespielt hat. Margaret hatte ihr eigenes Zimmer – Zimmer zehn, früher Georges Zimmer –, doch Ava und Kevin *wussten*, dass im vergangenen Dezember zwischen Margaret und Kelley etwas gelaufen war. Und im letzten Jahr hat es immer wieder Situationen gegeben, in denen sie mehr zu sein schienen als einfach nur Freunde. Im Juli etwa unternahmen sie eine lange Radtour und kamen völlig durchnässt nach Hause, weil sie am Strand gelandet waren und beschlossen hatten, in voller Montur schwimmen zu gehen.

An manchen Wochenenden bekommt Margaret auch Besuch von Dr. Drake Carroll, Gehirnchirurg für Kinder. Dann übernachtet er bei ihr, und die beiden verhalten sich wie ein Liebespaar. An einem regnerischen Oktobertag sind sie nicht ein einziges Mal aus Zimmer zehn aufgetaucht. Und was empfindet Kelley dabei?

»Stört es dich, wenn Drake hier ist?«, hat Ava ihren Vater gefragt.

Kelley zuckte die Achseln. »Drake ist ein prima Typ. Und wir verdanken ihm jede Menge Gäste – die Eltern seiner Patienten, andere Ärzte. Ich kann mich über Drake nicht beklagen.«

Ava warf ihm einen skeptischen Blick zu, und Kelley

sagte: »Es ist eine Situation, die viel Reife erfordert. Gott sei Dank wissen deine Mutter und ich uns wie Erwachsene zu benehmen.«

Scott parkt auf der Main Street, und Shelbys Mann Zack hält hinter ihm. Nantucket hat sich weihnachtlich herausgeputzt. Auf beiden Seiten des Kopfsteinpflasters sind Bäume mit bunten Lichtern zu sehen, jeder von einer Klasse der Grundschule geschmückt. Und am oberen Ende der Main Street steht der große Baum, der mit fast zweitausend Lichtern besteckt ist. Das Anzünden der Kerzen findet am Freitag nach Thanksgiving statt; dann versammelt sich die ganze Insel, so scheint es, hier auf der Straße und wartet auf den Moment, in dem die Lichter alle auf einmal angehen, ein echter *Ahhhh*-Moment, der den Zauber der Adventszeit einfängt. In diesem Jahr haben Ava und Scott Genevieve zum Kerzenanzünden mitgenommen. Scott trug Genevieve in ihrer Trage und hielt Händchen mit Ava, und Leute, die sie nicht kannten, dachten, sie sei ihr Baby, was Ava überraschenderweise freute. Später, als sie Genevieve wieder bei ihren sehnsüchtigen Eltern abgeliefert hatten, fragte Ava Scott: »Kannst du dir uns als Familie vorstellen?«

Und Scott erwiderte: »Davon träume ich jeden Tag.«

Alle Schaufenster sind erleuchtet und mit Schneemännern und Zuckerstangen, antikem Spielzeug und Modelleisenbahnen dekoriert. Ava atmet tief die kühle Luft ein, die schwach nach Fichtengrün duftet. Sie liebt nichts mehr als Weihnachten auf Nantucket. Sie glaubt an seinen Zauber.

»Scott!«, schreit Roxanne, die in ihren hochhackigen weißen Lederstiefeln mit dem flauschigen Pelzbesatz über das Kopfsteinpflaster wackelt. »Ich kann in diesen Schuhen nicht laufen. Du musst mir helfen.«

Ava verdreht die Augen. Nicht zu fassen, dass Roxanne so offen nach Scotts Aufmerksamkeit verlangt, obwohl sie *weiß*, dass er und Ava ein Paar sind. Aber Scott, ganz Gentleman und von Natur aus unfähig, jemanden abzuweisen, der in einer Notlage ist, so grotesk diese Notlage auch sein mag, bietet Roxanne einen Arm und Ava den anderen, und zu dritt bahnen sie sich ihren Weg über die Pflastersteine bis zum Bürgersteig, der aus Ziegeln besteht.

Erleichtert betritt Ava die Bar des Boarding House, in der es warm und gemütlich ist und die Gäste munter miteinander plaudern. Ava würde am liebsten gleich etwas trinken, doch sie haben sich darauf geeinigt, zwei Lieder zu singen, bevor sie bestellen.

Ava durchforstet ihr Heft nach kurzen Weihnachtsliedern. Aber Barry, der Platzwart der Highschool, der einen imposanten Bariton hat, schlägt »Rudolph« vor.

Bäh!, denkt Ava. Sie findet »Rudolph« abscheulich. Allerdings kann sie nicht bestreiten, dass es die Leute mitreißt. Und obwohl Ava auch dieses Lied aufrichtig hasst, geht sie im Anschluss zu »Winter Wonderland« über.

Die versammelte Menge applaudiert, und aus der hinteren rechten Ecke ertönt ein bewundernder Pfiff. Avas Nackenhaare sträuben sich. Diesen Pfiff kennt sie.

Sie sieht hinüber. Nathaniel sitzt allein an der Theke, eine Flasche Whales Tale vor sich, und winkt.

KELLEY

Bei Kelley haben sich Tausende Menschen gemeldet, die ihm hinsichtlich Bart alles Gute und viel Kraft wünschen und für ihn beten. Er hat E-Mails von alten Freunden in Perrysburg, Ohio, erhalten, von Gästen des Winter Street Inn, die er seit über zehn Jahren nicht gesehen hat, und von ehemaligen Kollegen, mit denen er vor Ewigkeiten bei J. P. Morgan in New York gearbeitet hat.

Was können wir tun, um zu helfen?
Die Antwort: *Nichts.*
Beten.
Benutzt Barts Verschwinden nicht als Vorwand dafür, eure Meinung über Al-Qaida, die Taliban oder ISIS zu äußern oder die Bush-Regierung oder die Obama-Regierung zu verunglimpfen.
Macht keine pauschalen Aussagen über arabische Länder oder Muslime.
Betet.
Nichts.

In Margarets Fall ist *Nichts* nicht ganz zutreffend. Sie hat als Einzige von allen, die Kelley kennt, konkret gehandelt. Als Chefsprecherin der CBS *Evening News* zählt sie zu den einflussreichsten Personen Amerikas und hat einen direkten Draht zu jedermann – einschließlich des Präsidenten der USA. Das Oval Office hat Margaret versichert, dass »jeder mögliche Schritt« unternommen werde, um die vermissten Soldaten zu finden. Außerdem hat sie in Afghanistan einen Pressekontakt namens Neville Grey, der sie als Erster über den Beleh informierte, von dem in Amerika noch niemand gehört hatte.

Als Margaret Neville nach seinem Bauchgefühl bezüglich des vermissten Konvois fragte, antwortete er: *Höchstwahrscheinlich Leute vom Beleh. Die sind eine unbekannte Größe. Wir wissen nur, dass es sich um Jugendliche handelt, die aus ihren Familien gerissen und mit äußerster Brutalität trainiert wurden. Das Verteidigungsministerium hat drei Aufklärungsmissionen in die umliegende Region entsandt, die aber alle nichts ergeben haben. Es scheint, als hätten sich diese Teenager in Luft aufgelöst. Das Armeefahrzeug war unbeschädigt, das Benzin abgesaugt, Gepäck und Proviant ebenfalls verschwunden. Diese Art der Entführung ist höchst ungewöhnlich – warum die Soldaten nicht einfach mit einer Sprengfalle in die Luft jagen? Ich glaube, dass sie noch am Leben sind und irgendwo festgehalten werden, um später als Druckmittel eingesetzt zu werden. Das Pentagon wird der Sache auf den Grund gehen. Man* verliert *nicht einfach fünfundvierzig Marines.*

Margaret hat Kelley diese Überlegungen mitgeteilt. Aber keine Gewissheit zu haben ist, als würde man im Fegefeuer schmoren – es ist die Hölle oder fast, immerhin gibt es ja noch Hoffnung.

Hoffnung.

Kelley beschließt am Freitagnachmittag des Adventsbummel-Wochenendes, als Antwort auf die vielen Anfragen einen Brief zu verfassen, den er statt der üblichen Weihnachtskarte des Winter Street Inn verschicken will. So eine Karte – die stets eine Collage von fröhlichen Fotos aus der Pension war, aufgenommen im Laufe des letzten Jahres – wäre unangemessen. Besser ist ein Brief. Kelleys Mutter Frances Quinn pflegte zu Weihnachten immer einen Brief zu schreiben, den sie den Karten beifügte, die sie versandte – eine Gewohnheit, die Kelley, ehrlich gesagt, sehr demütigend fand. Nach heutigen Begriffen könnte man Frances Quinn als *distanzlos* bezeichnen. Ihrer eigenen Meinung nach war sie eine irisch-amerikanische Matriarchin, die »sagt, was Sache ist« und »aus ihrem Herzen keine Mördergrube macht«. Frances hatte ihre Vorlieben und Voreingenommenheiten, die sie in diesem Brief offen zeigte; die eklatanteste war ihre Bevorzugung von Kelleys Bruder Avery. Jedes Jahr war Avery der erste Abschnitt gewidmet (obwohl er anderthalb Jahre jünger war als Kelley), und ihm wurde ausführlicheres und überschwänglicheres Lob zuteil. *Avery hat in jedem Fach eine Eins. Avery ist Starting Guard des Basketballteams der ersten Highschoolklassen. Avery ist Präsident der National Honor Society, womit er dem Namen der Familie alle Ehre macht.*

Der Abschnitt über Kelley tendierte immer zum Negativen. In einem Jahr schrieb Frances zum Beispiel: *Kelley hatte im letzten Zeugnis eine Zwei minus in Biologie. Es ist schwer für Richard und mich mit anzusehen, dass jemand, der so talentiert ist, nicht sein volles Potenzial ausschöpft. Kelley ist oft schlecht gelaunt und Meister darin, die Treppe hochzupoltern und mit Türen zu knallen. Mindestens einmal wöchentlich erwägen Richard und ich, ihn zur Adoption freizugeben oder zu ermutigen, Austauschschüler in Timbuktu zu werden.*

Kelley erinnert sich, wie empört er darüber war. *Adoption? Timbuktu?*

Sei nicht so empfindlich, sagte Frances. *Das sollte doch nur ein Witz sein.*

Über Avery hätte Frances so einen Witz allerdings nie gemacht. Sie war *so stolz* auf ihn, als er in seinem letzten Jahr am Oberlin College verkündete, dass er schwul sei, und als er danach beschloss, mit seinem Freund Marcus zusammenzuziehen. *Avery und Marcus wohnen in einem fantastischen Brownstone in der West 4th Street in Greenwich Village, und am Wochenende gehen sie gern aus. Richard und ich urteilen nicht; wir möchten einfach, dass Avery glücklich ist – obwohl ich Angst habe, dass er nicht genug schläft!*

Kelley und Avery scherzten auch noch über Frances' alljährlichen Weihnachtsbrief, als Avery, an AIDS erkrankt, in seinem fantastischen Brownstone in der West 4th Street im Sterben lag. Es war das Letzte, über das sie miteinander lachten.

Mom hat mich mehr geliebt, sagte Avery.

Keine Frage, sagte Kelley.

Der Weihnachtsbrief, sagte Avery.

Der Weihnachtsbrief, stimmte Kelley zu. *Ich hab es nicht mal auf den Spitzenplatz geschafft, als ich an der Columbia Business School angenommen wurde, weil man dich im selben Jahr für einen Tony nominiert hat.*

Pech gehabt, sagte Avery.

Kelley schwört sich, allen seinen vier Kindern denselben Stellenwert einzuräumen, und er wird sie in der Reihenfolge ihres Alters präsentieren, Bart also als Letzten.

Liebe Familie, liebe Freunde,
Frohe Weihnachten 2015! [Kelley verbringt ein paar Minuten damit, über das Ausrufezeichen nachzusinnen. Es kommt ihm angesichts der Ereignisse in der Familie Quinn als zu optimistisch vor, doch die Verwendung eines Punktes ließe den Satz öde und ausdruckslos erscheinen. Frohe Weihnachten 2015. Er beschließt, es fürs Erste bei dem Ausrufezeichen zu belassen.]

Es war ein hartes Jahr für die Quinns, aber ich möchte euch allen gleich zu Beginn für die guten Wünsche und aufmunternden Zuschriften danken, die uns erreichten. Sie bedeuten uns in diesen schwierigen Zeiten mehr, als ihr euch vorstellen könnt.

Für diejenigen von euch, die es noch nicht wissen: Mitzi und ich haben uns nach einundzwanzig Ehejahren getrennt. [Kelley fragt sich, ob es wohl egozentrisch wirkt, wenn er mit Neuigkeiten über sich selbst anfängt. Doch dies ist eine wichtige Information, die »Familie und Freunde« erfahren müssen. Die meisten E-Mails und Facebook-Nachrichten, die er erhalten hat, wenden sich an Kelley und Mitzi als Paar, und er fühlt sich genötigt, diesem Missverständnis ein Ende zu bereiten. Sie sind seit fast einem Jahr getrennt!] Mitzi ist nach Lenox, Massachusetts, gezogen, mit einem Mann namens George Umbrau, an den sich manche von euch sicher als den Santa Claus des Winter Street Inn erinnern werden. [Kelley zögert und liest den Satz noch einmal. Er wird Freunde und Familie ihre eigenen Schlüsse ziehen lassen.] Das Positive an Mitzis Weggang ist die Rückkehr von Margaret Quinn in mein Leben (ja, *die* Margaret Quinn: Chefsprecherin der CBS *Evening News*, meine erste Ehefrau, Mutter meiner drei älteren Kinder). Margaret hat das Winter Street Inn im letzten Jahr oft besucht und dringend benötigte emotionale und finanzielle Unterstützung geleistet. [Er streicht »und finanzielle«, denn er spürt, wie sich der Schatten von Frances Quinn anschleicht; keiner muss von der Million Dollar wissen.] Margaret ist Gesicht und Stimme unserer Nation, aber auch eine liebende Mutter und meine geschätzte Freundin.

Patrick wurde im Januar dieses Jahres in seiner Eigenschaft als Leiter der Abteilung außerbörsliche Beteiligungen bei Everlast Investments wegen Insiderhandels verurteilt. Jetzt büßt er in einem Gefängnis in Shirley, Massachusetts, seine Haftstrafe von achtzehn Monaten ab und soll im Juni entlassen werden. Seine reizende Frau Jennifer, die in seiner Abwesenheit die Stellung hält, arbeitet erfolgreich als Innenausstatterin und zieht ihre drei Söhne groß, Barrett, Pierce und Jaime, elf, neun und sieben Jahre alt, die alle Lacrosse spielen. Zu ihren sonstigen Leidenschaften gehören ihre PlayStation 4 und Fantasy-Fußball, ein Phänomen, das ich immer noch nicht verstehe.

Kevin ist dieses Jahr Vater geworden! Er und seine Freundin Isabelle haben am 27. August eine Tochter bekommen, Genevieve Helene Quinn, was Margaret und mich sehr glücklich gemacht hat. Unsere erste Enkelin! [Kelley fragt sich, ob er diese letzte Bemerkung löschen soll. Es ist aufregend, nach drei Enkeln eine Enkelin zu haben, aber natürlich möchte er Jennifer nicht vor den Kopf stoßen. Schließlich vergöttert er die Jungen und ist begeistert über den Fortbestand des Namens Quinn. Ebenso wenig will er Kevin verletzen. Über einen vierten männlichen Nachkommen hätten Kelley und Margaret sich genauso sehr gefreut. Und doch, ein Mädchen ist spannend, besonders für Margaret, die schon davon spricht, dass sie sich mit Genevieve, wenn sie älter ist, den *Nussknacker* ansehen und sie im Café im sechsten Stock von Bergdorf Goodman zu einer heißen Schokolade einladen wird. Er beschließt, es erst einmal so zu belassen.] Kevin und Isabelle helfen mir tatkräftig dabei, die Pension zu führen, nachdem Mitzi ihr Glück woanders gesucht hat, mit George, unserem ehemaligen Santa Claus. [Oh, wie gern er diesen Satzteil beibehalten würde, aber dafür ist er zu nett. Er löscht ihn.] Genevieve Helene Quinn wird am Sonntag in der Kirche St. Mary getauft. Margaret und ich freuen uns auf dieses Ereignis.

[Kelley fragt sich, ob dies so klingt, als wären er und Margaret ein Paar. Er erwägt, für Familie und Freunde hinzuzufügen, dass auch Dr. Drake Carroll, Margarets Freund, an der Taufe teilnehmen wird. Doch diese Information erscheint ihm überflüssig, und außerdem soll Drakes Anwesenheit eine Weihnachtsüberraschung für Margaret sein, deshalb verkneift er sie sich. Sollen die Leute denken, was sie wollen.]

Ava unterrichtet weiterhin Musik an der Nantucket Elementary School. Sie hat einen neuen Verehrer, Scott Skyler, der an dieser Schule Konrektor ist. Sowohl Margaret als auch ich halten sehr viel von Scott und hoffen, dass er ein permanenter Teil der Familie wird. [Das löscht Kelley. Ava würde ihn umbringen.] Ava spielt seit einem Jahr für die Bewohner des Our Island Home ehrenamtlich Klavier. Scott ist dort ebenfalls als Freiwilliger tätig, indem er Essen an die Senioren austeilt – er übt also, wie ihr seht, einen guten Einfluss auf Ava aus! [Auch das löscht Kelley. Er wird den Abschnitt über Ava später überarbeiten.]

Private First Class Bartholomew James Quinn, erstes Bataillon, neunte Division, wurde am 19. Dezember 2014 in Sangin, Afghanistan, stationiert. Am 25. Dezember erklärte das Verteidigungsministerium seinen Konvoi – mit dem fünfundvierzig Soldaten zum Stützpunkt transportiert wurden – für vermisst. Trotz Nachhakens an höchsten Stellen, darunter auch beim Oberbefehlshaber der Nation, gibt es kaum weitere Informationen über den Vorfall. [Kelley löscht den Satz. Die Anfrage ans Oval Office geschah in aller Diskretion.] Bitte schließt unsere Familie und insbesondere Bart in eure Gebete ein.

Im Namen der Familie Quinn und des Winter Street Inn wünsche ich euch ungetrübte und fröhliche Weihnachtstage. Friede auf Erden und den Menschen ein Wohlgefallen.

Kelley Quinn

Kelley liest sich den Brief noch einmal durch und erwägt, ihn ganz zu löschen. Trennung, Gefängnis, vermisst/in Kriegsgefangenschaft; das hört sich an wie die Kurzfassung eines Dostojewski-Romans.

Sein Telefon klingelt.

Es ist Mitzi. Sie ist auf Nantucket und möchte zur Taufe des Babys kommen.

Ach ja?, denkt Kelley. Fast hätte er gesagt: *Du gehörst nicht mehr zur Familie, Mitzi. Verzieh dich.* Doch dann fällt sein Blick auf den letzten Satz seines Briefs. *Friede auf Erden und den Menschen ein Wohlgefallen.*

Er erklärt ihr, dass sie zur Taufe kommen dürfe. Sie klingt dankbar, obwohl Kelley weiß, dass sie auch ohne seine Erlaubnis aufgekreuzt wäre. Mitzi tut immer, was sie will.

Kelley legt auf, schaut auf seinen Computer und drückt auf Senden. Ohne Bedenken. Ganz im Geiste von Frances Quinn sagt dieser Brief, was Sache ist, ob gut oder schlecht oder unwichtig. Er hat aus seinem Herzen keine Mördergrube gemacht.

MITZI

Die Adventsschmuck-Besichtigungstour findet dieses Jahr in der Lily Street statt, Mitzis Lieblingsstraße auf ganz Nantucket. Fünf Häuser nehmen teil, jedes gekennzeichnet durch eine Leuchte. Dank der glitzernden Lichter und der altmodischen Holzschindelgebäude sieht die Straße aus wie aus einem Märchen.

Mitzi führt Georges mit seinem Monogramm versehenen Flachmann an die Lippen. Einen Casa Dragones konnte er nicht auftreiben – obwohl er tapfer alle fünf Spirituosenläden abtelefoniert hat –, und so trinkt sie jetzt Patron Añejo.

»Hier ist das erste Haus«, sagt George. »Nummer fünf.«

Sie stehen fast eine Viertelstunde lang Schlange. Woher kommen all die Leute? Wo übernachten sie? Insulaner sind sie nicht; Mitzi kennt keine Menschenseele, was sie erleichtert. Sie will nicht, dass ihre Anwesenheit sich herumspricht, deshalb hat sie nicht einmal ihre beste Freundin Kai draußen in Wauwinet angerufen. Es ist ein bizarres Gefühl, an einen Ort zurückzukehren, wo sie so viele Jahre lang gelebt hat, nun aber nicht mehr lebt und auch nicht mehr hingehört. Und doch, wie oft hat sie Bart in seinem Kinderwagen genau diese Straße entlanggeschoben? Zweihundertmal? Fünfhundertmal? Es war der von ihr bevorzugte Weg in die Stadt – bis zur Nummer 11 und dann in die Snake Alley, die sie auf den Academy Hill führte. Von dort war es nur noch eine kurze, gerade Strecke auf der Quince bis zur Centre Street.

Eine weitere Erinnerung drängt sich auf ... Bart und sein Freund Michael Bello wurden als Fünfzehnjährige in der Snake Alley beim Grasrauchen erwischt. Kelley wollte Bart daraufhin im Sommer zu Outward Bound schicken, um ihn »zurechtzustutzen«, aber Mitzi war dagegen. Sie würde keinen ganzen Sommer überleben, den Bart in Wyoming oder Colorado verbrachte.

Was machst du denn, wenn er aufs College geht?, fragte Kelley. Er selbst hatte bis dahin schon relativ erfolgreich drei Kinder großgezogen, doch Mitzi fand, deren Erziehung sei zu traditionell gewesen – Patrick war ein Ehrgeizling geworden, Kevin ein Bummelant und Ava, die Jüngste und das einzige Mädchen, ein Hausmütterchen. Mit Bart wollte Mitzi auf *ihre Weise* verfahren. Es gab viele, viele hitzige Diskussionen mit Kelley darüber, die meistens darauf hinausliefen, dass Mitzi sich durchsetzte.

Bis es damit dann zu Ende war. Bart schaffte, obwohl unglaublich begabt, nur knapp seinen Highschoolabschluss und hatte kein Interesse an einer weiteren akademischen Ausbildung. Er lehnte es ab, sich auch nur bei einem College zu *bewerben*. Das nächste Jahr verbrachte er zu Hause bei Mitzi, Kelley, Kevin und Ava. Er kiffte reichlich, fuhr drei Autos zu Schrott und gelangte laut Kevin zu Geld, indem er es stahl.

An diesem Punkt schritt Kelley ein. Trotz Mitzis lautstarker Proteste verpflichtete sich Bart bei den Marines.

Mitzi trinkt aus dem Flachmann.

In der Lily Street Nummer fünf steht ein Weihnachtsbaum, der vollständig mit Teddybären behängt ist und dessen Kerzen nach Lebkuchen duften. Normalerweise würde beides bei Mitzi großes Entzücken auslösen, aber in diesem Jahr kommt es ihr nur *unsinnig* vor. George scheint sich jedoch gut zu amüsieren, deshalb versucht auch Mitzi, sich in Adventsstimmung zu bringen.

George zeigt auf den Kaminsims. »Sieh mal, Schatz, Weihnachtssängerfiguren von Byers' Choice, genau wie deine!«

Mitzi blinzelt. Sie hatte tatsächlich eine imposante Sammlung von Byers'-Choice-Weihnachtssängern, aber die Mitzi, die sich früher einen halben Tag Zeit dafür nahm, die Figuren auszupacken und in der Pension auf der Anrichte zu arrangieren, existiert nicht mehr. Mitzi hat die Weihnachtssänger im Winter Street Inn gelassen. Vielleicht hat Kelley sie aufgestellt, vielleicht auch nicht. Ihr ist es egal.

Die Frau vor George dreht sich um. Sie ist ein hübscher, sommersprossiger Rotschopf und ähnelt Georges Exfrau Patti ein bisschen. »Ich liebe die Weihnachtssänger von Byers' Choice!«, sagt sie. »Zu Hause habe ich vier von ihren Santas: den traditionellen Santa, den Winter Wonderland Santa, den Deck the Halls Santa und den Jingle Bells Santa.«

»Na ja«, sagt George, und Mitzi weiß, was jetzt kommt. »Ich selbst gebe auch einen recht überzeugenden Santa ab.«

Die Rothaarige quietscht vor Entzücken. Sie klingt wie eine Dreizehnjährige auf einem One-Direction-Konzert. »Wirklich?«

»Ich war hier auf der Insel im Winter Street Inn zwölf Jahre lang Santa«, sagt George. »Und zu Hause in Lenox trete ich bei mehreren Weihnachsevents des Lions Club auf, Distrikt 33Y. Vielleicht haben Sie von den Lions gehört? Wir veranstalten einen alljährlichen Adventskranz- und Christbaumverkauf und drei Pancake-Frühstücke, und sämtliche Erlöse gehen an die Blindenhilfe.«

»Wie schön für Sie!«, sagt der Rotschopf. »Klingt, als hätten Sie Ihre Berufung gefunden.«

George tätschelt seinen beachtlichen Bauch. »Man kann wohl behaupten, dass ich dafür gebaut bin. Aber Santa zu spielen ist nur ein Zeitvertreib. Im wahren Leben bin ich Modist. Ich stelle Damenhüte her.«

»Was Sie nicht *sagen*!«, entgegnet die Rothaarige. »Erst heute Nachmittag habe ich daran gedacht, wie gern ich einen neuen Hut hätte! Ich träume von einem Modell aus Pelz. Sehr viele Frauen, die ich in der Stadt gesehen habe, tragen Pelzmäntel.«

»Ich mache genau den Hut, den Sie sich vorstellen«, sagt George. »Er ist aus hochwertigem Kaninchenfell und Chinchilla und sieht aus wie etwas, das Lara in *Doktor Schiwago* hätte tragen können.«

»Ja!«, ruft der Rotschopf. Mitzi schaut auf die kunstvoll im Kamin gestapelten Birkenscheite und verdreht die Augen. »Genau so einen wünsche ich mir.«

»Hier, nehmen Sie meine Karte«, sagt George. »Meine

Hüte sind alle auch online erhältlich. Ich muss Sie allerdings warnen – billig sind sie nicht, aber jeder einzelne ist handgefertigt. Sie werden für den Rest Ihres Lebens Freude daran haben.«

Die Rothaarige strahlt, als hätte George ihr ein Gewinnticket überreicht. Er fragt sie, woher sie komme, und an diesem Punkt schaltet Mitzi ab. George tut nichts lieber, als mit völlig Fremden zu plaudern, und als Pensionswirtin war auch Mitzi bewandert in der Kunst des Smalltalks, den sie inzwischen jedoch sinnlos findet. Wie kann sie sich mit jemandem unterhalten, ohne ihm zu erzählen, dass ihr einziges Kind irgendwo in der afghanischen Provinz Helmand verschollen ist? Und das ist ein Gesprächskiller, wie Mitzi gelernt hat; wenn sie *Helmand* sagt, verstehen die Leute meistens *Hellmann's* und denken an Mayonnaise. Die nette Kassiererin im Supermarkt von Lenox erkundigt sich immer nach Bart (»Was von Ihrem Jungen gehört?«), der fiese Kassierer dagegen hat mal zu ihr gesagt, er habe gedacht, der Krieg in Afghanistan sei längst vorbei. Als Mitzi nach Hause kam und sich bei George über den fiesen Kassierer beschwerte, schlug er vor, sie solle sich »Freunde suchen«. Er schlug ihr vor, ehrenamtlich im Frauenhaus zu arbeiten oder sich in einem Fitnessstudio anzumelden.

»Was ist mit Yoga?«, fragte er. »Du hast Yoga doch immer *geliebt*.«

Ja, früher liebte Mitzi vieles – Yoga, gärtnern, in der Badewanne Gedichte lesen, Scrapbooking, am Strand Muscheln und Treibholz sammeln – und alles, was mit Weihnachten zu tun hat. Sie verbrachte Stunden damit, ihr eigenes Geschenkpapier herzustellen, ihr Glühapfelweinrezept zu vervollkommnen und durch den Wald zu wandern, um Fichten-, Stechpalmen- und Bittersüßzweige zu schneiden.

Jetzt aber nicht mehr.

Mitzi drückt sich an George und dem Rotschopf vorbei und schlüpft in den Nebenraum, wo eine kunstvoll gestaltete Weihnachtskrippe aus einem gelben wachsartigen Material aufgebaut ist.

Sie bleibt einen Moment lang ehrfurchtsvoll davor stehen.

»Seife«, sagt die Führerin zu ihr. »Das ist alles aus Seife geschnitzt.«

Mitzi sieht auf die knienden Kamele und Hirten und Weisen und denkt: *Wüste, Afghanistan.*

Bart Bart Bart Bart Bart.

Sie geht zur Hintertür hinaus und durch den Garten seitlich ums Haus herum und wartet dort auf George. Von irgendwoher ertönt »Der kleine Trommler«. Sie schließt die Augen, singt leise mit und stellt sich dabei vor, dass Bart – wo auch immer er sein mag – sie hören kann. *In dem kleinen Stall, ba rampa bam-bam.*

Einige Momente später taucht George mit der Rothaarigen aus dem Haus auf, lachend wie Santa: *HO-HO-HO!* Als er Mitzi erblickt, wird er ernst.

»Hallo, Mrs Claus«, sagt er. »Ich hab mich schon gefragt, wo du steckst.«

Die Rothaarige schert aus zum nächsten Haus. »War nett, mit Ihnen zu plaudern, George«, sagt sie. »Ich rufe Sie an wegen des Hutes.«

»Tun Sie das, Mary Rose«, sagt George. »Fröhliche Weihnachten.«

Mitzi nimmt einen Schluck aus dem Flachmann. Normalerweise lindert das Trinken ihre Angst und ihren Kummer ein wenig. Sie fühlt sich dann, als schwebe sie und nichts sei ganz real. Heute Abend jedoch, auf Nantucket, in ihrer alten fremden Heimat, sind all ihre Empfindungen messerscharf schmerzlich.

»Warum will sie dich wegen des Hutes anrufen?«, fragt Mitzi. »Sie kann ihn doch einfach online bestellen.«

»Sie war nett«, sagt George.

Mitzi zuckt die Achseln. Fast hätte sie die Ähnlichkeit zwischen Georges neuer Freundin Mary Rose und seiner Exfrau Patti erwähnt, doch sie möchte keinen Streit. Sie atmet die kalte Abendluft tief ein. »Ich weiß, es wird dir nicht gefallen«, sagt sie, »aber ich gehe jetzt rüber in die Pension.«

»Mitzi«, sagt George. Er hat eingewilligt, mit nach Nantucket zu kommen, solange Mitzi sich benimmt, sprich: Kelley und die Kinder nicht belästigt.

»Ich muss«, sagt sie.

George ist bisher fast übertrieben nachsichtig mit ihr umgegangen, das weiß Mitzi. Jetzt allerdings schüttelt er angewidert den Kopf. »Wenn du gehst, gehst du allein«, sagt er.

Sie nickt.

»Schön«, sagt er. »Ich nehme weiter an der Besichtigungstour teil. Mal sehen, ob ich Mary Rose einhole.« Womöglich will er damit Mitzis Eifersucht wecken, doch Eifersucht ist eine von tausend Emotionen, die sie nicht mehr kennt.

»Okay«, sagt sie. »Viel Spaß.«

AVA

Die Situation auf der Party der Weihnachtssänger-im-hässlichen-Weihnachtspullover wird rasch peinlich.

Nathaniel Oscar ist *hier*, im Boarding House, und Ava hat ihn als Einzige gesehen – bisher. Sie ist so verblüfft, dass sie sich nicht einmal dazu überwinden kann, sein Winken zu erwidern.

Sie tippt Scott auf die Schulter. »Wir müssen gehen«, sagt sie.

»Gehen? Wir sind doch gerade erst gekommen.« Scott nimmt von Jason, dem Barkeeper, ein Glas Rotwein entgegen. Ava vermutet, dass es für sie ist – sie braucht was zu trinken, sofort –, aber dann reicht Scott das Glas an Roxanne weiter, die an seiner anderen Seite sitzt.

»Du hast Roxanne einen Drink bestellt?«, fragt Ava.

»Deiner kommt auch gleich«, sagt Scott. »Beruhige dich.«

Sie wird nicht kleinlich sein. Es spielt keine Rolle, wer als Erste einen Wein bekommt. Sie würde zu gern mit Jennifer reden, doch die ist ein Stück entfernt mit Shelby und Zack in ein Gespräch vertieft.

Ava spürt eine Hand auf ihrer Schulter. *Nathaniel.* Aber als sie sich umdreht, sieht sie, dass es Kevin ist.

»Ich mach mich auf den Weg, Schwesterchen. Die Pension ist voll, und Isabelle hat das Baby. Außerdem kommt Mom heute noch.«

Ava nickt. Margaret hat die Weihnachtssängerparty nur ungern verpasst, doch sie ist freitags auf Sendung und schafft es daher meistens erst am späten Freitagabend oder am frühen Samstagmorgen, die Insel zu erreichen, je nachdem, ob sie Linie oder privat fliegt. Heute fliegt sie privat mit ihren Freunden Alison und Zimm, Kürschner der Stars, die die morgige elegante Abendveranstaltung im Walfangmuseum finanziell unterstützen.

»Danke, dass du mitgesungen hast«, sagt Ava. »Das war nett von dir.«

Er umarmt sie. »Kein Problem. Ich kann es gar nicht abwarten, den Pullover auszuziehen.«

»Ja«, sagt Ava. »Ich auch nicht.« Wenn sie strategisch gedacht hätte, hätte sie darunter ein niedliches Glitzertop angezogen.

Kevins Blick schweift über Avas Kopf hinweg. »Äh … Ava? Ich bin ja nicht gern der Überbringer schlechter Nachrichten, aber da drüben in der Ecke sitzt Nathaniel.«

»Ja«, erwidert sie. »Ich weiß.«

Kevin grinst und klopft ihr auf die Schulter. »Viel Glück damit.«

Ava hat immer noch nichts zu trinken. Scott ist am Tresen, lauscht jedoch mit gespannter Aufmerksamkeit Roxanne. Sein Fuß ruht auf der untersten Sprosse ihres Barhockers.

Na schön, denkt Ava.

Sie steuert die andere Seite des Raums an. Wenn Scott

bemerkt, dass sie aufgestanden ist, wird er glauben, dass sie zur Toilette will. Als sie aufschaut, sieht sie direkt in Nathaniels Augen. Ihr Pullover fängt an zu kratzen. Sie sollte sich umdrehen, Scotts Hand ergreifen, ihm einen herzhaften Schmatzer auf den Mund verpassen, alles dafür tun, dass Roxanne verduftet und auch Nathaniel aufsteht und geht.

Doch stattdessen tritt sie auf Nathaniel zu. Dabei kann nichts Gutes rauskommen.

Er strahlt sie an. »Sieht gut aus, Billy Ray«, sagt er.

Das ist der alte Scherz zwischen ihnen, und gegen ihren Willen lächelt sie ebenfalls. »Fühlt sich gut *an*, Louis.« Dann fügt sie hinzu: »Du bist zurück.«

»Bin ich«, sagt er und erhebt sich, um sie freundschaftlich zu umfassen, doch es wird eine richtig feste Umarmung daraus. Ava hat Nathaniels Geruch nach Holzspänen und Äpfeln immer geliebt.

Sie löst sich von ihm. Nathaniel setzt sich wieder hin und bietet ihr den Hocker neben seinem an, der praktischerweise frei ist.

»Ich kann nicht bleiben«, sagt sie. »Ich bin mit … Bekannten hier.« Sie dreht sich zu Scott um – er redet *immer noch* mit Roxanne und hat gar nicht gesehen, dass Ava fehlt.

»Du bist mit Scott da«, sagt Nathaniel. »Ihr seid noch zusammen.«

»Ja«, bestätigt sie.

»Aber verlobt seid ihr nicht?« Nathaniel ergreift Avas unberingte linke Hand. »Ich dachte, du wärst so wild darauf, dich zu verloben.«

»Wild darauf nun gerade nicht«, sagt Ava.

»Wie ich sehe, ist Shelby wieder schwanger«, sagt Nathaniel.

»Ja.«

»Bist du neidisch?«, fragt Nathaniel.

»Neidisch? Shelby ist meine beste Freundin. Ich freue mich für sie.« Ava hat *tatsächlich* einen winzigen Stich verspürt, als Shelby ihr von ihrer Schwangerschaft erzählte. Es war nicht so sehr Neid wie die Angst, dass sie, Ava, abgehängt werden würde. Sie wünscht sich verzweifelt einen Ehemann und Kinder.

»Aber du bist glücklich mit Scott, oder?«, hakt Nathaniel nach. »Glücklicher als mit mir?«

»Das war doch kein Wettkampf«, sagt Ava.

»Es hat sich so angefühlt«, sagt Nathaniel. »Er hat gewonnen, ich habe verloren.«

Du hast mir zu Weihnachten Gummistiefel geschenkt, denkt Ava. Obwohl die Stiefel nicht das Problem waren. Das Problem war, dass Nathaniel Ava als selbstverständlich hinnahm. Er hat sie nie wie etwas Besonderes behandelt, sie nie so wertgeschätzt, wie Scott es tut.

Ava wirft einen weiteren Blick auf Scott. Immer noch gefesselt von Roxanne. Was hat Mz Ohhhhh bloß zu berichten, das so interessant sein kann? Im Moment fühlt Ava sich gar nicht wie Scotts Schatz.

»Und, wie war's auf dem Vineyard?«, fragt sie.

»Einsam«, sagt Nathaniel. »Das Haus, an dem ich baue, liegt weit draußen am Strand von Chappy. Wunderschöne Gegend, aber kaum Menschen. Mein Apartment war in Edgartown. Die meisten Abende hab ich in dem Lokal darunter verbracht, dem Atria. Die Barkeeper haben mich geduldet. Ich wurde oft in hitzige Diskussionen darüber verwickelt, welche Insel die bessere ist.«

»Welche ist denn besser?«, fragt Ava.

»Nantucket«, sagt Nathaniel. »Weil du hier bist.«

Ava will darauf gar nicht reagieren, doch sie ist sicher, dass ihr Herz gerade einen Salto gemacht hat. Aber nein – ihr Herz ist nicht im Spiel. Sie ist in Scott verliebt ... Oder?

»Kann ich dir einen Drink spendieren?«, fragt Nathaniel.

»Gott, nein«, sagt Ava. »Ich muss zurück.«

»Du hast fantastisch gesungen«, sagt Nathaniel. »Ich hab deine Stimme aus allen anderen rausgehört. Weißt du, was ich wirklich vermisse? Ich vermisse es, wie du im Wagen immer mitgeträllert hast.«

»Nathaniel«, sagt Ava. »Hör auf.«

»Kannst du heute Abend vorbeikommen?«, fragt er.

»Nein!«, sagt Ava.

»Bitte!«

»Nein. Ich bin mit Scott zusammen. Das weißt du.«

»Aber du bist nicht verlobt?«

»Nein«, sagt Ava.

»Warum kommst du dann nicht vorbei, wenn ihr fertig seid? Wir könnten ein Glas Wein trinken, ich zünde den Ofen an, und wir bringen uns auf den neuesten Stand. Alles ganz harmlos.« Nathaniel senkt die Stimme. »Hast du was von Bart gehört?«

Er weiß genau, wo sie verletzlich ist. Bart. Ihr kleiner Bruder, verschollen. Nathaniel und Bart waren dicke Freunde, während Scott Bart kaum kennt.

Für den Bruchteil einer Sekunde ist Ava in Versuchung. Nathaniels entzückendes Cottage ist sehr gemütlich. Er hat eine dicke, flauschige Decke auf seinem Ledersofa, die sie früher immer »Avas Decke« genannt haben. Nathaniel bestückt seinen Holzofen mit speziell behandelten Kienspänen, die blau und lila glühen. Er besitzt eine großartige Auswahl an Weinen und noch bessere Jazzplatten. Ava könnte all ihren aufgestauten Ängsten und Sorgen bezüglich Bart Luft machen – wohingegen Scott es sicherlich satthat, davon zu hören.

Aber sie bleibt vernünftig. »Danke, dass du fragst«, sagt sie. »Trotzdem, nein.«

»Was ist mit morgen?«

Ava denkt an die nächsten Tage. Es ist das Adventsbummel-Wochenende, die Pension ist voll, und morgen Abend geht die ganze Familie zu der Party im Walfangmuseum, um das Baumfest zu feiern. Am Sonntag ist Genevieves Taufe, gefolgt von einem Lunch.

»Ich hab keine Zeit«, sagt Ava.

Nathaniel wirft ihr einen skeptischen Blick zu.

»Tut mir leid«, fügt Ava hinzu und versucht zu ignorieren, wie gut es sich anfühlt, ihn abzuweisen. »Aber es war schön, dich zu sehen, Nathaniel. Viel Spaß beim Adventsbummel.« Ava schlängelt sich zurück zu den Weihnachtssängern und tippt Scott auf die Schulter. Er wendet sich von Roxanne ab und schlingt seine Arme um sie.

»Endlich erlöst du mich«, flüstert er ihr ins Ohr. »Roxanne ist dermaßen langweilig.«

Ava legt ihren Kopf an den kratzigen Tüll des Christbaums auf Scotts Pullover. Sie schließt die Augen und denkt: *Nathaniel kann mich mit nichts zurückgewinnen.* Doch dann kommt ihr die Erinnerung daran, wie sie an einem heißen Augustnachmittag in Nathaniels Pick-up hinaus nach Coatue fuhren. Sie tranken beide kaltes Dosenbier und holperten mit offenen Fenstern über die Dünen am Strand, während aus dem Radio »Bohemian Rhapsody« von Queen gellte. Ava sang mit und traf alle hohen Töne, und Nathaniel rief: »Ja! Weiter so, Schwester!«

Ava entsinnt sich, wie sie sich wünschte, der Song oder der Moment möge nie enden.

»Können wir bitte weiterziehen?«, sagt Ava zu Scott.

»Du hast ja noch gar nichts getrunken«, entgegnet Scott.

Und wessen Schuld ist das?, hätte Ava ihn fast gefragt.

»Bitte!«, sagt sie. »Ich würde wirklich gern ›Freue dich, Welt‹ singen. Lass uns ins Ventuno gehen.«

»Sind alle anderen bereit?«, fragt Scott. Aber es ist klar, dass es ihm nur um Roxanne geht. »Seid ihr bereit fürs Ventuno?«

Roxanne trinkt ihren Rotwein aus, stellt das Glas auf den Tresen und strahlt. »Ich bin zu allem bereit!«

Sie ist bezaubernd schön, denkt Ava. *Und sie ist lustig.* Selbst an ihren besten Tagen ist Ava nicht so schön oder lebensfroh wie Roxanne Oliveria. Kein Wunder, dass Scott von ihr eingenommen ist.

»Okay, dann mal los«, sagt Scott mit seiner Konrektorstimme, damit alle aufmerken. »Wir gehen über die Straße ins Ventuno!«

Die Gruppe jubelt und staffiert sich mit Mänteln, Mützen und Handschuhen aus. Ava vergewissert sich, dass niemand sein Liederheft liegen gelassen hat.

Jennifer tritt zu ihr und sagt: »Ich glaube, ich verzieh mich jetzt mal. Die Jungs treiben Kelley wahrscheinlich langsam in den Wahnsinn.«

»Daddy kommt schon zurecht«, widerspricht Ava. »Er ist doch so gern mit den Kindern zusammen. Er hat mir erzählt, er würde ihnen Cribbage beibringen.«

»Ja, aber sie sind drei gegen einen. Vermutlich bringen *sie* ihm bei, Assassin's Creed zu spielen. Ich sollte ihn erlösen.«

»Bitte bleib noch«, sagt Ava. Sie muss Jennifer von Nathaniel erzählen.

Jennifer streicht sich mit der Hand durch ihre kurzen dunklen Haare und schenkt Ava ein müdes Lächeln. »Ich bin vollkommen erledigt, Ava.«

Ava umarmt ihre Schwägerin. Jennifer gibt sich so stark und gefasst, dass man beinahe vergisst, dass Patrick im Gefängnis sitzt und es Jennifer überlassen bleibt, in seiner Abwesenheit alles allein zu regeln. Sie hat sich im Grunde zu einer Katastrophenmanagerin und Notfallexpertin entwickelt. Sie musste sich mit der Staatsanwaltschaft und dem Blitzkrieg der lokalen Medien auseinandersetzen; sie hat Patrick öffentlich und privat zur Seite gestanden. Sie hat den Jungs weiterhin ein nahezu normales Leben ermöglicht und es geschafft, daneben zwei aufwändige Innenausstattungsprojekte fortzuführen.

»Geh nach Hause und schlaf ein bisschen«, sagt Ava.

»Ich hole auf dem Heimweg bei Murray's noch ein paar

Flaschen Chardonnay«, sagt Jennifer. »Deine Mom hat wahrscheinlich Lust auf ein Glas, wenn sie ankommt.«

»Gute Idee«, sagt Ava. Normalerweise ist Kevin zuständig für die Alkoholvorräte in der Pension, doch seit der Geburt des Babys hat er seine Pflichten verständlicherweise ein wenig vernachlässigt.

Jennifer verlässt die Bar, und Ava wartet auf Shelby und Zack und Scott – und Roxanne. Sie kann nicht anders, als sich umzudrehen und Nathaniel noch einmal anzuschauen.

Komm vorbei, formt er unhörbar mit den Lippen und zeigt auf seine Armbanduhr. *Später.*

Ava schüttelt lächelnd den Kopf.

Das Ventuno ist nur einen Steinwurf vom Boarding House entfernt, aber sobald sie sich auf den Weg machen, wird es dramatisch.

Roxanne knickt auf dem Kopfsteinpflaster um, fällt hin und fängt an zu schreien.

Ava und Scott eilen zu der Stelle, wo sie zusammengekrümmt auf der Straße liegt und ihren Knöchel umklammert. Ava saugt ihren Atem ein. Der Knöchel ist in einem grausig unnatürlichen Winkel verdreht. Gebrochen.

Scott reißt sein Handy aus der Tasche und wählt den Notruf.

»Wir müssen sie von der Straße schaffen«, sagt Elliott, der Saxofonist. »Sollen wir sie da rüber auf die Bank tragen?«

»Wir dürfen sie nicht bewegen«, sagt Barry, der Platzwart. »Warten wir lieber auf den Rettungswagen.«

»Ich glaube, das gilt nur für Kopfverletzungen«, sagt Shelby. »Ich finde, wir sollten sie von der Straße schaffen.«

Roxanne heult vor Schmerzen, und Avas Haut kribbelt unter ihrem kratzigen Pullover. Scott kniet sich neben Roxanne, ergreift ihre Hände und murmelt Worte des Trostes. Ava schließt die Augen. Dieser Knöchel sieht schlimm aus; schon die Vorstellung, wie der Arzt ihn richtet, lässt Ava zusammenzucken. Roxanne wird höchstwahrscheinlich operiert werden müssen, was bedeutet, dass man sie nach Boston fliegen wird.

Mit gellenden Sirenen und blinkenden Scheinwerfern, die einen starken Kontrast zur Weihnachtsbeleuchtung bilden, trifft der Rettungswagen ein. Die Weihnachtssänger haben sich locker um Roxanne geschart, doch als die Sanitäter herausspringen, zerstreuen sie sich.

Shelby drückt Avas Arm. »Hoffentlich waren die Absätze es wert.«

Natürlich waren sie eine unpassende Wahl, doch Ava kann Roxanne ihre Eitelkeit nicht verübeln. Roxanne kreischt, als die Sanitäter sie auf die Trage heben. Ganz sicher übertreibt sie nicht, um Scott oder sonst jemanden zu beeindrucken. Es muss grauenhaft wehtun, und Ava denkt: *Oh bitte, lass sie schnell gesund werden.*

Die Sanitäter laden Roxanne hinten in den Rettungswagen – und los geht's zum Nantucket Cottage Hospital.

Scott findet Ava in der Menge. »So ein Mist«, sagt er.

»Und was für einer«, sagt sie. Die Weihnachtssänger-im-hässlichen-Weihnachtspullover-Party hat ein abruptes Ende gefunden. Es wird kein Ventuno geben, kein Town, kein Dune, keinen Absacker im Lola und kein »Freue dich, Welt«.

»Sollen wir ihr ins Krankenhaus nachfahren?«, fragt Ava.

»Ich fahre und kümmere mich um die Aufnahme«, sagt Scott. »Du musst nicht mitkommen.«

»Ich fühle mich aber verantwortlich«, sagt Ava. »Es war meine Party. Wenn ich sie nicht organisiert hätte, hätte Roxanne sich nicht den Knöchel gebrochen.«

»Ich fühle mich verantwortlich«, sagt Scott. »Ich bin derjenige, der sie eingeladen hat. Und ich wollte ihr anbieten, ihr über die Straße zu helfen, aber ich dachte, dann wärst du sauer auf mich.«

»Es war also in doppelter Hinsicht meine Schuld«, sagt Ava.

»Es war Roxannes Schuld, weil sie diese albernen Highheels getragen hat«, sagt Scott. »Sie konnte schon nüchtern nicht darin laufen, geschweige denn nach einem Glas Wein und einem Jameson.«

»Einem Jameson?«

»Kevin hat ihr seinen Flachmann gegeben«, erklärt Scott. »Als du auf der Toilette warst.«

Als Ava auf der Toilette war.

»Ich komme mit ins Krankenhaus«, sagt sie.

»Das brauchst du nicht«, sagt Scott. »Wirklich nicht. Du hast ein volles Wochenende, und deine Mom kommt heute Abend. Du solltest nach Hause gehen. Ich simse dir, was die Ärzte sagen.«

»Aber ...«

»Ava«, sagt er. Er ergreift ihr Kinn auf die ihm eigene

Weise und küsst sie. »Ich schreibe dir eine SMS.« Dann gibt er ihr einen Klaps auf den Hintern, bevor er die Straße entlang auf sein Auto zugeht. Ava wird klar, er *will* nicht, dass sie mitkommt, nicht einmal, um ihm Gesellschaft zu leisten. Er will allein für Roxanne der Held sein. Oder vielleicht hat er, weil er Verwaltungsangestellter und Roxanne als Lehrerin quasi seine Frontsoldatin ist, auch das Gefühl, sie beschützen zu müssen. Oder es geht ihm tatsächlich um Ava. Hat sie *wirklich* Lust, die nächsten drei Stunden in der Notaufnahme zu verbringen? Nein.

Allerdings sitzt sie jetzt ohne Mitfahrgelegenheit da. Hat Scott das bedacht? Es stimmt, die Winter Street ist nicht weit entfernt, aber für einen Spaziergang ist es ziemlich kalt. Ava wird bei Shelby und Zack mitfahren müssen, aber als sie sich umschaut, sind die verschwunden.

Ava tritt wieder ins Boarding House, um zu sehen, ob sie hineingegangen sind, um sich aufzuwärmen, doch sie entdeckt sie nicht. Shelby wird schnell müde und trinkt keinen Alkohol; vermutlich sind die beiden schon auf dem Heimweg.

Avas Blick schweift in die Ecke der Bar. Nathaniels Platz ist leer.

Er ist nicht mehr da.

Ihr sinkt das Herz. Es wäre vielleicht nett gewesen, mit ihm zu reden, ohne dass Scott im selben Raum ist. Sie hätte ihm das Wenige, was sie über Bart weiß, berichten können.

Ava erwägt, allein etwas zu trinken, einen Hot Toddy, etwas, das sie gegen die Kälte des bevorstehenden Heimwegs wappnet, doch sie ist Musiklehrerin an der Grundschule und hat als solche ein bestimmtes Image zu verteidigen, außerdem will sie nicht über Nathaniel nachsinnen oder sich wegen Bart verrückt machen.

Also mummelt sie sich ein und geht wieder nach draußen. Sie schafft es bis zur Ecke India und Main Street, als neben ihr ein Pick-up hält.

Nathaniels Pick-up. Das Fenster auf der Beifahrerseite geht auf, und Nathaniel fragt: »Kann ich dich mitnehmen?«

»Um ehrlich zu sein: ja.« Und ohne weiter darüber nachzudenken springt sie in den Wagen.

KELLEY

Er weiß, dass Jennifer Probleme mit Barrett hat, dem ältesten der drei Quinn-Enkel, der Patrick zum Verwechseln ähnlich ist und auch in vielerlei Hinsicht Kelley selbst. Ein großer Teil dessen, mit dem Jennifer sich herumschlagen muss, ist die normale Widerspenstigkeit eines Elfjährigen, aber darüber hinaus sitzt der Vater des Jungen im Gefängnis. Barrett ist wütend; er fühlt sich zutiefst beschämt und gedemütigt und will wissen, warum er Regeln befolgen muss, obwohl sein Dad das nicht getan hat.

Nachdem Jennifer zu der Weihnachtssängerparty aufgebrochen ist, beschließt Kelley, mit Barrett ein Gespräch von Mann zu Mann zu führen, und auch Pierce könnte vermutlich eine kleine großväterliche Standpauke gebrauchen.

Kelley muss schnell sein mit der Fernbedienung – was er ist – und entschieden. Fernseher aus.

»Opa!«, sagt Pierce.

»Ich muss mit dir reden und mit dir«, sagt er und zeigt auf die beiden Älteren.

»Was ist mit mir?«, fragt Jaime.

Jaime ist sieben, also ein bisschen zu jung für das, was Kelley zur Sprache bringen will. »Du kannst runtergehen in die Küche und Isabelle fragen, ob es Plätzchen gibt.«

»Okay«, sagt Jaime.

»Bring mir welche mit«, verlangt Pierce.

»Hat das nicht Zeit?«, fragt Barrett Kelley.

»Nein, hat es nicht«, sagt Kelley.

Die Jungen lassen widerwillig von ihren Joysticks ab und lehnen sich zurück ins Sofa. Kelley hätte sich etwas zur Bestechung ausdenken sollen – Eiscreme-Soda oder Fruchtbonbons. Oder sind Barrett und Pierce zu alt, um mit Süßigkeiten besänftigt zu werden? Kelleys Großvater hatte eine Farm mit Pferden und einem Forellenteich. Er war ein Spitzenopa; Kelley kann nur hoffen, ihm ebenbürtig zu sein.

»Ihr beide müsst eure Mutter mit Nachsicht behandeln«, sagt Kelley.

»Das tue ich doch«, sagt Pierce.

Barrett schweigt.

»Sie steht enorm unter Stress«, sagt Kelley.

»Sie sucht Tapeten und Polsterstoffe aus«, sagt Barrett. »Was soll daran stressig sein?«

»Sie führt ein Geschäft«, sagt Kelley.

»Sie schreit uns an, wir sollten unsere Hausaufgaben machen, aber sie hilft uns nicht mehr dabei. Sie lässt uns den Geschirrspüler ausräumen und den Müll rausbringen und vergisst dann, uns unser Taschengeld zu geben. Sie sagt, wir sollen für dieses und jenes einspringen, aber sie scheint nicht zu kapieren, dass wir unseren Dad verloren haben.«

Kelley legt die Fingerspitzen aneinander, wie er es seinen eigenen Großvater hat tun sehen; für ihn ist es eine Geste der Weisheit. »Euer Dad hat einen Fehler gemacht. Das ist bedauerlich, aber ihr dürft nicht vergessen, dass er nicht für immer weg ist. Im Sommer kommt er zurück, und ihr wollt doch, dass er stolz darauf ist, wie ihr euch in seiner Abwesenheit betragen habt.«

»Warum sollte uns das wichtig sein?«, fragt Barrett. »Wir sind ja auch nicht stolz auf ihn. Er müsste doch ein *Vorbild* für uns sein.«

»Ihr werdet noch feststellen«, sagt Kelley, »dass keiner vollkommen ist. Jeder macht Fehler. Jeder baut mal Mist. Sogar Dads.«

»Ich habe eine Vier in Spanisch«, sagt Pierce und lässt seinen schwarzen Schopf hängen. Barrett und Jaime sind rothaarig und sommersprossig wie irische Kobolde, Pierce dagegen hat die dunkle Schönheit seiner Mutter geerbt. »Meine Lehrerin spricht nur Spanisch, und ich verstehe sie nicht, und dann kriege ich Ärger, weil ich ihren Anweisungen nicht folge.«

»Idiotin«, sagt Barrett.

»Barrett«, sagt Kelley. »Lass die Schimpfwörter und auch die Feindseligkeiten gegen deine Eltern. Sie sind *Menschen*.«

»Früher waren sie cool«, sagt Barrett. »Alles war prima. Dann hat Dad gepatzt, und Mom … Ehrlich, sie macht alles noch schlimmer.«

»Neulich hat sie einen Topf mit Spaghetti fallen lassen«, sagt Pierce. »Dann hat sie versucht, das mit dem Staubsauger wegzumachen, und dann ist der Staubsauger explodiert, und sie hat geheult.«

»Wirklich?« Es fällt Kelley schwer, sich Jennifer in so einem Szenario vorzustellen. Mitzi ja, Jennifer nicht.

»Sie ist vollkommen durchgeknallt«, sagt Barrett.

»Barrett«, sagt Kelley. »Das reicht.«

Kelley versucht sich zu erinnern, ob Patrick und Kevin je so respektlos waren. Bestimmt! Als die Kinder jünger waren und Kelley und Margaret mit ihnen in dem Brownstone in der East 88th Street lebten, gab es viele Zankereien, aber Kelley überließ es seiner Frau, daheim für Disziplin zu sorgen, während er sich vierzehn Stunden pro Tag um die Märkte in Übersee kümmerte. Nachdem er die Wall Street hinter sich gelassen und auf Nantucket die Pension eröffnet hatte, pflegte er Patrick und Kevin im Morgengrauen zu wecken und mit Bastelprojekten zu beschäftigen und sie dann zur Belohnung in der Brotherhood of Thieves zu Hamburgern einzuladen. Sie sahen sich gemeinsam Collegebasketball an, und eine Zeitlang hatten sie einen Schmutzige-Witze-Wettbewerb laufen. Kelley ging nie zu weit in seiner Kumpelhaftigkeit, doch sie verlebten schöne Momente miteinander.

»Ernsthaft, Opa, irgendwas stimmt nicht mit Mom«, sagt Barrett. »Entweder sie ist total aufgedreht oder so trantütig, als ob sie schlafwandelt.«

Trinkt sie zu viel?, fragt sich Kelley. Und falls ja, kann er es ihr verübeln? *Kifft* sie? Die bloße Vorstellung, dass die sittenstrenge Jennifer einen Joint raucht, entlockt Kelley ein Lächeln.

»Vergesst bloß nicht, dass eure Mom auch leidet. Sie vermisst euren Dad.«

»Vermisst du unseren Dad?«, fragt Pierce.

»Ja«, sagt Kelley. »Das tue ich.«

»Aber Onkel Bart vermisst du mehr, oder?«, sagt Pierce.

»Bei ihm ist es anders«, sagt Kelley. »Euer Dad ist in Shirley, und ich besuche ihn einmal im Monat. Ich weiß, wann er zurückkehrt. Euer Onkel Bart dagegen ist Kriegsgefangener, und ich hab keine Ahnung, ob er in Sicherheit ist und wann er nach Hause kommt. Also kann man vielleicht sagen, dass ich mir um Bart größere Sorgen mache. Aber ich vermisse beide sehr.«

»Ich mag Onkel Bart gern«, sagt Pierce. »Ich will auch zu den Marines.«

»Die nehmen dich nie«, sagt Barrett. »Du bist zu nervig.«

Okay, denkt Kelley. *Das langt*. Er hat es versucht. Er schaltet den Fernseher genau in dem Moment wieder ein, als Jaime mit einem Schokoladenplätzchen im Mund hereinkommt.

»Wo ist meins?«, fragt Barrett.

»Das war das letzte«, sagt Jaime.

Bevor Barrett die Hand ausstrecken und seinem Bruder einen Boxhieb verpassen kann, lenkt Kelley ihre Aufmerksamkeit auf den Bildschirm.

»Klaut lieber wieder Autos«, sagt er. »Ich backe noch ein paar Plätzchen.«

Die Jungen greifen nach ihren Joysticks. Kelley bleibt einen Moment lang in der Tür stehen und beobachtet sie. Er ist sich ziemlich sicher, dass seine weisen Worte keinerlei Wirkung hatten.

Pierce schaut auf und lächelt. »Danke, Opa«, sagt er. »Gutes Gespräch.«

JENNIFER

Die Frau, die bei Murray's Liquors vor Jennifer steht, kommt ihr vage bekannt vor. Es hat irgendetwas mit dem eckigen Schnitt und der aggressiven rot-schwarzen Färbung ihrer Haare zu tun. Jennifer fällt nicht ein, wer es sein könnte ... Niemand aus Beacon Hill, glaubt sie ... Womöglich jemand von hier? Aber wie viele Leute kennt Jennifer auf Nantucket? Nicht viele.

Dann dreht sich die Frau mit einer Flasche Smirnoff-Wodka und einer Flasche Kahlúa in den Händen um, und Jennifer sieht das Tattoo einer Schlange, die der Frau aus dem Dekolleté springt. So ein Tattoo vergisst man nicht. Jennifer ringt nach Luft.

»Norah!«, sagt sie. »Hi!«

Die Frau rümpft die Nase und marschiert mit ihren Einkäufen aus dem Laden.

Jennifer stellt ihre zwei Flaschen kalten Chardonnay auf die Theke und versucht, sich zu sammeln.

Ist das eben wirklich passiert?

Norah Vale, Kevins Exfrau? Hier auf Nantucket? Am Wochenende von Genevieves Taufe? *Norah Vale*, denkt Jennifer. *Das warnende Beispiel.* Es sah ganz danach aus, als wollte Norah mit ihren beiden Flaschen nach Hause und Black Russians machen. *Lebte* sie hier? Norah Vale ist auf der Insel aufgewachsen. Vielleicht besucht sie jetzt bloß ihre Familie. Die ist ziemlich chaotisch, wenn Jennifer sich recht erinnert. Die Mutter hat sechs Kinder von drei Männern, und Norah, die Jüngste, teilt sich einen Vater mit ihrem ältesten Bruder – weil ihre Mutter, wie Norah es einmal formulierte, nichts dabei fand, denselben Fehler zweimal zu begehen. Der Vater ist längst aus dem Rennen, doch Norah und ihr ältester Bruder Danko, der Tätowierkünstler, pflegten sich nahezustehen. Danko war das Genie, das Norah die Trompe-l'oeil-Python aufschwatzte, die aussieht, als ob sie unter Norahs Schlüsselbein hervorschösse.

Jennifer bezahlt den Wein, nimmt die Tüte und eilt die Main Street entlang, halb mit der Befürchtung, dass Norah Vale irgendwo hinter einem Baum lauert, um sich auf sie zu stürzen und ihr etwas anzutun.

Sechs Jahre lang waren sie Schwägerinnen, verheiratet mit zwei Brüdern, was schon unter den günstigsten Umständen eine heikle Beziehung ist, aber Norah und Jennifer hassten sich regelrecht. Genauer gesagt hasste Norah Jennifer, während Jennifer versuchte, Norah so nett und geduldig und zuvorkommend wie möglich zu behandeln, doch Norah fand Jennifers Auftreten – selbst ihre harmlosesten Bemerkungen – gönnerhaft. Jennifer war Norahs Meinung nach eine »snobistische Tussi«, was immer das heißen sollte. Es missfiel Norah, dass Jennifer in einem wohlhabenden Stadtteil von San Francisco aufgewachsen war, dass sie ihren Abschluss in Stanford gemacht hatte, dass sie eine Ray-Ban-Fliegersonnenbrille trug und Handtaschen von Coach besaß, dass sie und Patrick so viel Zeit und Energie darauf verwendeten, »perfekt« zu sein.

Als Jennifer Norah versicherte, sie sei alles andere als perfekt, antwortete Norah darauf mit einigen ausgewählten Kraftausdrücken.

Jennifer muss unbedingt mit Patrick sprechen. Sie verspürt siebzig- oder achtzigmal am Tag den Drang, ihn anzurufen, aber das kann sie nicht – ebenso wenig darf sie ihm mailen oder simsen. Ihm ist pro Woche nur ein einziges halbstündiges Telefonat gestattet, und zwar um vier Uhr am Sonntagnachmittag.

Doch am kommenden Sonntagnachmittag um vier wird die Taufe vorbei sein, und Jennifer braucht ihn jetzt. Er ist schon seit fast einem Jahr in Haft, und trotzdem erscheint ihr das nach wie vor surreal. Seit fast einem Jahr wacht Jennifer morgens auf – oft ist Jaime, ihr Jüngster, zu ihr ins Bett gekrochen, eine unerhörte Angewohnheit, die sie erlaubt, weil sie weiß, wie sehr er seinen Vater vermisst – und denkt: *Mein Ehemann sitzt im Gefängnis.*

Gefängnis.

Das ist ein solches *Stigma*, so sehr unter der Würde eines Menschen von Patricks Kaliber, ein solcher Beleg für schändliches Verhalten und schlechtes Urteilsvermögen, dass Jennifer es sogar jetzt, elf Monate später, noch nicht fassen kann.

Sie hat nicht geglaubt, dass sie imstande sein würde, auch nur einem ihrer Freunde oder ihrer Nachbarn in Beacon Hill oder den Eltern der Mitschüler ihrer Kinder in die Augen zu sehen. Aber Jennifers beste Freundin Megan hat tapfer zu ihr gehalten. Megan ist Brustkrebsüberlebende – sie hat die Amputation beider Brüste, Chemo, Bestrahlung, die ganze Bescherung hinter sich – und wird dafür verehrt und von vielen als Heldin angesehen. Als Megan Jennifer unterstützte, folgten alle anderen, die zählten, ihrem Beispiel und verhalfen Jennifer zu einer besonderen Form des Ruhms. Statt sie zu verurteilen oder zu verabscheuen, schienen die Leute sie zu bemitleiden. Vielleicht bemitleideten sie sie auch nicht, sondern verstanden einfach, dass Patrick einen Fehler gemacht und in seinem streng regulierten Gewerbe eine Grenze überschritten hatte. *Insiderhandel.* Viele Menschen verwiesen auf Martha Stewart, die für dasselbe Verbrechen eine Strafe abgesessen und dann rasch wieder in ihrer Welt der Buttercremetorten und der Pfingstrosenzucht Fuß gefasst hatte.

Megan überließ Jennifer auch einen Vorrat an Tabletten: Oxycodon für tagsüber (»Es stärkt deinen Antrieb«, sagte sie) und Lorazepam als Einschlafhilfe. Zunächst lehnte Jennifer ab, doch Megan bestand darauf. (»Nimm sie, nur für den Fall, dass du sie brauchst, Jen. Du musst es ja nicht übertreiben, aber so eine Krise ohne ein bisschen pharmazeutische Unterstützung durchzustehen, ist ein unnötiges Martyrium.«) Jen nahm die Tabletten und vergrub sie tief in ihrer Handtasche.

Wie sich herausstellte, waren nicht alle bereit, Jennifer ungeschoren davonkommen zu lassen. Eine Mutter von Zwillingen in Pierces Klasse namens Wendy Landis setzte sich erbittert dafür ein, Jennifer aus dem Elternbeirat auszuschließen, was sie mit den »falschen Entscheidungen und dem Mangel an Integrität« der Familie Quinn begründete. Das traf Jennifer sehr schwer. Wendy Landis war Mitglied in Jennifers Kirchengemeinde und wohnte nur sechs Häuser entfernt von ihr in der Beacon Street. Jennifer hatte Wendy Landis immer sehr für ihre Karriere bewundert – sie war angesehene Teilhaberin einer der besten Anwaltskanzleien der Stadt – und auch dafür, dass sie eine jener Alleskönner-Moms zu sein schien.

Ihre erste Oxycodon nahm Jennifer vor dem Treffen mit der Rektorin von Pierces Schule, bei dem sie sich gegen Wendy Landis' Verunglimpfungen wehren wollte. Megan hatte recht gehabt: Die Oxy erleichterte die Situation enorm. Sie verlieh Jennifer Flügel, stimmte sie optimistisch. Sie erklärte der Rektorin, *sie* habe kein Verbrechen begangen; tatsächlich habe *sie* in ihrem Kurs »Einführung in die Ethik« in Stanford eine Eins bekommen, und was Patrick betreffe, so habe er sich in vollem Umfang zu seinen Verfehlungen bekannt und bezahle jetzt seine Schuld gegenüber der Gesellschaft.

Die Rektorin ergriff Partei für Jennifer; sie dürfe im Vorstand des Elternbeirats bleiben. Jennifer fühlte sich so bestätigt, als sie die Schule verließ, dass sie zur Feier des Tages eine weitere Oxy nahm. Leider ließ deren Wirkung im selben Moment nach, in dem die Jungs mit dem dazugehörigen Gepolter und Chaos aus der Schule kamen, und so warf sie eine dritte Tablette ein, die sie zwar wieder auf Touren brachte, aber auch eine leichte Manie erzeugte, in der sie mit Barrett wieder einmal eine Auseinandersetzung über sein rüpelhaftes Verhalten anfing. Danach war es für

Jennifer an der Zeit, sich ein Glas Wein einzuschenken, aber der Wein beruhigte sie nicht wie sonst, also nahm Jennifer zusätzlich eine Lorazepam.

Die Mischung aus Wein und Lorazepam wirkte großartig! Jennifer merkte sofort, wie leicht trotz Patricks Abwesenheit alles zu handhaben war. Sie schwebte regelrecht durch die Küche, machte Kürbisrisotto und einen Cäsarsalat mit gegrilltem Grünkohl und bat die Jungen nach dem Essen, den Tisch abzuräumen, während sie sich in ihr Zimmer zurückzog und unverzüglich einschlief.

Am nächsten Morgen wachte sie mit trockenem Mund und einem flauen Gefühl auf – daher beschloss sie, eine Oxy zu nehmen, um beschwingter in den Tag zu starten.

Wie leicht es war, der Zauberkraft der Tabletten zum Opfer zu fallen? Sehr leicht. Megan hatte ihr vierzig Oxycodon gegeben – vierzig! – und dreißig Lorazepam. Damals hatte Jennifer geglaubt, diese Menge müsse bis an ihr Lebensende reichen, doch ihr Vorrat schrumpfte stetig. Jennifer überredete ihren Arzt, ihr »gegen Angstzustände« Lorazepam zu verschreiben, aber wegen des Oxycodons musste sie sich erneut an Megan wenden. Megan überließ ihr kommentarlos zwölf weitere Oxys, aber noch einmal kann Jennifer ihre Freundin nicht fragen, und sie hat nur noch sieben Tabletten.

Wenn die alle sind, sagt sie sich, sind sie eben alle, und sie wird ohne sie auskommen müssen.

Zurzeit steht ihre Tablettensucht ganz oben auf der Liste ihrer Sorgen. Finanziell kommt sie zurecht. Trotz der Anwaltskosten und des Verlusts von Patricks Arbeitsplatz bei

Everlast ist noch reichlich Geld auf der Bank, zumindest einstweilen, und Jennifers Einrichtungsprojekte werden ihr ein hübsches sechsstelliges Sümmchen einbringen.

Jennifers zweites Problem ist ihre Einsamkeit. Sie vermisst Patricks körperliche Anwesenheit, sein Gewicht und seine Wärme nachts im Bett, seinen scharfen Verstand, sein Feuer und seinen Enthusiasmus, sein Lächeln, seine Stimme, seine jede Sekunde des Tages gegenwärtige Freundschaft. Es fehlt ihr, dass sie ihn nicht anrufen oder ihm simsen darf; das ist, als säße sie ebenfalls im Gefängnis.

Momentan würde sie Patrick gern fragen, ob er glaubt, dass Norah Vale schon länger auf Nantucket oder gerade erst angekommen ist. Vielleicht ist sie bereits seit Tagen oder Wochen hier, und Kevin weiß längst Bescheid und hat sich schon damit auseinandergesetzt. Vielleicht haben Kevin und Norah ein ganz entspanntes Verhältnis, sind vielleicht sogar Freunde.

Aber das glaubt Jennifer nicht. Der vernichtende Blick, den Norah ihr zuwarf, und das Naserümpfen deuten auf Krieg hin.

Wenn Kevin gewusst hätte, dass Norah wieder auf der Insel ist, hätte er es Ava erzählt, und die hätte Jennifer davon berichtet. Es sei denn, sie wollte Jennifer nicht damit belasten. Seit Patrick im Gefängnis ist, versuchen die Quinns, Jennifer von schlechten Nachrichten abzuschirmen. Sie war die Letzte, die von den Terroristen erfuhr, die Bart wahrscheinlich verschleppt haben.

Jennifer wählt Avas Handynummer. Keiner nimmt ab. Vermutlich zieht Ava noch mit den Weihnachtssängern umher, und Jennifer will ihr nicht den Spaß verderben, indem sie das heikle Thema Norah Vale zur Sprache bringt. Sie will allerdings auch nicht, dass Ava sich Sorgen macht, wenn sie einen verpassten Anruf sieht, deshalb hinterlässt sie eine Nachricht.

»Hey, hier ist Jen. Nichts Wichtiges, wollte dich nur was fragen, aber das kann auch bis morgen früh warten. Das Weihnachtsliedersingen war lustig. Danke, dass du mich mitgenommen hast!«

Jennifer steckt ihr Handy wieder ein und eilt mit dem Wein die Straße entlang auf die Pension zu. Sie stellt sich vor, wie nett es sein wird, sich bei einem Glas kalten Chardonnay zu entspannen. Und dann wird sie eine Lorazepam nehmen und schlafen gehen.

DRAKE

So etwas hat er in seinem ganzen Leben noch nicht getan. Er hat viele bewundernswerte Eigenschaften, doch Spontaneität gehört nicht dazu.

Der einzige Mensch, der weiß, dass er beschlossen hat, dieses Wochenende auf Nantucket zu verbringen, ist Kelley, und Kelley hat wohlwollender darauf reagiert, als Drake erwartete. Drake hofft, der Grund dafür ist, dass Kelley endlich eingesehen hat, dass er und Margaret als Liebespaar keine Zukunft haben. Margaret räumt ein, dass sie eine Zeitlang hin- und hergerissen war; sie hat Drake erzählt, was letztes Jahr zu Weihnachten zwischen ihr und Kelley vorgefallen ist.

Aber das kommt nie wieder vor, hat sie Drake versichert. *Ich liebe ihn nicht auf die richtige Weise, und wir wollen nicht dasselbe.*

Drake war erleichtert. Er brauchte eine Weile, um den Mut aufzubringen, doch schließlich erklärte er Margaret bei einem romantischen Abendessen im Eleven Madison Park: *Weißt du was? Ich glaube, wir beide wollen dasselbe.*

Margaret warf ihm einen skeptischen Blick zu und sagte: »Ja. Wir wollen achtzehn Stunden am Tag arbeiten, fünfeinhalb Stunden schlafen, für zwanzig Minuten unter die

Dusche springen und in den verbleibenden zehn Minuten Sex miteinander haben.«

Bin ich so schlimm?, fragt er sich. Er wusste, dass sie scherzte, aber ganz falsch war ihre Beschreibung nicht. Drake hatte lange gedacht, er sei zu beschäftigt für die Liebe. Er war Gehirnchirurg für Kinder am Sloan Kettering, was bedeutete, dass er tagein, tagaus bei drei Monate bis sechzehn Jahre alten Patienten Tumore entfernte, Shunts einsetzte und Aneurysmen abklemmte. Er führte bis zu zwölf Operationen pro Woche durch und empfing in seinen Sprechzeiten, die fünfundzwanzig bis dreißig Stunden pro Woche einnahmen, Patienten zur Beratung oder Nachsorge. Dann gab es da noch den endlosen Schreibkram und die drei Assistenzärzte, die er betreute, und zweimal im Jahr präsentierte er Beiträge auf Konferenzen. Außerdem joggte er – samstags und sonntags zehn Meilen und drei Meilen am Mittwochabend, wenn er es schaffte.

Er war nie verheiratet gewesen und hatte keine Kinder. Dabei liebte er Kinder und befasste sich lieber mit seinen Patienten als mit deren Eltern. An diesen Eltern lag es auch, dass Drake sich nie eigene Sprösslinge gewünscht hatte. Er hatte bei ihnen zu viel grauenhaftes Herzeleid miterlebt. Während seiner Facharztausbildung am CHOP in Philadelphia hatte er einen achtjährigen Patienten namens Christopher Rapp gehabt, der eine bösartige Geschwulst am Thalamus hatte, an deren Resektion sich die meisten Chirurgen nicht einmal versucht hätten. Sie lag zu tief, und die Gefahr, der Eingriff könne tödlich enden, war zu groß, doch die Alternative waren eine Metastasierung des Tumors und rascher körperlicher Verfall – der Junge würde in zwei Monaten blind sein und in vier Monaten nicht mehr essen und sprechen können. Sein Vater, Jack Rapp, war alleinerziehend – die Mutter verschwunden, als Christopher noch ein Säugling gewesen war, und Christopher Einzelkind. Jack Rapp gehörte zu den härtesten Burschen, die Drake je kennen gelernt hatte. Er war als Marine in Vietnam und neununddreißig Monate lang in Da Nang stationiert gewesen und besaß jetzt eine Asphaltfirma, die das Material für die Hälfte aller Highways in Pennsylvania lieferte – aber er war *am Boden zerstört* von Christophers Krankheit.

Sie müssen ihn retten, Mann, sagte er zu Drake. *Er ist alles, was ich habe.*

Christopher war auf dem OP-Tisch verstorben, und Drake hatte das Pech, Jack Rapp darüber informieren zu müssen. Der Mann war zusammengebrochen. Ein anderes Wort für seine Reaktion gab es nicht. Vier Stunden später wurde er in einem Parkhaus in seinem Wagen tot aufgefunden. Kopfschuss.

Drake weiß, dass die Liebe zum eigenen Kind die stärkste Liebe überhaupt ist, und er hat stets Angst davor gehabt. Desgleichen vor der romantischen Liebe, die immer zu einem Kontrollverlust zu führen schien, für den in seinem Leben kein Platz war.

Bis jetzt, denn vor kurzem musste er sich gezwungenermaßen eingestehen, dass er *Margaret Quinn liebt* – und zwar nicht die Margaret Quinn mit dem strahlenden Lächeln und der beruhigenden, melodiösen Stimme, der ganz Amerika jeden Abend im Fernsehen zuschaut. (In der

Time hieß es einmal, Margaret könne so über Völkermord oder ein Attentat berichten, dass es wie eine Gutenachtgeschichte klinge.) Drake liebt die Margaret Quinn, die prustet, wenn sie lacht, und die alle Portiers in ihrem Haus mit Vor- und Nachnamen kennt. Drake liebt die Margaret, die ihre Austern mit Tabasco beträufelt und dann, nachdem sie eine geschlürft hat, ein »Hu!« ausstößt. Er liebt die Margaret mit der weichen, blassen Haut mit den Sommersprossen in den Kniekehlen, die zum Einschlafen *The Economist* liest. Dass sie aus zweiundsechzig Ländern berichtet und mit den letzten vier Präsidenten der USA diniert hat, beeindruckt ihn, ist aber kein Grund dafür, dass er sie liebt. Drake liebt Margaret, weil sie intelligent ist – womöglich sogar intelligenter als die unglaublich brillanten Chirurginnen und Onkologinnen, mit denen Drake zusammenarbeitet – und witzig, respektlos und sehr warmherzig. Sie vergöttert ihre Kinder und Enkel, und ihr größter Wunsch ist es, geklont zu werden, damit sie immer an zwei Orten gleichzeitig sein kann.

Erst im vergangenen Jahr hat sie sich an Lee Kramer gewandt, den Chef des Senders, und ihn um Urlaub gebeten, damit sie nach Nantucket fliegen konnte, um Kevin und Isabelle mit dem Baby zu helfen und mit ihrer Berühmtheit mehr zahlende Gäste in Kelleys Pension zu locken.

Margaret hat Drake öfter eingeladen mitzukommen, doch die letzten beiden Male passte es ihm nicht, und er fürchtete schon, sie werde nicht mehr fragen.

Aber für dieses Wochenende *hat* sie ihn eingeladen, was viel bedeutet, nicht nur, weil es das Adventsbummel-Wochenende ist, sondern auch, weil Genevieve, das Baby, am Sonntag getauft wird. Trotzdem lehnte Drake ab. Er hatte sowohl am späten Freitagnachmittag als auch am frühen Montagmorgen Operationen vor sich sowie eine Unmenge von Papierkram zu erledigen, und die Vorstellung, mit Margarets gesamter Familie konfrontiert zu sein, schüchterte ihn, ehrlich gesagt, ein.

Margaret nahm seine Entschuldigung mit ihrer üblichen Anmut entgegen, doch er merkte, dass sie enttäuscht war, und in den Tagen danach hörte er nichts mehr von ihr. Seine Anrufe wurden direkt auf ihre Mailbox weitergeleitet. Drake steckte das die ersten Male mühelos weg, aber dann wurde er unruhig. Stellte sie ihn *kalt?* Sie sagte immer, ihr sei klar, dass er einen wichtigen Job habe und sehr, sehr beschäftigt sei. Nach vier Tagen fing er an, sich Sorgen zu machen. Hatte er es sich etwa *ernsthaft* mit Margaret Quinn verscherzt?

Er übertrug die Freitagsoperation seinem vertrauenswürdigsten Kollegen und verschob den montäglichen Eingriff; er stopfte den Papierkram in seine Aktentasche und packte für die elegante Veranstaltung, die Margaret erwähnt hatte, seinen Smoking ein und für die Taufe eine rosa Krawatte. Um sieben Uhr abends kam er im Winter Street Inn an, und Isabelle, Kevins reizende französische Verlobte, brachte ihn in Zimmer zehn.

»Kelley macht Ballerspiele mit den Jungs«, sagte sie, »und Kevin ist mit Ava beim Weihnachtssingen in der Stadt. Sie kommen zurecht?«

»Ja«, sagte Drake, doch er war nervös. Eine Sekunde lang

fragte er sich, ob Margaret wohl jemand *anderen* als Begleiter für das Taufwochenende eingeladen hatte. Vor ein paar Jahren war sie mit Jack Nicholson ausgegangen. Wenn Margaret nun mit Jack aufkreuzte?

Die Pension hat etwas Entspannendes. Sie ist weihnachtlich dekoriert – mit einer Girlande aus Fichtengrün, die mit burgunderroten Samtschleifen umwunden ist, einem riesigen Christbaum, einem Kaminsims voller Nussknacker. Es läuft klassische Weihnachtsmusik, die Drake lieber hat als Bing Crosby. »The First Noel«. Im Krankenhaus waren am Nachmittag, als er ging, gerade die Bäume aufgestellt worden, aber wie viel Geld das Fundraising-Komitee des Sloan Kettering auch für den Weihnachtsschmuck zur Verfügung stellen mag, ist und bleibt die Stimmung doch trübsinnig.

Drake nimmt seine Akten mit nach unten ins Wohnzimmer, setzt sich auf das große Ledersofa, und da keine anderen Gäste anwesend sind, breitet er sich dort aus. Er lockert seinen Schlips und befreit sich von seinen schokoladenbraunen Wildlederslippern von Gucci. Im Kamin knistert ein Feuer, und beinahe unverzüglich bringt Isabelle ihm einen doppelten Grey Goose mit Tonic und Limette, seinen Lieblingscocktail, und einen Teller Käsebällchen, warm aus dem Ofen.

»*Merci!*«, sagt Drake. Und dann fragt er, weil er wirklich versucht, sich die Arbeit aus dem Kopf zu schlagen und seine soziale Kompetenz zu verbessern: »Wie geht's dem Baby? *L'enfant? Genevieve?*«

»Wunderbar«, sagt Isabelle und zwinkert. »Sie schläft.«

Er ist sich nicht sicher, wann Margaret eintreffen wird. Sie fliegt irgendwann nach ihrer Sendung, die um sieben Uhr endet, im Privatflugzeug ihrer Freundin Alison mit.

Also könnte sie schon gegen halb neun hier sein. Oder viel später.

Hoffentlich kommt sie allein, denkt er. *Und hoffentlich freut sie sich, mich zu sehen.*

Er hat seinen zweiten Drink halb ausgetrunken und die Käsebällchen verschlungen sowie die gemischten Nüsse, die eigentlich für alle Pensionsgäste gedacht waren, als die Haustür aufgeht.

Margaret!, denkt er und steht auf.

Doch wer da hereinkommt, ist nicht Margaret. Es ist eine erschreckend dünne Frau mit lockigen Haaren in einem dicken waldgrünen Wollmantel, die einen Schal um den Hals geschlungen hat, der aussieht wie ein langer Weihnachtsstrumpf.

Die Frau hat einen Gesichtsausdruck, den Drake nur allzugut kennt. Er sieht ihn jeden Tag bei den Müttern, deren Kinder als todkrank diagnostiziert wurden. Er zeigt eine besondere Art nackter, qualvoller Verzweiflung.

»Guten Abend«, sagt Drake.

Die Frau wirft ihm einen aufrichtig fragenden Blick zu, als wäre er in ihre Privatsphäre eingedrungen und nicht umgekehrt. »Wer sind Sie?«

Er lacht. »Ich bin Dr. Carroll. Wer sind *Sie*?«

Sie holt einen Flachmann aus ihrer Manteltasche und kippt sich den Inhalt in den Mund. »Sind Sie Gast in der Pension?«

Er nickt. »Und Sie?«

»Ich suche Kelley«, sagt sie. »Ist er hier irgendwo?«

»Als Letztes habe ich gehört, dass er Ballerspiele macht«, sagt Drake, dann muss er darüber lachen, wie das klingt. »Mit seinen Enkeln, vermute ich, ich weiß nicht genau. Ich habe ihn nicht gesehen. Ich kann Ihnen die Geschäftsführerin holen. Isabelle.«

»Nein, nein«, wehrt die Frau ab und lässt sich aufs Sofa fallen. »Ich sollte gar nicht hier sein.«

Drake betrachtet die Frau, deren Blick jetzt über seine Krankenakten schweift, die natürlich äußerst vertraulich sind. Er sammelt sie ein, ohne die Frau aus den Augen zu lassen, und fragt sich, ob sie sich vielleicht zufällig hierher verirrt hat.

»Sie sind also kein Pensionsgast?«, erkundigt er sich. »Sind Sie eine Freundin von Kelley?«

Die Frau bricht in Tränen aus. Drake kann nicht anders, als direkt in den Arztmodus zu schalten. Er hat viele Jahre daran gearbeitet, seinen professionellen Schutzschild aufrechtzuerhalten, aber in Wahrheit ist er übertrieben mitfühlend. Er setzt sich neben die Frau und ergreift ihre Hand. Sie drückt seine Finger so stark, dass sie sie fast zerquetscht. Drake hat auch das unzählige Male bei den Müttern seiner Patienten erlebt.

»Ma'am …«, sagt er

Die Frau schluchzt. »Sie haben *absolut keine Ahnung*, wie das ist.«

Drake reicht ihr seine feuchte Cocktailserviette und denkt: *Der Weg zur Hölle ist mit guten Vorsätzen gepflastert.* Er hätte oben in Zimmer zehn auf Margaret warten sollen.

Die Frau putzt sich mit der Serviette die Nase, lehnt dann ihren Kopf an das Sofakissen und knöpft ihren Mantel auf. »Es sieht wirklich hübsch aus hier drinnen. Ich hatte ganz vergessen, wie gemütlich es am Kamin ist.«

»Sie sind also schon mal hier gewesen?«, fragt Drake.

Sie schließt die Augen. »Ich bin ziemlich betrunken«, sagt sie. »Alkohol ist das Einzige, was hilft.«

Die Frau wirkt so, als würde sie gleich einschlafen. Drake sollte entweder nach oben aufs Zimmer gehen oder versuchen, etwas zu essen aufzutreiben. Neben einer betrunkenen Fremden zu sitzen ist keine gute Idee.

Die Frau murmelt etwas, das er nicht versteht.

»Wie bitte?«, sagt er.

»Die Nussknacker«, sagt sie. »Welchen mögen Sie am liebsten? Ich den Astronauten.«

»Oh«, sagt Drake, dankbar für ein relativ ungefährliches Gesprächsthema. »Den Arzt, glaube ich.« Der Arzt-Nussknacker ist altmodisch wie eine Figur aus einem Norman-Rockwell-Gemälde. Er trägt einen Stirnspiegel und um den Hals ein Stethoskop und hat eine Impfspritze in der Hand. Drake blinzelt und sieht sich selbst als Nussknacker, wie er seine Schädelsäge und seine Ultraschallsonden schwingt. Die zwei doppelten Wodkas zeigen ihre Wirkung; an einem normalen Wochenende zu Hause würde er sie sich niemals gestatten. Er fragt sich, ob es narzisstisch ist, »den Arzt« zu antworten, wenn er selbst Arzt ist, also probiert er es noch einmal.

»Und der Oktoberfest-Nussknacker gefällt mir auch gut. Ich wollte immer mal zum Oktoberfest, aber ich hatte nie

Zeit dafür. Man könnte sagen, es steht auf meiner To-do-Liste.«

Jetzt *weiß* er, dass er allmählich betrunken wird. Den Begriff »To-do-Liste« hat er noch nie benutzt. Er ist ihm stets albern erschienen; seine alltägliche »To-do-Liste« besagt, dass er das Leben von so vielen Kindern wie möglich retten muss. Jetzt allerdings, da er fast sechzig und der Ruhestand nur noch fünf Jahre entfernt ist und seine Gefühle für Margaret so drastisch eskaliert sind, fängt er an, darüber nachzudenken, was er gern mit ihr zusammen sehen möchte – lieber früher als später. Das Great Barrier Reef. Cinque Terre. Die Chinesische Mauer.

Die Frau bricht erneut in Tränen aus. »Mein Sohn … zurück aus München!«

Drake hat sie nicht richtig verstanden. Er glaubt, sie hat gesagt, dass ihr Sohn gerade aus München zurückgekommen sei. »Oh«, sagt er. »War er geschäftlich da? Oder privat? Früher gab es so was wie den Eurail-Pass. Ich weiß nicht, ob der noch existiert.«

Die Frau weint zu heftig, um zu antworten, und Drake muss sich eingestehen, dass er diesem Gespräch nicht mehr gewachsen ist und Hilfe braucht. Die Pension ist voller Gäste, doch momentan ist keiner von ihnen da; vermutlich sind sie alle unterwegs, um den Zauber des Adventsbummel-Wochenendes zu genießen. Drake muss irgendwie Isabelle herbeischaffen oder auch Kelley, aber er hat Angst, das Baby zu wecken, wenn er nach ihnen ruft. Die Frau hat bedenkliche Schlagseite und droht ihm womöglich ihren Kopf auf die Schulter zu legen.

»Es tut mir leid«, sagt er. »Ich wünschte, ich könnte Ihnen helfen.«

»Mein Sohn!«, jammert sie. »Sie können sich *überhaupt nicht* vorstellen, wie sich das anfühlt.«

Drake rückt ein Stück beiseite. »Ist er krank?«, fragt er.

»Ob er *krank* ist?«, gibt die Frau zurück, und ihre Tränen versiegen ein bisschen. Sie schnieft und wischt sich das Gesicht mit der durchnässten Serviette ab. »Woher soll ich wissen, ob er krank oder gesund ist? Das ist es ja gerade – ich weiß *nichts*, und wenn eine Mutter nichts weiß, malt sie sich das Allerschlimmste aus.«

Wider besseres Wissen kippt Drake den Rest seines Drinks herunter. Irgendwo im Haus schlägt eine Uhr zur halben Stunde, und Drake sieht diskret auf seine Armbanduhr. Halb neun schon! Er wird hier auf Margaret warten, und dann können sie zusammen essen gehen. Ihr Lieblingsrestaurant, das 56 Union, serviert bis um zehn ein spezielles Adventsmenü.

Drake legt der Frau leicht seine Hand auf den Arm. »Hören Sie«, sagt er. »Ich habe mit vielen unglücklichen Müttern zu tun. Mit Müttern, die gerade erfahren haben, dass ihre fünfjährige Tochter einen Gehirntumor der Stufe vier hat. Mit Müttern, deren drei Monate altem Sohn ein Shunt eingesetzt werden muss, um den Druck in seinem Schädel zu verringern, weil er sonst stirbt. Können Sie sich vorstellen, wie schwer es für sie ist, ihr dreimonatiges Baby einem Chirurgenteam anzuvertrauen? Oder ihr fünfjähriges kleines Mädchen?«

Die Frau hat aufgehört zu weinen.

»Wissen Sie, was ich diesen Müttern sage? Ich rate ihnen, auf das Gute in der Welt zu bauen, zu hoffen. Ich rate ihnen, zu dem höheren Wesen zu beten, an das sie glauben, den Errungenschaften der modernen Medizin und dem Talent und der exzellenten Ausbildung der Ärzte zu vertrauen.« Drake nimmt seine Brille ab und legt sie auf den Tisch, damit er der Frau besser in die Augen schauen kann. »Aber in erster Linie rate ich ihnen, optimistisch zu bleiben. Sich ein *positives Ergebnis* vorzustellen.«

Die Frau nickt langsam, und dann – dann ist da die Spur eines Lächelns. »Vielen Dank«, sagt sie. »Danke, dass Sie zugehört haben. Danke dafür, dass Sie zu einer völlig Fremden so nett sind. Mein Freund und auch mein Ehemann, von dem ich getrennt lebe, und viele andere Leute behandeln mich wie eine Geisteskranke. Sie können nichts dafür tun, dass es mir besser geht, und ich verstehe, wie frustrierend das ist für die Menschen, die mich lieben. Aber statt meinen Kummer als real und berechtigt zu akzeptieren, stempeln sie mich als Verrückte ab.«

Na ja, ein wenig verrückt ist die Frau schon, soweit Drake es beurteilen kann. Er muss sich behutsam zurückziehen und hinauf in sein Zimmer gehen. Und doch verspürt er ein leichtes Hochgefühl, weil es ihm gelungen ist, sie zu beruhigen.

Sie schaut auf die Akten, die er eingesammelt hat. »Sie sind Arzt?«, fragt sie. »Können Sie mir ein Rezept ausstellen?«

Verrückt, denkt er. »Nur wenn Sie meine Patientin sind.«

»Vielleicht werde ich Ihre Patientin«, sagt sie. »Wie heißen Sie?«

»Dr. Carroll. Aber Sie können mich Drake nennen. Und wie ist Ihr Name?«

»Mitzi Quinn«, sagt sie und beugt sich ohne Vorwarnung zu ihm, um ihn zu umarmen.

Drake versucht, ihr auszuweichen, doch sie ist zu schnell – und überraschend stark. Er ist in ihrer Umarmung gefangen, während er den Namen *Mitzi Quinn* verarbeitet. Sein Gehirn schwimmt in Wodka, aber er weiß, dass dieser Name etwas Alarmierendes hat – und dann macht es klick. *Das hier ist Mitzi.*

In dieser Sekunde geht die Haustür auf, und in ihrem cremeweißen Kaschmirponcho über einem elfenbeinfarbenen Rollkragenkleid und mit sehr hochhackigen beigen Schuhen platzt Margaret herein. Ihre roten Haare sind vom Wind zerzaust, und ihre Wangen leuchten rosa. Sie ist das hinreißendste Geschöpf, das Drake je gesehen hat. Er löst sich aus Mitzis Armen und steht unbeholfen auf, wobei er sich am Tisch das Schienbein stößt.

Er sieht, wie Margaret die Szene in sich aufnimmt: das Ledersofa, das Feuer im Kamin, Drake, Mitzi.

»Drake?«, sagt sie.

»Überraschung«, erwidert er schwach. Er hört Schritte auf der Treppe hinter sich, dann Kelleys Stimme.

»Margaret!«, sagt Kelley. »Wie schön!« Dann erblickt er Mitzi und kann es offenbar nicht glauben. »Mitzi?«

In den zweieinhalb Jahren, die sie sich kennen, hat Drake kein einziges Mal erlebt, dass Margaret die Fassung verliert – aber jetzt steht sie kurz davor. Sie schließt die Haustür mit ein bisschen mehr Nachdruck als nötig und lässt sich dann einen Moment Zeit, bevor sie sich wieder zu den anderen umdreht. Der Grund für ihre Verblüffung scheint Drake zu sein. Oder Mitzi. Oder das, was sie zwischen den beiden wahrgenommen zu haben meint.

»Was genau ist hier *los*?«, fragt sie.

Drake setzt zu einer Erklärung an, aber aus seinem Mund kommt kein Laut.

Mitzi fängt an zu weinen.

AVA

Anfangs ist es ein normales Nachhausebringen. Nathaniel lässt sich Zeit auf der Main Street, damit sie beide die Lichter an den Bäumen und die Schaufenster bewundern können – und dann biegt er an der Pacific National Bank rechts in die Liberty Street ein. Im Radio läuft klassische Weihnachtsmusik, »What Child Is This?«. Ava würde am liebsten mitsingen, bremst sich aber. Dann singt sie doch, weil Singen leichter ist als Reden. In dreißig Sekunden werden sie zu Hause sein.

Nathaniel verlangsamt das Tempo, als sie sich der Winter Street nähern, und fragt: »Sollen wir nicht bis ans Ende der Hinckley Lane fahren und uns unterhalten? Es ist noch früh, nicht mal neun.«

»Nathaniel«, sagt Ava.

»Was denn? Ich werde dich nicht anbaggern, versprochen. Ich möchte nur mit dir reden, Ava.«

Sie seufzt. »Okay.«

Nathaniel biegt auf die Cliff Road und dann in die Hinckley Lane ein – eine private Zufahrtsstraße, aber um diese Jahreszeit wird die Polizei hier nicht kontrollieren. Und obwohl dies das Adventsbummel-Wochenende ist, sind die meisten Ferienhäuser dunkel und verrammelt.

Nathaniel hält am Rand der Klippe. Vor ihnen liegt der unter einem Sichelmond glänzende Nantucket Sound. Den Sichelmond mochte Ava schon immer besonders gern.

Nathaniel stellt den Motor ab. Es ist still und kalt. »Willst du meine Jacke?«, fragt er.

»Nein danke«, sagt Ava. »Jesus hält mich warm.«

»Was?«

»Mein Pullover«, sagt Ava und zieht den Reißverschluss ihrer Skijacke auf, sodass das Geburtstagskind sichtbar wird. Nathaniel wirft den Kopf in den Nacken und lacht.

»Was für ein Klassiker!«

»Den hab ich in der Bar schon getragen«, sagt Ava.

»In der Bar hab ich nicht bemerkt, was du getragen hast«, sagt Nathaniel. »Dein Lächeln hat mich geblendet.«

»Ja, klar«, sagt Ava.

»Ich meine es ernst«, sagt Nathaniel, fummelt einen Moment lang an den Schlüsseln im Zündschloss herum und lässt sich dann in seinen Sitz zurücksinken. »Ich vermisse dich so sehr, Ava. Ich will dich nicht anlügen – als ich auf dem Vineyard ankam, dachte ich: Neuer Ort, Neuanfang. Ich werde ausgehen, Frauen kennen lernen, mich mit ihnen verabreden.«

Ava verspürt einen Schwall unsinniger Eifersucht in sich aufsteigen. »Und, hast du dich verabredet?«

»Ja, hab ich. Ein Mädchen hieß Yvette, eins hieß Kendall.«

»Yvette? Kendall?«

»Nette Mädchen, hübsche Mädchen, beide ungebunden, beide im richtigen Alter. Yvette arbeitet im Atria, wo ich immer gegessen habe, als Barkeeperin, und Kendall ist Verkaufsleiterin bei Nell, einer Edelboutique für Frauen in Edgartown. Sie ist mit Kirsten Cabot aufs College gegangen, also hatte ich schon von ihr gehört …«

»Na toll«, sagt Ava. Sie verabscheut niemanden mehr als Nathaniels Exfreundin Kirsten Cabot. Jede Freundin von Kirsten ist automatisch ihre Feindin. »Warum erzählst du mir das, Nathaniel?«

»Weil es prima Mädchen sind, an denen es nichts auszusetzen gibt, und trotzdem bin ich mit beiden nur jeweils zweimal ausgegangen, bevor ich das Interesse verlor. Und wie ich schon sagte, ich hab draußen auf Chappy gearbeitet und daher reichlich Zeit zum Überlegen gehabt.«

»Und zu welchem Schluss bist du gekommen?«, fragt Ava.

»Zu dem Schluss, dass …« An dieser Stelle schluckt Nathaniel. Er wirkt überwältigt. »Ich hab oft an … an die *Liebe* gedacht und daran, was Liebe ist, und wie es wäre, verheiratet zu sein, ein *ganzes Leben* mit jemandem zu verbringen. Ich meine, ich weiß, vieles ist Glückssache wie bei meinen Eltern, aber manches ergibt sich auch daraus, wen man sich aussucht. Meine Großmutter hat immer gesagt: ›Lust ist großartig im Schlafzimmer, aber beim Frühstück und Mittag- und Abendessen ist Mögen besser.‹« Er runzelt die Stirn. »Oder so ähnlich.«

»Ich verstehe, was du meinst«, sagt Ava.

»Ich *mag* dich, Ava. Ich bin sehr gern mit dir zusammen. Und außerdem bist du hübsch und sexy, und ich begehre dich unglaublich, aber was ich anscheinend bei keiner anderen Frau finden kann, ist die freundschaftliche Seite, der Frühstücks- und Mittag- und Abendessensanteil. Du bist die coolste Person, die ich kenne. Du bist die Person, die mich versteht, die Person, die zu mir passt.«

Ava ist so überrascht von seinen Worten, dass sie Tränen in sich aufsteigen spürt. »Ja, wir *waren* die besten Freunde und wir sind gut miteinander ausgekommen, und ich verstehe dich. Aber ich bin mir nicht sicher, ob du *mich* verstehst. Ich bin mir nicht sicher, ob du weißt, was ich brauche. Ich brauche das Gefühl, für dich das einzige Mädchen auf der Welt zu sein, deine Sonne und dein Mond. Ich will die Frau sein, die deine Gedanken beherrscht und dich verrückt macht. Diese Frau bin ich für Scott.«

»Hast du denn nicht *zugehört*?«, fragt Nathaniel. »Diese Frau bist du für mich auch. Du kannst mir nicht erzählen, dass du gar nichts mehr für mich empfindest. Es kann doch nicht sein, dass Scott Skyler mich in jeder Hinsicht ersetzt hat.«

»Nicht in jeder Hinsicht«, sagt Ava. Es gibt Dinge an Nathaniel, die sie vermisst – etwa die Art und Weise, wie er Mozart-Melodien pfeift, wenn er Holz schmirgelt, und seine klaren grünen Augen und seinen unbeirrbaren Sinn für Humor. Avas Beziehung mit Scott ist solide und gut und gleichberechtigt und fühlt sich so an, als würden sie Tag für Tag etwas Dauerhaftes aufbauen. Sie sprechen über die Schule und sind gemeinsam ehrenamtlich tätig. Ava fühlt sich sicher bei Scott. Bei Nathaniel hatte sie immer das Gefühl, kopfüber aus einem Fenster im zehnten Stock zu baumeln. Liebte Nathaniel sie, liebte er sie nicht? Das Nichtwissen, das Nicht-sicher-Sein war eine Qual. Es machte Ava eifersüchtig und hilflos und verwandelte sie in eine Person, mit der nicht einmal sie selbst gern zusammen war.

»Ich möchte, dass du mir eine zweite Chance gibst«, sagt Nathaniel. »Ich weiß, du glaubst, Menschen ändern sich nicht ...«

»Das *ist* auch so«, sagt Ava. »Wir sind, wer wir sind, und dann werden wir immer mehr wir selbst.«

»Ich weiß, dass du das denkst. Du siehst, ich höre dir zu. Aber ich sage dir, diese letzten neun Monate auf dem Vineyard haben mich verändert. Oder, okay, vielleicht nicht *verändert* – aber mir ist einiges klar geworden, und zwar in erster Linie, dass ich mit dir zusammen sein will.« Er greift nach ihr und zieht Ava den Fäustling aus, bis er ihre kleine, kalte Hand in seiner hält. »Ich möchte dich heiraten, Ava.«

Tränen kullern ihr die Wangen hinunter. Sie kann nicht *fassen*, was hier geschieht. Und dann, bevor sie weiß, was sie antworten soll, fängt ihr Handy an zu surren. Scott: Natürlich ist es Scott, der aus dem Krankenhaus anruft. Sie sollte drangehen, doch sie kann auf keinen Fall mit Scott reden, während sie am Ende der Hinckley Lane in Nathaniels Pick-up sitzt, und so leitet sie den Anruf auf die Mailbox weiter.

Sie zieht ihre Hand zurück und streift sich den Fäustling wieder über. Diese Fäustlinge hat ihr Mildred gestrickt, eine der Bewohnerinnen des Our Island Home. Das Beste am letzten Jahr war die Freude, die sie daran gefunden hat, für die Senioren Klavier zu spielen, ihnen zu lauschen, wenn sie Bobby Darin und Cole Porter singen – und die vielen Musicalnummern, die sie so sehr mögen. Mildreds Lieblingssong ist »Whatever Lola Wants« aus *Fußballfieber;* den wünscht sie sich jede Woche. Ava genießt es, dass Scott und sie beide hier arbeiten. Und er äußert seine Liebe zu ihr deutlich. Ava muss nie daran zweifeln.

Das möchte sie nicht missen, *obwohl* es Dinge an Nathaniel gibt, die ihr fehlen … Okay, wenn sie ehrlich ist, hat er etwas Wesentliches an sich, in das sie immer hoffnungslos verliebt sein wird.

»Ich bin verwirrt«, räumt sie ein. »Du musst mich nach Hause bringen.«

Er nickt und dreht den Zündschlüssel, und der Wagen springt an. Es überrascht sie, dass Nathaniel so schnell aufgibt. Sie dachte, er würde vielleicht versuchen, sie zu küssen. Sie *will*, dass er versucht, sie zu küssen, wird ihr klar – wie schrecklich ist *das* denn?

Sie fragt sich kurz, wie es Roxanne wohl geht. Eigentlich wollte sie auf das Geräusch des Rettungshubschraubers lauschen, doch das Zusammensein mit Nathaniel hat sie abgelenkt. Sie denkt, dass Scott ihr vermutlich keine Nachricht hinterlassen hat, was ungewöhnlich wäre. Ob er ihr böse ist? Vielleicht weiß er irgendwie, dass sie gerade mit Nathaniel zusammen ist. Kann das sein? Falls er es erfahren sollte, wird es ihn bestimmt nicht freuen, aber Ava wird ihm erklären, dass Nathaniel eine Art Schlussstrich brauchte – und Scott wird verständnisvoll reagieren.

So ein toller Typ ist er.

Nathaniel hält hinter dem Winter Street Inn. »Ich würde dich morgen Abend gern sehen«, sagt er.

»Morgen Abend hab ich was vor«, sagt sie. »Eine Party im Walfangmuseum.«

»Gehst du mit Scott hin?«, fragt er.

Sie nickt.

Er starrt durch die Windschutzscheibe auf das erleuchtete Fenster von Barts Zimmer. Die Tür zu diesem Zimmer ist immer offen und das Licht immer an – Kelley besteht darauf; es ist eine Art Symbol –, und Ava geht oft hinein und setzt sich auf Barts Bett und versucht, an der Atmosphäre im Raum zu erkennen, ob Bart tot ist oder lebt. Bisher hat sie stets das Gefühl gehabt, dass er am Leben ist – aber das könnte auch Wunschdenken sein. Sie würde Nathaniel gern davon erzählen, doch das würde wieder ein weites Feld eröffnen.

»Ich möchte dir einen Gutenachtkuss geben«, sagt er. »Darf ich?«

Jedes Atom in ihrem Körper sagt ja, und sie neigt sich sogar ein wenig zu ihm, doch dann denkt sie an Scott – der zweifellos immer noch den Weihnachtspullover mit dem bauschigen Tüllchristbaum mit den blinkenden Lichtern trägt, den er extra ihr zuliebe gekauft hat.

»Ich muss los«, sagt sie, hüpft aus dem Pick-up und eilt dann durch die Hintertür ins Haus.

Noch nie in ihrem ganzen Leben hat sie sich so zerrissen gefühlt. Sie muss mit ihrer Mutter sprechen.

MARGARET

Vor vielen Jahren, bei einer CBS-Klausur, die auf einer Farm in Millbrook, New York, stattfand – damals, als Margaret noch Zeit hatte für Dinge wie Teamaufbau und Brainstorming –, forderte der Moderator alle Teilnehmer auf, sich selbst mit zwei Attributen zu beschreiben.

Margaret wählte *unerschütterlich* und *vielbeschäftigt*.

Vielbeschäftigt gilt mit Sicherheit nach wie vor.

Unerschütterlich nicht mehr so sehr. Insbesondere nicht heute Abend, als sie das Winter Street Inn mit nur einem Ziel betritt – ihre niedliche Enkelin auf den Arm zu nehmen – und Drake und Mitzi zusammen auf dem Ledersofa vorfindet.

Wie zusammen genau, weiß sie nicht so recht.

Drake?, denkt sie. Er hat ihr erklärt, er werde es dieses Wochenende nicht schaffen. Er habe Operationen durchzuführen und einen Berg Schreibkram. Beides wollte er also nicht hintanstellen, um die Taufe von Margarets Enkelin mitzuerleben. Drake hat keine Kinder und im Grunde keinen Sinn für Familie; sein Vater starb während eines Yankees-Spiels neben ihm, Herzinfarkt. Ein Mann in der Menge, Arzt, versuchte eine halbe Stunde lang, ihn mit einer Herz-Lungen-Reanimation zu retten. In diesem Moment beschloss Drake, Medizin zu studieren. Aber einen Sinn für Familie hat er nicht. Woher soll Drake wissen, wie viel es Margaret bedeutet, ihn bei sich zu haben? Er liebt sie nicht. Die Liebe ist Dr. Drake Carroll zu chaotisch.

Und doch – hier ist er. Auf dem Sofa mit Mitzi. Margaret vermutet, dass Mitzi wegen der Taufe auf Nantucket ist. Hat Kelley sie *eingeladen*? Nein, er wirkt fast so überrascht wie Margaret darüber, Drake und Mitzi zusammen vor dem Kamin vorzufinden.

Als Margaret die Haustür schließt, versucht sie, sich als die vollendete Professionelle zu geben, die die Ergebnisse von sechs Präsidentenwahlen verkündet hat. Wenn sie es schafft, den Namen des künftigen Führers der freien Welt zu nennen, wird sie auch mit dieser Situation fertig.

»Was genau ist hier *los*?«, fragt sie. Sie klingt wie eine Gouvernante.

Drake findet keine Worte, und Mitzi fängt an zu heulen.

»Mitzi, was machst du hier?«, sagt Kelley. »Ich dachte, wir hätten uns geeinigt ...«

»Ich weiß!«, sagt sie. »Ich konnte nicht anders. Ich vermisse ihn so sehr.«

Margaret entspannt sich. Arme Mitzi. Wie gut würde Margaret funktionieren, wenn Patrick oder Kevin in Afghanistan verschleppt worden wären? Wäre sie imstande, sich jeden Abend der ganzen Nation zu zeigen und die Nachrichten zu präsentieren? Bestimmt nicht. Sie würde sich beurlauben lassen. Sie wäre ein Nervenbündel wie Mitzi.

Drake hebt zum Zeichen seiner Unschuld seine perfekten Chirurgenhände und schaut Margaret flehend an.

Drake ist hier. Er hat alle Verpflichtungen vernachlässigt, um hier aufzukreuzen und mich zu überraschen. Margaret entspannt sich noch mehr.

»Mitzi, kann ich dich im Esszimmer sprechen, bitte?«, fragt Kelley.

Mitzi steht auf. »Vielen Dank noch mal«, sagt sie zu Drake.

»War mir ein Vergnügen«, entgegnet Drake.

Mitzi folgt Kelley ins Esszimmer – wo anscheinend ihre Bestrafung erfolgen soll.

Drake nimmt Margaret in die Arme und flüstert ihr ins Ohr: »Ich wusste nicht, wer sie war. Ich hab gearbeitet, und sie kam reinspaziert und hat sich einfach neben mich aufs Sofa plumpsen lassen und angefangen zu weinen.«

»Ist schon okay«, sagt Margaret. »So ist sie eben.«

Dann verpasst Drake Margaret einen Kuss, der sie auf ihren Highheels schwanken lässt. Wow, kann der Mann küssen! Er dringt mit … na ja, mit chirurgischer Präzision bis in ihr Zentrum vor.

Mitten in der Ekstase, die sie empfindet, hört sie Kevins Stimme. »Hey, Mom!«

Sie und Drake lösen sich – widerwillig – voneinander.

»Liebling«, sagt sie. Sie küsst ihren Sohn auf die Wange; es ist einige Tage her, dass er sich rasiert hat. »Wie geht's denn so?« Hinter ihm taucht Isabelle auf. Sie wirkt erschöpft.

»Margaret«, sagt sie, und sie küssen sich auf beide Wangen. »Kann ich dir ein paar *gougères* bringen?«

»Ich gehe mit Margaret ins 56 Union essen«, sagt Drake.

Ja, denkt Margaret. Sie wird Wendy bitten, sie in einer

dunklen Ecke zu verstecken, wo sie keiner erkennt, und dort wird sie sich eine große Schüssel Currymuscheln und ein großes Glas Chardonnay gönnen. Sie hat einen Mordshunger.

Die Haustür geht auf, und Jennifer kommt mit einer Papiertüte in der Hand herein. Sie sieht benommen aus.

»Jennifer!«, sagt Margaret. »Mein liebes Mädchen.« Margaret und Jennifer haben sich immer gut verstanden, und seit Patrick im Gefängnis sitzt, bemüht Margaret sich noch mehr um sie. Sie schickt ihr jeden Monat Blumen, sie hat dafür gesorgt, dass die Jungs ein Red-Sox-Spiel sehen und in der Loge der Eigentümer sitzen konnten, und zu Weihnachten spendiert sie Jennifer einen dreitägigen Aufenthalt im Canyon Ranch in Arizona, während Jennifers Mutter sich in San Francisco um ihre Söhne kümmert.

Jennifer drückt Margaret an sich. »Ich hab Wein gekauft. Möchtest du ein Glas?«

»Klar«, sagt Margaret.

»Ich gehe mit Margaret essen«, sagt Drake.

»Stimmt«, bestätigt Margaret und schaut auf ihre Tank von Cartier, dieselbe Armbanduhr, die letztes Weihnachten bei Mitzi einen Wutanfall auslöste – weil Kelley sie Margaret zu Avas Geburt geschenkt hat und Margaret sie immer noch trägt, wenn sie auf Sendung ist. »Wir sollten gehen.«

»Willst du nicht erst die Kleine sehen, Mom?«, fragt Kevin.

»Ist sie denn wach?«, fragt Margaret zurück.

»Sie liegt in ihrem Bettchen und strampelt«, sagt Kevin. Margaret wird sich nicht die Gelegenheit entgehen lassen, ihre Enkelin auf den Arm zu nehmen. Sie wendet sich an Jennifer. »Sind die Jungs hier?«

»Die sind sicher oben und spielen Playstation mit ihrem Opa«, sagt Jennifer. »Du kannst sie morgen früh begrüßen.«

»Opa ist mit Mitzi im Esszimmer«, sagt Margaret.

»Mitzi?«, fragt Isabelle.

Margaret lächelt diplomatisch. »Ich gebe Genevieve einen einzigen Kuss. Und dann gehen wir.«

»Ich komme mit«, sagt Drake. »Ich möchte Genevieve auch sehen.«

»Wirklich?« Margaret wundert sich. Drake hat bisher nie etwas anderes als höfliches Interesse an Genevieve bekundet. Aber jetzt folgt er Margaret pflichtbewusst ins Kinderzimmer.

Der Raum ist nur von einer muschelförmigen Nachttischlampe erhellt, die einen warmen Glanz auf die mit Giraffen und Regenschirmen bebilderte Ausstattung wirft. Isabelle ist mit einer besonderen Vorliebe für *les girafes et les parapluies* aufgewachsen. Margaret fand die Kombination zunächst ein bisschen willkürlich, aber das Kinderzimmer ist dann doch ganz reizend geworden.

Sie hört Genevieve gurren, und als sie in das Bettchen späht, lächelt ihre Enkelin sie an.

»Hallo, du süßes Püppchen«, flüstert Margaret und nimmt sie hoch.

Baby Baby Baby. Nichts in Margarets Leben lässt sich mit der Freude vergleichen, ihre Enkel im Arm zu halten, vor allem diese Kleine, die noch ein bisschen leichter und niedlicher ist, als die Jungen es waren. Sie duftet nach

Lavendel, und als Margaret die Nase an ihre Wange und ihr winziges, perfektes Ohr drückt, staunt sie darüber, wie weich ihre Haut ist. Sie küsst sie wieder und wieder. Sie kann sich nicht entsinnen, in ihre eigenen Kinder so vernarrt gewesen zu sein. Bei Patrick überwältigte es sie, wie die Sorge für ihn vierundzwanzig Stunden am Tag ihr alle Energie raubte, und dann bekam sie Mastitis in der linken Brust. Frances, Kelleys Mutter, lebte damals noch und quartierte sich in Kelleys und Margarets dafür schlecht geschnittenen Wohnung in der 121st Street ein, wo sie stündlich ungebetene Ratschläge erteilte.

Daraus ergibt sich von selbst, dass Margarets Erinnerungen an Patrick nicht so ergötzlich sind wie diese Situation.

Mit Kevin war es einfacher, weil Margaret da zumindest schon wusste, was zu tun war. Dafür litt er unter Reflux – alles, womit sie ihn fütterte, kam wieder hoch, und das ganze Apartment roch nach saurer Milch –, und zudem musste sie sich um einen Zweijährigen kümmern.

Vor Avas Geburt hatte Margaret einen Vollzeitjob bei WCBS in New York, und jeder Tag, den sie mit Ava zu Hause verbrachte, war ein Tag, an dem Margaret fürchtete, man werde sie entlassen.

Es ist *so viel schöner*, Großmutter zu sein. Margaret kann gar nicht fassen, wie viel schöner es ist.

»Ich könnte sie auffressen«, sagt sie zu Drake, »so süß ist sie.«

»Darf ich?«, fragt Drake und streckt die Hände aus.

Margaret ist überrascht; er hat das Baby noch nie halten wollen. Aber natürlich operiert er Kinder in diesem Alter, auch jüngere. Er nimmt die Kleine fachkundig auf den Arm, wie er es tagtäglich tut.

»Fühlt es sich anders an?«, fragt Margaret. »Ein gesundes Baby im Arm zu halten?«

Drake lächelt auf Genevieve hinunter. »Nein«, sagt er. »Alle Babys sind gleich wundervoll.«

Margaret gefällt diese Antwort so gut, dass sie spürt, wie ihr Tränen in die Augen steigen. So viel zu *unerschütterlich*.

»Geben wir sie ihren Eltern zurück«, sagt sie, »dann können wir essen gehen.« Das Wundervollste an Enkeln: Man kann sie jederzeit ihren Eltern zurückgeben!

»Okay«, sagt Drake. Margaret folgt ihm hinaus in den Flur, während er Genevieve behutsam auf seinen Armen schaukelt.

»Mommy?«

Margaret dreht sich um. Sie mag zwar Großmutter sein, aber die Stimmen ihrer Kinder, die sie *Mommy* rufen, haben sich ihr unauslöschlich eingeprägt. Ava wartet an der Hintertür. Auch sie wirkt benommen.

»Liebling«, sagt Margaret und tritt auf ihre Tochter zu, um sie zu umarmen. »Wie geht es dir?«

Ava sieht Margaret aus großen Augen an – dann bemerkt sie Drake und fasst sich wieder. »Hey, Drake.«

»Hey, Ava«, sagt Drake. »Frohe Feiertage!«

»Ist alles in Ordnung, Schatz?«, fragt Margaret. »Wie war die Weihnachtssängerparty?«

»Oh«, sagt Ava. »Lange Geschichte. Hast du Zeit zum Reden? Oder … wäre dir morgen früh lieber?«

»Lass uns bis morgen früh warten«, sagt Margaret, obwohl sie erkennt, dass Ava etwas belastet, das sie gern sofort loswerden würde. Aber sie ist furchtbar hungrig, und Drake hat schon genug Geduld bewiesen. »Morgen früh passt prima.«

KELLEY

Friede auf Erden und den Menschen ein Wohlgefallen. Er hat diese Worte so oft wiederholt, dass er sich allmählich wie Linus von den Peanuts fühlt.

Bevor Mitzi unangekündigt auftauchte und versuchte, sich in typischer Mitzi-Manier Dr. Drake Carroll an den Hals zu werfen, war es einfacher, nach diesem Motto zu handeln!

Als Kelley Mitzi ins Esszimmer bugsiert hat, sagt er: »Was ist *los* mit dir?«

»Ich musste kommen. Ich musste in das Haus zurückkehren, wo wir ihn großgezogen haben.«

Kelley würde am liebsten laut schreien oder um sich schlagen. Erst jetzt, ein Jahr später, kann er sich richtig eingestehen, dass Mitzi ihm wie aus heiterem Himmel das Herz gebrochen hat. Zuerst konnte er es einfach nicht glauben. Eine Affäre mit George, ihrem Santa Claus, über *zwölf Jahre?* Das war so absurd, dass Kelley es kaum begreifen konnte; außerdem lenkte ihn gleich darauf Margaret ab. Ein paar Tage lang dachte Kelley, die Welt sei wieder im Lot, und er und Margaret kämen erneut zusammen.

Doch diese Vorstellung verflüchtigte sich mit dem neuen Jahr. Margaret Quinn war Margaret Quinn – zu bedeutend, zu beschäftigt, zu sehr Stadtmensch. Sie war über Kelley hinausgewachsen und hatte kein Interesse daran, auf Nantucket eine Pension zu führen. Auch wenn sie so unfassbar nett war, ihm ein siebenstelliges »Darlehen« zu gewähren, das er nie wird zurückzahlen müssen, und sehr oft nach Nantucket zu kommen und dabei für sechzehn Zimmer Gäste mitzubringen. Drake passt viel besser zu ihr, auch wenn sie es nicht zugeben will.

Der Hauptgrund dafür, dass Kelley sich über Mitzis Anwesenheit so aufregt, ist der, dass es wehtut, sie zu sehen.

Es tut weh.

Zumindest hat sie George nicht mitgebracht.

»Du kannst nicht einfach unangemeldet hier aufkreuzen«, sagt Kelley.

»Ich möchte sein Zimmer sehen«, sagt sie. »Seine Sachen.«

Kelley seufzt. »Okay. Fünf Minuten, dann musst du gehen.«

Mitzi folgt Kelley in den hinteren Teil der Pension – vor ihnen sind Margaret und Drake zum Kinderzimmer unterwegs –, doch dann biegt Kelley in den kurzen Flur ab, der zu Barts Zimmer führt.

»Ich lasse Tag und Nacht die Tür offen und das Licht an«, sagt er, »damit es für ihn bereit ist, wenn er zurückkommt.«

»Tatsächlich?« Mitzi wirkt gerührt. Ihre Augen füllen sich mit Tränen. »Denn er kommt zurück, oder?«

»Ja, Mitzi«, sagt Kelley, »er kommt zurück.« Behutsam berührt er Mitzis Rücken und schiebt sie in den Raum.

Sie setzt sich auf Barts Bett und hört auf zu weinen; etwas an dem Zimmer beruhigt sie. Mitzis Lippen bewegen sich. Kelley braucht eine Sekunde, um zu erkennen, dass sie den Namen ihres Sohnes sagt, immer wieder.

Bart Bart Bart Bart Bart.

Er setzt sich neben sie und ergreift ihre Hand.

AVA

Scott hat keine Nachricht hinterlassen, und als Ava ihn noch einmal anruft – aus der Sicherheit ihres Zimmers heraus –, geht er nicht ans Telefon.

Es ist fast Mitternacht, bevor er ihr eine SMS schickt: *Bin noch im Krankenhaus.*

Noch im Krankenhaus?, denkt sie.

Sie sollte bei ihm sein. Er ist seit nahezu drei Stunden weg. Was kann denn so lange dauern?

Hmmmm, Roxanne, denkt sie. Dann schläft sie ein.

SAMSTAG, 5. DEZEMBER

JENNIFER

Sie wacht mit einem Kater auf, Ergebnis einer Flasche Chardonnay, die sie ganz allein getrunken hat, gefolgt von nicht einer, nicht zwei, sondern *drei* Lorazepam.

Es geht ihr so grottenschlecht, dass ihr nichts anderes übrig bleibt, als eine Oxy zu nehmen. Sechs hat sie noch. Sie macht sich auf den Weg in die Küche.

»Kaffee?«, sagt sie zu Kelley und ringt sich ein kleines Lächeln ab. Die Oxy braucht genau zwölf Minuten, um zu wirken, und in einer Stunde wird sie total high sein.

Kelley gießt ihr eine Tasse ein und greift nach der Flasche Bailey's, sucht aber erst mit einem Blick ihre Zustimmung. »Warum nicht?«, sagt sie.

Kelley zwinkert und reicht ihr das magische Elixier. Er macht den Pensionsgästen Blaubeer-Pancakes aus Maismehl mit über Apfelholz geräuchertem Speck, während Isabelle Omeletts nach persönlichem Wunsch zubereitet. Jennifer belädt drei Teller mit Pancakes für die Jungen und lockt sie dann von der Playstation weg, damit sie sie an der Küchentheke essen.

»In einer Viertelstunde gehen wir in die Stadt«, sagt sie.

»Ich nicht«, sagt Barrett.

»Ich auch nicht«, sagt Pierce, dem Sirup vom Kinn tropft.

Jennifer trinkt einen stärkenden Schluck Kaffee und betrachtet ihre Söhne. Derjenige, der Patricks Abwesenheit am schwersten nimmt, ist Barrett. Er kämpft dagegen an, indem er sich an dem verbliebenen Elternteil abreagiert – Jennifer. Barrett hat Jennifer erklärt, er hasse sie, er hat gesagt: »Ich wünschte, du wärst diejenige, die im Gefängnis sitzt.« Das sind schreckliche, niederschmetternde Worte, und Jennifer wappnet sich jedes Mal, wenn sie mit ihm in einem Raum ist. Wenn Jennifer sagt: »Pass auf, ich weiß, dass du wütend bist und dich gedemütigt fühlst und dass du deinen Dad vermisst«, antwortet Barrett: »Es geht mir nicht um Dad, sondern um dich. Ich hasse *dich*.«

Pierce ist gefangen in einer Blase des Narzissmus. Ihn interessiert nur, wie sich Patricks Abwesenheit auf *ihn* auswirkt. So ist er zum Beispiel sauer, weil Patrick eine Saison lang das Lacrosse-Team nicht trainiert hat, und gibt ihm die Schuld daran, dass sie es nicht in die Playoffs geschafft haben, während sie in den Jahren davor, mit Patrick als Kapitän, dreimal hintereinander die Meisterschaft gewonnen haben. Jaime, der Jüngste, ist der einzige außer Jennifer, der das Fehlen von Patrick als klaffendes schwarzes Loch begreift. In drei von vier Nächten wacht Jennifer davon auf, dass er sich wie eine Klette an sie klammert.

»Ich komme mit in die Stadt, Mom«, sagt Jaime.

»Schön, dann spendiere ich dir in der Pharmacy einen Kakao«, sagt sie. »Und Santa kommt mit dem Mittagsboot.«

»Es gibt keinen Santa«, meint Barrett.

»Hey«, sagt Jennifer mit warnendem Blick. »Wer nicht an

ihn glaubt, kriegt auch nichts geschenkt. Kein Santa bedeutet kein Madden 16 und kein Surfbrett.«

»Genau«, sagt Jaime.

Das Oxycodon macht Jennifer meistens streitlustig und unduldsam, aber trotzdem hat sie keine Lust, ihre beiden älteren Söhne zum Mitkommen in die Stadt zu zwingen. Zwei aufsässige Jungen durch die Menschenmassen zu schleppen, ist wirklich das Letzte, was sie sich wünscht. Zum Adventsbummel ist die Main Street für den Verkehr geschlossen und wird zum Schauplatz einer riesigen Party. Vordergründig steht das Einkaufen im Mittelpunkt, obwohl auch Weihnachtssänger unterwegs sind und die Vorfreude auf die Ankunft von Santa in einem Boot der Küstenwache in der Luft liegt. Alle Restaurants servieren Adventscocktails. Vor ein paar Jahren haben Jennifer und Patrick einmal Fensterplätze im Arno's ergattert und fröhlich ihre Vorweihnachtsmartinis getrunken.

Jennifer kommt zu dem Schluss, dass ihr die Gesellschaft eines Erwachsenen lieb wäre, jemand, der Jaime im Auge behält, während sie einkauft. Sie braucht ein neues Kleid für die Party heute Abend. Sie hat über sechs Kilo abgenommen, seit Patrick im Gefängnis ist; sie passt jetzt in Größe 30, und ihre Klamotten hängen alle an ihr herunter. Sie ist seit fast einem Jahr nicht mehr ausgegangen. Deshalb ist der heutige Abend etwas Besonderes. Doch von Margaret oder Drake ist nichts zu sehen, und die Tür von Avas Zimmer ist geschlossen. Kevin hat … Babydienst. Jennifer findet ihn im Kinderzimmer, wo er Genevieve die Flasche gibt.

»Hey, ich gehe mit Jaime in die Stadt«, sagt sie. »Möchtet ihr nicht mitkommen, du und Genevieve?«

Er blinzelt sie an. Er sieht erschöpft aus; vielleicht sind es auch die Nachwirkungen des Jameson. »Klar«, sagt er. »Prima Idee. Wenn Genevieve mitkommt, hat Isabelle Zeit, das Frühstücksgeschirr abzuräumen und mit den Zimmern anzufangen. Wenn ich dann wieder hier bin, übernehme ich die Zimmer, und sie und Genevieve können ein Nickerchen machen.«

Es dauert eine geschlagene Stunde, bis Kevin und Isabelle bereit sind, und Jennifer keucht inzwischen wie ein tollwütiger Hund. Sie nimmt eine weitere Oxy. Fünf sind noch übrig. Die sollten für das restliche Wochenende reichen. Sie wird Megan am Montag um mehr bitten müssen. Entweder das oder aufhören.

Aufhören, beschließt sie. Am Montag hört sie auf.

Sie denkt nicht gern daran, wie oft sie das schon beschlossen hat.

Wofür braucht Kevin so lange? Na ja, Isabelle hat gesagt, sie wolle, dass Genevieve gebadet werde, bevor es in die Stadt gehe, und eine zappelnde Dreimonatige zu baden, ist nicht ohne, wie Jennifer sich erinnert. Sie hat sich sogar erboten, Kevin zu helfen, aber Kevin ist einer von den Vätern, die alles selbst machen wollen, auch das Waschen zwischen den Zehen und der Ränder von Genevieves zarten Ohren, und als Genevieve nackt und trocken auf dem Handtuch liegt, stochert er mit einem Q-tip in ihrem Bauchnabel herum, was Jennifer ein ungeduldiges Seufzen entlockt.

»Geh ruhig vor, Jen«, sagt Kevin. »Wir kommen nach.«

»Nein, nein«, wehrt Jennifer ab. »Wir gehen zusammen.«

Nachdem das Baby eingecremt und gepudert ist, erfolgt das Verpacken in mehrere Schichten. Und *dann*, als Genevieve vollständig angekleidet ist, verzieht sich ihr Gesicht zu einer entschlossenen Miene, und Kevin sagt: »Oh nein, *nein*!« Und Genevieve kackt lautstark, was die Entfernung aller Kleidungsschichten erfordert und einen Wechsel der Windel und erneutes Einpacken. Jennifer hat ganz vergessen, wie lange alles bei einem Säugling dauert – und wie viel Krimskrams man braucht. Als Kevin endlich fertig ist, enthält seine Umhängetasche Windeln, Feuchttücher, einen Extrastrampelanzug, Schnuller, zwei Fläschchen abgepumpte Milch, eine Rassel, ein Plüschtier und eine Decke.

Die zweite Oxy hat der ganzen Welt einen surrealen Schimmer verliehen. Schrecklich, wie sehr Jennifer es genießt, nicht so recht bei Verstand zu sein. Allerdings merkt sie, dass Jaime hibbelig ist und es ihm wahrscheinlich verlockend erscheint, doch in der Pension zu bleiben und mit seinen Brüdern Videospiele zu spielen. Aber er hält treu zu seiner Mutter und zieht nur hin und wieder leise schnaufend ganz sanft an ihrem Ärmel.

Endlich hat Kevin das Baby in der Trage festgeschnallt und hängt sich die Tasche um.

»Adventsbummel, wir kommen«, sagt er.

In der Stadt ist es voll. Jennifer kann kaum glauben, wie voll es ist. *Tausende* Menschen sind unterwegs. Der Himmel ist bedeckt, und ein paar leichte Schneeflocken rieseln herab. Es ist das perfekte Adventsbummelwetter. Auf den Bäumen sind alle Lichter an, und die Schaufenster strahlen. Weihnachtssänger in viktorianischen Kostümen singen auf der Straße vor Murray's Toggery »God Rest Ye Merry, Gentlemen«. Jennifer bleibt stehen, um ihnen zu lauschen. Sie sehnt sich nach Patrick. Es ist elf Uhr morgens, was bedeutet, dass er gleich mit seinem Fitnessprogramm durch ist, und es ist Samstag, also arbeitet er in der Mittagsschicht in der Cafeteria, ein Job, der ihm drei Dollar pro Stunde einbringt. (In seinem eigentlichen Beruf, sagt Patrick, hat er drei Dollar in der Zeit verdient, die er brauchte, um sich die Nase zu putzen.)

Genevieve fängt an zu schreien. »Lass uns ein Stück gehen«, bittet Kevin.

»Ich hab Jaime einen Kakao in der Pharmacy versprochen«, sagt Jennifer.

»Alles klar«, erwidert Kevin.

Die Nantucket Pharmacy hat eine altmodische Lunchtheke und den besten Kakao auf der Insel. Er wird in einem dickwandigen Keramikbecher mit einem Berg Schlagsahne und einer Zuckerstange als Garnitur serviert. Jaime setzt sich auf einen Hocker, und Jennifer schießt ein Foto von ihm, bevor er sein Getränk verputzt. Das Einzige, in dem sie sich hervorgetan hat, seit Patrick ins Gefängnis musste, ist die Dokumentation jedes einzelnen Moments. Kevin wandert durch die Gänge und schaukelt Genevieve dabei sacht, bis sie an seiner Brust eingeschlafen ist.

»Geschafft«, flüstert er.

Die Eingangstür bimmelt, und Jennifer spürt plötzlich

eine Hand auf ihrer Schulter. Neben allem anderen macht das Oxy sie auch noch paranoid; sie schnellt herum.

Es ist George.

»George!«, sagt Jennifer. »Hi!« Sie umarmt ihn und hält dann hinter ihm Ausschau nach Mitzi, doch er scheint allein zu sein.

»Sie ist noch im Hotel«, sagt George. »Schläft ihren Rausch aus.«

Jennifer setzt einen, wie sie hofft, mitfühlenden Gesichtsausdruck auf. »Ich bin selbst ein bisschen verkatert«, gesteht sie. Dabei weiß sie, dass sie gestern Abend nicht annähernd so betrunken war wie Mitzi. Mitzi war ein Wrack. Jennifer fragt sich kurz, ob sie ebenfalls Tabletten nimmt.

George wendet sich Kevin zu. »Kevin, wie geht's?«

Kevin nickt. Jennifer ist sich nicht sicher, welche Beziehung Kevin zu George hat, falls überhaupt eine. Mitzi hat Jennifer nach Patricks Verurteilung getröstet, und Jennifer war nicht in der Verfassung, sie abzuweisen. Im Laufe des letzten Jahres hat sie jedoch festgestellt, dass sie zum Bindeglied zwischen Mitzi und den anderen Quinns geworden ist. Mitzi bittet sie um Informationen über das Befinden der Familie, und Jennifer, die nicht lügen will und kann, liefert sie ihr.

»Kann mich nicht beklagen«, sagt Kevin.

George späht in die Babytrage. »Hier ist also der Engel? Was für eine Schönheit.«

Kevin grinst. »Das ist sie.«

Die Eingangstür bimmelt erneut, und eine rothaarige Frau kommt herein. »Hey, George!«, ruft sie.

George schaut auf seine Uhr. »Pünktlich auf die Minute, Mary Rose«, sagt er und zwinkert Jennifer und Kevin zu. »Ich bin mit der jungen Dame zum Mittagessen verabredet. Wir sehen uns ja morgen in der Kirche.«

»Bis dann«, sagt Kevin.

George steuert Mary Rose, die Rothaarige, auf das Ende der Theke zu.

Jaime schlürft seinen restlichen Kakao. Jennifer drängt ihn von seinem Hocker – und ins Freie.

Auf der Straße wendet sie sich an Kevin. »Ich muss mich entschuldigen. Es ist meine Schuld, dass Mitzi und George an diesem Wochenende hier aufgekreuzt sind. Mitzi hat mich vor ungefähr einem Monat gefragt, wann das Baby getauft wird, und ich hab es ihr erzählt.«

»Jen, das ist okay«, sagt Kevin. »Ich meine, Mitzi war über zwanzig Jahre lang meine Stiefmutter. Ich hätte sie selbst eingeladen, aber Dad ...«

»Klar«, sagt Jennifer.

»Ich hatte das Gefühl, ich dürfte sie nicht auf die Insel zurückholen«, sagt Kevin. »Aber jetzt bin ich froh, dass sie kommt. Besonders, weil Bart immer noch vermisst wird ... Ich finde, da sollten wir alle zusammen sein.«

»Okay, gut«, sagt Jennifer. Sie weiß, dass Kevin und Ava und Bart in ihr so etwas wie eine Schwester sehen, doch ihr ist bewusst, dass sie keine gebürtige Quinn ist. Sie würde ihre Grenzen als lediglich Angeheiratete nie überschreiten wollen.

Sie gehen weiter die Straße entlang, schlängeln sich zwischen Pelzmänteln hindurch. Jennifer denkt kurz über die

Rothaarige nach, die George zum Lunch einlädt, während Mitzi »ihren Rausch ausschläft«, als ihr Blick plötzlich auf das Schild von Murray's Liquors fällt und sie nach Luft schnappt.

»Ach du meine Güte, Kevin!«, sagt sie.

»Was ist denn?«, fragt Kevin.

Jennifer bleibt wie angewurzelt stehen, sodass von hinten fast zehn Leute in sie hineinrennen. Kevin zieht sie ein paar Schritte zur Seite. »Was ist los?«

Jennifer weiß nicht, was sie ihm erzählen soll. Sie hat doch tatsächlich vergessen, dass sie Norah Vale gesehen hat. Oder nicht so sehr vergessen; es ist ihr eher *entglitten*. Das passiert oft, wenn sie Lorazepam genommen hat. Sie hat heute Morgen, als Kelley Frühstück machte, kurz daran gedacht, aber vor Isabelle hätte sie es natürlich nie erwähnt. Jetzt fragt sie sich, ob es überhaupt real war oder sie es sich nur eingebildet hat. Sie fragt sich, ob die Frau, die sie gesehen hat, wirklich Norah Vale war oder nur eine Person, die Norah sehr ähnelte. Schließlich hat die Frau Jennifer nicht gegrüßt oder sich sonst wie anmerken lassen, dass sie Jennifer kennt. Sie hat bloß die Nase gerümpft – vielleicht aus Entrüstung darüber, fälschlich als Norah angesprochen zu werden. Jennifer will Kevin auf keinen Fall grundlos beunruhigen. Die Familie hat so schon genug an der Backe.

»Ach nichts«, sagt sie.

»Was ist?«, sagt Kevin. »Erzähl's mir.«

»Es ist nichts«, sagt Jennifer. »Mir ist nur gerade eingefallen, dass ich mir noch ein Kleid kaufen muss.«

AVA

Ava schläft lange, eine schlechte Angewohnheit, der sie sich nur am Wochenende hingibt, wenn sie nicht bei Scott übernachtet; er steht schon im Morgengrauen auf und joggt sechs Meilen, bei jedem Wetter.

Sie wälzt sich herum und sieht auf die Uhr. Fünf vor elf. Das ist ziemlich erbärmlich, sogar für sie. Sie muss ihren Hintern aus dem Bett bewegen, einen Kaffee trinken, essen, was ihr Vater übrig gelassen hat, und dann anfangen, Kevin und Isabelle mit den Zimmern zu helfen.

Aber zuerst checkt sie ihr Handy. Gegen ihren Willen hofft sie auf eine SMS von Nathaniel. Doch stattdessen hat sie einen weiteren verpassten Anruf – ohne Nachricht – und eine SMS von Scott, die *Bin unterwegs ins MGH zu Roxanne* lautet.

Ava setzt sich mit einem Ruck auf. »Was?«, schreit sie.

Sie ruft Scott sofort an, und er antwortet beim sechsten Klingeln. »Hallo?« Er hört sich erschöpft an, aber das ist ihr egal.

»Du bist in *Boston*?«, sagt sie. »Bei *Roxanne*? *Wozu*, Scott? Ich ... fasse es nicht! Warum?«

»Sie ist am frühen Morgen mit dem Rettungshubschrauber abtransportiert worden, und ich hab die erste Fähre genommen und mir dann einen Wagen gemietet. Ihr Knöchel ist schlimm gebrochen und muss operiert werden. Sie hat Angst, Ava, himmelschreiende Angst wie ein kleines Mädchen, und sie hat sonst niemanden. Ihre Mutter lebt in Kalifornien und ihr Bruder in Denver, und sie sagt, sie hat keine engen Freundinnen, die sie um Unterstützung bitten könnte.«

Ava beißt sich auf die Zunge. Roxanne hat keine engen Freundinnen, weil sie nicht der Typ ist, dem andere Frauen vertrauen. *Himmelschreiende Angst wie ein kleines Mädchen?* Das ist womöglich die absurdeste Wendung, die Ava jemals von Scott gehört hat, aber sie kann sich genau vorstellen, wie Roxanne bei ihm auf die Tränendrüsen gedrückt hat. Sie hat sich wie eine Viertklässlerin mit aufgeschürftem Knie benommen, sodass Scott nicht widerstehen konnte. *Natürlich* hat er die erste Fähre bestiegen, *natürlich* hat er einen Wagen gemietet! Ava braucht einen Moment, um sich zu sammeln. Roxanne hat sich den Knöchel gebrochen und kann nicht laufen. Sie hat keine Angehörigen auf Nantucket, keine engen Freundinnen. Wenn Ava sich den Knöchel gebrochen hätte, wären ihr Vater und ihr Bruder da gewesen; Shelby wäre da gewesen, Scott wäre da gewesen.

»Wann kommst du nach Hause?«, fragt Ava. »Bis sechs bist du zurück, oder?« Um sechs geht die ganze Familie Quinn zu der Baumfestparty, die von der Nantucket Historical Association im Walfangmuseum veranstaltet wird. Sie ist das wichtigste Ereignis des Adventsbummel-Wochenendes.

»Ava ...«, setzt Scott an.

»Sag es nicht«, sagt Ava. »Bitte nicht.«

»Sie wird heute Nachmittag zwischen drei und vier Uhr operiert. Sie wissen nicht, wie lange es dauert, aber ich muss bei ihr sein, wenn sie aufwacht. Die größte Angst hat Roxanne davor, aus der Narkose aufzuwachen und allein zu sein.«

Avas größte Angst ist die, dass ihr ihre Begleitung zum Baumfest abhandenkommt – was nicht ganz dasselbe Gewicht hat. Und doch findet sie, da Scott *ihr* Freund ist und nicht Roxannes, dass sein rechtmäßiger Platz heute Abend der an Avas Seite wäre.

»Du erklärst mir also, dass du heute nicht zurückkommst«, sagt sie.

»Wahrscheinlich nicht«, sagt Scott.

»Und was ist mit morgen?«, fragt Ava. »Du bist doch rechtzeitig zur *Taufe* zurück, oder?« Jetzt darf ihre Stimme so entrüstet klingen, wie Ava ist. Scott mag es ja okay finden, *ihr* abzusagen, doch das Baby zu versetzen, wäre ein Ding der Unmöglichkeit.

»Das müsste ich schaffen«, sagt er. »Am besten, ich warte ab, wie es läuft.«

Ava schweigt.

»Es tut mir so leid, Ava. Ich weiß echt nicht, wie ich mich in diese Lage gebracht habe.«

Ava dagegen weiß genau, wie – und deshalb liebt sie ihn ja auch. Er ist ein guter Mensch. Er würde nie zulassen, dass Roxanne oder sonst jemand sich verängstigt und allein einer Operation stellen muss.

»Ist schon okay«, sagt sie.

»Es ist *nicht* okay«, sagt Scott. »Ich *hasse* es, dich zu enttäuschen. Du kannst sicher sein, dass ich *wirklich* nicht gern hier im Mass General sitze, wenn ich mit dir im Bett liegen könnte. Und dass ich die Party heute Abend verpasse, bedaure ich noch mehr. Wenn ich die Augen zumache, sehe ich vor mir, wie fantastisch du in diesem grünen Kleid aussiehst.«

Das Grüne aus Samt mit dem Beinschlitz, gekauft an einem Wochenende in Manhattan, als Ava und Scott bei Margaret zu Besuch waren. Ein spektakuläres Kleid, zu dem sie ihre Kette mit dem Brillantanhänger tragen wird, die Margaret ihr letztes Weihnachten geschenkt hat, und die schwarzseidenen Stöckelschuhe von Louboutin, ebenfalls ein Geschenk von Margaret.

Das alles wird Scott verpassen!

Ava denkt kurz daran, Nathaniel anzurufen und zu bitten, sie zu begleiten. Dann verflüchtigt sich der Gedanke, und an seine Stelle tritt die Frage, wie sie nur so gemein sein konnte.

»Das mit heute Abend ist okay«, sagt sie. »Ich verstehe dich.«

»Wirklich?«

»Versuch bloß, morgen möglichst früh hier zu sein«, sagt sie. »Die Taufe ist wichtig.«

»Ich tue, was in meiner Macht steht, Ava, versprochen«, sagt Scott. »Ich liebe dich so sehr.«

»Und ich liebe dich«, sagt sie.

MARGARET

Drake ist verändert. Er ist heiter und entspannt und ganz auf sie konzentriert. Soweit sie feststellen kann, hat er nicht einmal seine E-Mails gecheckt – ist das möglich? Drake ist doch sonst so stolz darauf, in jedem Moment, den er nicht im Operationssaal verbringt, verfügbar zu sein.

»Hast du das Krankenhaus kontaktiert?«, fragt sie.

Er küsst sie unters Ohr, und ein köstlicher Schauer durchrinnt sie. »Nein. Jim Hahn ist für mich eingesprungen.«

»Du hast Jim überredet, ein *Wochenende* von dir zu übernehmen?«, staunt Margaret. Jim Hahn, der einzige Chirurgenkollege, dem Drake vollkommen vertraut, ist zufällig auch Vater von fünf Kindern, und seine Wochenenden sind ihm heilig.

»Er schuldete mir einen Gefallen«, sagt Drake. »Ich wollte hier sein.«

»Es ist nur …« Margaret weiß nicht recht, wie sie sich ausdrücken soll. Als Drake ihre Einladung ausgerechnet mit der Begründung ablehnte, er habe *zu viel Papierkram*, dachte sie, er habe einfach keine Lust mitzukommen. Und so enttäuscht sie auch war, sie verstand ihn. Drake führt ein streng reglementiertes Leben: das Krankenhaus, seine Patienten, seine Mitarbeiter. Margaret hat es ihm nicht verübelt, dass er sich nicht in das Quinn'sche Familienelend hineinziehen lassen wollte.

Und doch ist er jetzt da und sagt ihr, dass er hier sein *will*.

Er küsst sie auf die Nasenspitze. »Ich liebe dich, Margaret.«

Ihre Augen weiten sich, und sie wünscht sich erneut, unerschütterlich zu sein. Dr. Drake Carroll hat gerade die drei Worte ausgesprochen, die sie, da war sie sich sicher, nie von ihm hören würde. Sie ist sich so sicher gewesen, dass sie aufgehört hatte zu hoffen.

»Du liebst mich?«, fragt sie, um sich zu vergewissern.

»Ich liebe dich.«

»Du hast es schon wieder gesagt.«

»Weil es stimmt. Ich liebe dich. Ich habe Jim überredet, für mich einzuspringen, und bin hergekommen, um dich zu überraschen, weil ich dich liebe, Margaret Quinn.«

Sie dreht sich auf den Rücken und starrt an die Decke. Als ihr das letzte Mal ein Mann erstmalig seine Liebe gestand, war sie dreiundzwanzig Jahre alt, und der Mann war Kelley Quinn.

Drake räuspert sich. »Und du … Liebst du *mich*?«

»Weißt du was?«, sagt Margaret. »Ich glaube, ja.«

Jetzt ist nicht nur Drake verändert, sondern auch Margaret. Sie sind zusammen verändert. Sie sind verliebt und haben es laut ausgesprochen, es zugegeben. Margaret kann es kaum fassen, aber es fühlt sich genauso fantastisch an wie beim ersten Mal mit Kelley. Vielleicht sogar noch besser, weil es bei diesem zweiten Mal, im Alter von sechzig, ein Geschenk ist. Als Margaret dreiundzwanzig war, in einer

Einzimmerwohnung im East Village lebte und an der NYU studierte, erwartete sie, dass ihr die Liebe begegnen würde. Sie würde heiraten und Kinder haben. Doch jetzt, beinahe vierzig Jahre später, eine zweite Chance zu bekommen, erscheint ihr wie ein Wunder.

Die Liebe verändert alles. Margaret und Drake bleiben bis kurz vor zwölf im Bett, dann duscht Margaret heiß und lange (während Drake, da ist sie sich sicher, seine E-Mails checkt). Sie kleiden sich an, Margaret setzt eine Mütze auf und ihre Tom-Ford-Sonnenbrille, und sie machen sich Hand in Hand auf in die Stadt.

»Wow«, sagt Drake, als sie die Main Street erreichen. »Was für Massen. Willst du dir das wirklich antun?«

»Ich behalte meine Sonnenbrille auf«, sagt sie. »Niemand erkennt mich, wenn ich es nicht will.«

»Das nenne ich Gottvertrauen«, sagt Drake.

Sie suchen etliche Geschäfte auf, alle voll – Stephanie's, den Geschenkeladen, Mitchell's Book Corner, Erica Wilson. Überall wird heißer Apfelwein oder Kakao angeboten, in manchen Läden gibt es auch Häppchen. In der Dane Gallery steht eine große Platte mit Fleisch- und Wurstwaren, und Drake stürzt sich darauf, während Margaret den mundgeblasenen Christbaumschmuck begutachtet. Eine durchsichtige Kugel, die einen kunstvoll gestalteten Spielzeugsoldaten umschließt, gefällt ihr besonders gut. »Ich liebe diese Anhänger«, sagt sie, »aber ich schaffe es nie, einen Baum aufzustellen.«

»Sie eignen sich wunderbar als Geschenke«, sagt die Verkäuferin.

Margaret wendet sich Drake zu. »Stellst du einen Baum auf?«

»Was glaubst du?«, fragt er und steckt sich eine Scheibe Prosciutto in den Mund.

»Ich glaube, du bist froh, wenn du Zeit hast, die drei Weihnachtskarten zu lesen, die du bekommst«, sagt sie.

»Ich kriege mehr als drei«, sagt er. »Manchmal.«

»Ich könnte Darcy eine Kugel schenken, aber sie ist zu jung, um sie zu würdigen. Oder ich kaufe eine für Lee Kramer, aber der ist Jude. Meine Kinder haben sowieso schon zu viel Weihnachtskram im Haus … bis auf Jennifer. Und Jennifer hat einen hervorragenden Geschmack. Ich schenke sie Jennifer.«

»Gute Idee«, sagt Drake und bestreicht einen Cracker mit obszön viel Gänseleberpastete, sodass Margaret Angst bekommt, er könnte sich den Appetit verderben.

»Allerdings habe ich dieses Jahr schon sehr viele Geschenke für Jennifer«, sagt Margaret. »Ich will nicht, dass die anderen neidisch auf sie sind, aber …«

Eine hinter ihr stehende Frau sagt: »Entschuldigung, sind Sie nicht Margaret Quinn von der *Today Show*?«

Margaret hängt die Christbaumkugel wieder zurück. Sie ist erkannt worden – mehr oder weniger. »Ich fürchte, die *Today Show* kenne ich nicht«, sagt sie augenzwinkernd.

Die Frau, hochgewachsen und mit einer ziemlich langen Nase, versteht den Witz nicht. »Sie läuft jeden Morgen«, sagt sie.

»Wunderbar!«, erwidert Margaret und zieht Drake von den Wurstwaren weg hin zur Tür.

Margaret schlägt vor, bei Murray's Liquors eine Flasche Champagner zu besorgen, die sie kalt stellen und trinken könnten, bevor sie heute Abend ausgehen.

»Ich werde den ganzen Abend Margaret Quinn von der *Today Show* sein«, sagt sie. »Also wäre es nett, wenn wir zuvor ein bisschen Zeit für uns allein hätten.«

Drake sucht aus dem Humidor des Ladens zwei Zigarren aus. »Mal sehen, ob Kelley später Lust hat, mit mir eine von diesen Schönheiten zu rauchen. Ein Männergespräch zu führen, die Taufe seiner Enkelin zu feiern, so was in der Art.«

Margaret hat einen Mordshunger, doch im Essenszelt auf dem Parkplatz des Stop & Shop scheint ein Riesendurcheinander zu herrschen, deshalb führt Margaret Drake eine schmale Kopfsteinpflastergasse entlang auf das Starlight Theatre & Café zu.

»Haben wir hier nicht die Diashow über Nantucket gesehen?«, fragt Drake.

»Gutes Gedächtnis«, lobt Margaret. Im letzten Sommer hat sie ihn zu einer Diashow mit den Fotos von Cary Hazlegrove geschleppt in der Hoffnung, dass Drake sich dann in Nantucket verlieben werde. Inzwischen wirkt er ziemlich hingerissen von der Insel. »Im Café gibt es eine leckere Muschelsuppe, und sie servieren BLT-Sandwiches mit zu viel Speck, genau so, wie ich sie liebe«, sagt Margaret.

Sie treten ein, und Margaret bahnt sich ihren Weg an der Kinokassenschlange vorbei auf die Bar zu. Am Ende der Theke sind zwei Plätze frei – vollkommene Vollkommenheit!

Doch dann bleibt sie stehen. An der Bar sitzt auch Mitzi, allein, ein Glas Wein vor sich.

Margaret macht eine Kehrtwende.

»Deine spezielle Freundin ist hier«, sagt sie und stupst Drake in die Rippen. Margaret versteht, dass Mitzi dieses Wochenende nach Nantucket gekommen ist, aber Mitzi in ihren romantischen Lunch einzubeziehen geht ihr doch zu weit.

»Komm«, sagt sie zu Drake. »Gehen wir ins Club Car.«

MITZI

Als sie in ihrem Zimmer im Schloss aufwacht, ist George nicht da. Mitzis Kopf fühlt sich an, als wäre er gegen eine Mauer gekracht, und das Innere ihres Mundes ist so trocken, dass sie den Eindruck hat, er sei voller Sand. Sie greift nach der Flasche Wasser neben dem Bett, doch die ist leer. Sie wird aufstehen müssen.

Dann erinnert sie sich an den Streit.

Es war ihr erster mit Geschrei und Geheul ausgetragener Krach mit George, so laut, dass der Nachtmanager des Hotels an ihre Tür kam, um zu fragen, ob alles okay sei.

Er fing damit an, dass Mitzi von der Pension ins Haus stolperte, nachdem Kelley sie abgesetzt hatte, und George an der Bar vorfand, wo er mit der Rothaarigen von der Adventsschmuck-Besichtigungstour einen Scotch trank. Sie wollte sich einen Schlummertrunk genehmigen, den sie wahrhaftig nicht brauchte, hatte aber *nicht* erwartet, dass ihr Partner hier mit einer anderen Frau plauderte. Rosemary oder wie auch immer sie hieß. Mary Rose.

Mitzi schaffte es – mehr oder weniger –, sich in der Öffentlichkeit zusammenzureißen. George wirkte *äußerst nervös*, als sie ihm auf die Schulter tippte, und war schnell mit der Erklärung zur Hand, was für ein *enormer Zufall* dies sei: Mary Rose wohnte auch in diesem Hotel, und sie waren beide zum Abendessen hier gelandet.

»Ich hatte ja nichts von dir gehört«, sagte George.

Mitzi hatte das Abendessen ausgelassen – wie so oft im vergangenen Jahr.

»Wie bist du von der Pension hergekommen?«, fragte George. »Zu Fuß?«

»Kelley hat mich gefahren«, räumte Mitzi ein.

George nickte kurz und bat den Barkeeper um die Rechnung. Er entschuldigte sich und Mitzi bei Mary Rose, und sie marschierten schweigend den Flur entlang in ihr Zimmer. Dort verlor Mitzi die Beherrschung.

»Tut mir leid, dass ich in euer Rendezvous geplatzt bin«, sagte sie.

»Es war kein Rendezvous«, sagte George. »Ich hab dir doch erzählt, dass wir uns zufällig an der Bar getroffen haben.«

»Jetzt redest du schon zum zweiten Mal von ›Zufall‹«, sagte Mitzi. »Was mir verrät, dass es eben *kein* Zufall war. Ich glaube, es wäre ehrlicher zuzugeben, dass Mary Rose und du euch bei der Adventsschmuck-Besichtigungstour so gut verstanden habt, dass ihr danach kurz entschlossen zusammen essen gegangen seid.« Mitzi gefiel es nicht, wie belegt ihre Stimme klang; sie nuschelte, was die Bedeutung dessen minderte, was sie hervorheben wollte.

»Du warst lange in der Pension«, sagte George. »Und du hast dich nicht gemeldet.«

»Hast *du* mich denn angerufen?«, fragte Mitzi. »Oder mir eine *SMS* geschrieben?«

»Nein«, sagte George. »Nein, hab ich nicht. Ich habe versucht, dir genug Zeit zu lassen für das, was du in der Pension vorhattest.«

An diesem Punkt geriet Mitzi außer Kontrolle. Sie kreischte und schrie und nannte George einen fetten, unsensiblen Mistkerl. Sie behauptete, er verstehe ihren Schmerz nicht, weil er keine Kinder habe; sie beschuldigte ihn, er habe es darauf angelegt, sich mit einer Fremden zu amüsieren, weil Mitzi nicht mehr sonderlich amüsant sei und George es satthabe, mit einer so unglücklichen Person zusammenzuleben.

»Ich liebe dich, Mitzi«, sagte George. »Aber ich gebe zu, es war angenehm, mal ein normales Gespräch zu führen. Mary Rose war *nett* zu mir. Weißt du, wie lange es her ist, dass *du* nett zu mir warst?«

George hätte ebenso gut Benzin auf die glühenden Kohlen ihrer Wut gießen können. Sie *schrie* – erst Worte, dann unverständliche Worte, dann gab sie einfach nur noch Geräusche von sich, um des Lärms willen. Dann ... na ja, die Wahrheit ist, dass sie sich an nichts mehr erinnern kann außer an das Klopfen an der Tür. Der Nachtmanager.

»Meine reizende Mrs Claus hier hat einen Sohn, der unserem Land in Afghanistan dient, und wir haben schlechte Nachrichten erhalten«, sagte George zu dem Mann.

Der Nachtmanager drückte sein Verständnis aus und fragte, ob er irgendetwas für sie tun könne. George versicherte ihm, es gebe nichts, was *irgendjemand* tun könne, sie ihre Lautstärke aber verringern würden. »Bitte entschuldigen Sie uns«, sagte er. »Bestimmt haben wir die anderen Gäste gestört. Sie denken wahrscheinlich, hier drinnen wird jemand ermordet.«

Der Nachtmanager lachte unsicher, und George schloss die Tür.

Dann wandte er sich Mitzi zu, mit einem Gesichtsausdruck, den sie bereits von Kelley kannte und der besagte: *Ich hoffe, du bist zufrieden. Jetzt weiß jeder, dass du verrückt bist.*

In einem Ton, den sie gönnerhaft fand, fragte er: »Soll ich dir ein Bad einlassen, Liebling?«

»Nein«, erwiderte sie knapp und legte sich aufs Bett. Sie war müde, zu müde, um sich auch nur die Schuhe auszuziehen. »Nein, ich glaube nicht.«

Jetzt ist Mitzi ausgekleidet – bis auf Unterwäsche und T-Shirt zumindest –, und George ist weg. Sie schwingt ihre Beine auf den Boden und stemmt sich hoch. Sie torkelt ins Bad, um sich Wasser zu holen, dann angelt sie ihr Handy aus ihrer Manteltasche. Keine Nachricht von George.

Wo bist du?, textet sie.

Während sie auf eine Antwort wartet, durchsucht sie das Zimmer nach einem Zettel. Sie findet nichts.

Bart Bart Bart Bart Bart.

Ihr Telefon surrt. Die SMS von George lautet: *Bin mit Mary Rose in der Main Street mittagessen.*

Mitzi blinzelt. Lautet die SMS wirklich so? Sie ist sich nicht sicher; ihre Kopfschmerzen sind so schlimm, dass sie vielleicht einen Hirnschaden hat. Sie liest den Text noch einmal. George ist mit Mary Rose mittagessen.

Ernsthaft?, schreibt sie zurück.

Ernsthaft, schreibt George. *Bin gleich fertig. Müsste in 20 Minuten wieder im Hotel sein.*

Mitzi ist voll widersprüchlicher Gefühle. Was sie jetzt mehr als alles andere braucht, ist eine Freundin, die ihr entweder bestätigt, dass ihre Wut gerechtfertigt ist, oder sie beruhigt. Aber Mitzi hat keine Freundinnen mehr. Diejenigen, die sie vor einem Jahr hatte, hat sie hier auf Nantucket zurückgelassen. In Lenox hat sie sich mit keiner einzigen Frau angefreundet. Die Mädchen, die in der Hutmacherwerkstatt arbeiten, sprechen kein Englisch, und alle sonstigen Frauen, die George in der Stadt kennt, sind Freundinnen seiner Exfrau Patti.

Mitzi setzt sich auf ihr Bett und öffnet das E-Mail-Programm auf ihrem Handy. Soll sie Gayle schreiben oder Yasmin? Sie hat bei ihren Brieffreundinnen noch nie ein anderes Thema zur Sprache gebracht als ihre verschollenen Söhne. Aber ihre Probleme mit George stehen ja auch im Zusammenhang damit. Nach einigem Überlegen entscheidet sie sich für Yasmin. Gayle ist seit dreißig Jahren glücklich verheiratet und christliche Fundamentalistin; Mitzi weiß nicht recht, ob sie verstehen würde, dass Mitzi nach einer zwölfjährigen Affäre mit ihrem Santa Claus ihren Ehemann verlassen hat. Wohingegen Yasmin, die in Brooklyn lebt, bestimmt nichts fremd ist.

An: mamayasmin@yahoo.com
Von: queenie292@gmail.com
Betreff: Männerproblem

Yasmin, hi –
Ich weiß, ich habe dir erzählt, dass mein Partner George heißt und nicht Barts Vater ist. Die Wahrheit ist, dass ich mit Kelley Quinn, Barts Dad, einundzwanzig Jahre lang verheiratet war, aber in zwölf von diesen Jahren für jeweils ein Wochenende eine Affäre mit dem Mann hatte, der bei uns den Santa Claus spielte. Dieser Mann ist George. Im letzten Jahr habe ich kurz nach Barts Stationierung beschlossen, Kelley wegen George zu verlassen, und bin dann mit George nach Lenox, Massachusetts, gezogen.

   Inzwischen glaube ich allerdings, dass das ein Riesenfehler war. Vielleicht hat Barts Einzug in den Krieg mein Urteilsvermögen getrübt. Ich hätte George aufgeben und bei Kelley bleiben sollen; stattdessen habe ich das Gegenteil getan.

   Es war ein trauriges Jahr für mich, nicht nur wegen Bart, sondern auch, weil ich es mit einem Mann verlebt habe, den ich nicht liebe.

   Ich liebe George nicht.

Mitzi starrt auf den Bildschirm ihres Telefons. Sie kann es kaum fassen, dass sie diese Worte geschrieben hat.

   Die Worte sind wahr. Sie liebt George nicht. Es ist ihr egal, dass George mit Mary Rose zu Mittag isst. Es erleichtert sie, dass er eine Freundin gefunden hat, denn das bedeutet, dass Mitzi nicht unter dem Druck steht, fröhlich zu sein oder so zu tun, als genösse sie das Adventsbummel-Wochenende.

Yasmin, ich möchte dich um Rat bitten. Was soll ich tun? Der Mann, den ich eigentlich liebe, ist Barts Vater Kelley – aber ich habe ihn so sehr verletzt, dass ich fürchte, die Beziehung ist nicht mehr zu retten. Bitte sag mir, was du denkst. Ich weiß, dass wir uns nicht persönlich kennen, aber momentan bist du die Frau, der ich mich wegen unseres gemeinsamen Kummers am nächsten fühle.
Gott segne unsere Truppen,
Mitzi

Mitzi drückt auf Senden, dann zieht sie ihre Jeans an und geht ins Bad, um sich die Zähne zu putzen. Ihre Haare kann sie vergessen; sie wird eine Mütze aufsetzen müssen. Sie trägt Feuchtigkeitscreme auf, aber kein Make-up. Mit Make-up gibt sie sich schon seit Monaten nicht mehr ab; es ist sinnlos.

George wird in zwanzig Minuten hier sein, doch dann ist Mitzi nicht mehr da. Sie wird ausgehen und etwas trinken.

KELLEY

Am Samstag ist *sehr viel Betrieb*, gut so, denn das hält Kelley davon ab, zu viel an Mitzi zu denken.

Er wacht um sechs Uhr auf, dann begibt er sich in die Küche, um Kaffee aufzubrühen und mit dem Frühstück anzufangen. Er brät vierhundert Gramm Speck auf dem Backblech, teils weich, teils knusprig, und rührt den Teig für seine berühmten Drei-Beeren-Maismehl-Pancakes an. Mr Bloom aus Zimmer zehn kommt um halb sieben herunter und holt sich einen Kaffee, und wenige Sekunden später erscheint Isabelle, um sich die Zutaten für ihre Omeletts bereitzustellen.

»Wie hat die Kleine geschlafen?«, fragt Kelley.

Isabelle wiegt den Kopf hin und her. »*Comme ci, comme ça.* Sie wachte zweimal auf.«

»Du solltest wieder zu Bett gehen und Kevin runterschicken, um sich um das Frühstück zu kümmern«, sagt Kelley.

Isabelle lacht. »Eierschalenomeletts.«

Arbeit, Arbeit, Arbeit – zu viel, um an Mitzi zu denken. Er füllt die Sahne- und Milchkännchen und die Zuckerschälchen. Er bringt den Müll nach draußen. Die Wiltons aus Zimmer vier sind Frühaufsteher, und Mrs Wilton genehmigt sich über die Hälfte des Specks. Sie wiegt höchstens zweiundvierzig Kilo; womöglich leidet sie an Bulimie. Kelley legt mehr Speck auf das Backblech, während Isabelle die Omelettbestellungen der Wiltons entgegennimmt. Kelley wäscht Geschirr ab.

Jennifer kommt herunter, um den Jungs Frühstück zu holen. Die Jungs sind ganz wild auf Speck, und Kelley legt noch mehr davon auf das Backblech. Er zieht definitiv Würstchenfrühstücke vor.

Um Viertel nach neun wird es eng – drei Zimmer, die gleichzeitig essen wollen. Pancakes, Omeletts ... und der Kaffee ist alle. Kelley brüht mehr Kaffee auf. Kevin platzt mit dem Baby in die Küche.

»Der Kaffee dauert noch eine Minute«, sagt Kelley. »Soll ich sie nehmen?«

»Nein, nein«, sagt Kevin. »Du wirkst beschäftigt.«

Aber für Genevieve ist Kelley nie zu beschäftigt. Mit ihren vier Monaten hat sie gelernt, den Kopf zu heben, der mit dem weichsten blonden Flaum bedeckt ist. Sie hat runde blaue Augen in der Farbe von Saphiren; Kelley übertreibt nicht. Morgens steht er manchmal über ihrem Bettchen und flüstert: »Wach auf und zeig mir die Edelsteine.« Genevieve hat einen winzigen Rosenknospenmund und natürlich die drallen, seidenweichen Wangen, die jedes Baby hat. Er kennt nichts, mit dem sie sich vergleichen ließe, außer vielleicht einer vollkommenen reifen Himbeere oder einer flauschigen Kumuluswolke. Er ist *bezaubert* von diesem Baby. *Jeder* ist bezaubert von diesem Baby. Die Kleine ist womöglich das meistgeliebte Baby auf der ganzen Welt.

»Gib sie mir mal kurz«, sagt Kelley. »Und du wendest die Pancakes.«

»Ich werde sie ruinieren«, warnt Kevin, reicht Kelley jedoch das Baby und schwingt den Pfannenheber.

»Hallo, süße Maus«, sagt Kelley zu Genevieve, während er mit ihr durch die Küche tanzt. »Ich gehe mal raus mit ihr, damit sie die Gäste begrüßen kann.«

»Und ich bleibe hier und vermurkse die Pancakes«, sagt Kevin.

Kelley präsentiert Genevieve den frühstückenden Paaren; er ist ein schamlos stolzer Opa. Die Frauen gurren und winken und zupfen an Genevieves winzigen bestrumpften Füßen, aber dann bemerkt Kelley, dass Mr Rooney einen leeren Kaffeebecher umklammert, und kehrt zurück in die Küche.

Er kann mit einer Hand Kaffee ausschenken; er hat wieder gelernt, alles einhändig zu tun, damit er Genevieve nicht absetzen muss. War er in Bart auch so verliebt? Er ist sich nicht sicher. Bart litt unter Koliken. Er schrie ständig, sechs oder sieben Stunden am Tag, was Mitzi vollkommen fertigmachte. Sie versuchte alles Mögliche: Sie stellte den Babysitz auf den Wäschetrockner, sie packte Bart in seinen Schneeanzug und fuhr mit ihm auf der Insel herum, sie setzte ihn auf die Schaukel und legte ihn in die Babywippe – nichts brachte das Kind zum Verstummen. Mitzi las, dass Schreibabys als Erwachsene angeblich sehr intelligent und erfolgreich sind; das war gut zu wissen, aber ansonsten nicht besonders hilfreich.

Kelley entsinnt sich, dass Mitzi in den Naturkostladen ging und mit Tropfen gegen Koliken nach Hause kam. Sie gab Bart die Tropfen – und *tatsächlich* hörte er sofort auf zu schreien. Kelley dachte: *Der ganzheitliche Ansatz funktioniert!* Er gratulierte Mitzi und umarmte sie, während Bart auf dem Bett zwischen ihnen zufrieden strampelte.

»Prima«, sagte Kelley, »endlich haben wir das Heilmittel gefunden.«

Kaum hatte er die Worte ausgesprochen, da begann Bart erneut zu quäken. Mitzi gab Kelley die Schuld; sie meinte, er habe es beschrien.

Als Kelley Mitzi am Abend zuvor sah, war sein vorherrschendes Gefühl, dass er sie *vermisste*. Seine Wut einerseits und seine wiederbelebte Freundschaft mit Margaret andererseits – und natürlich seine überwältigende Angst um Bart – hatten Kelleys Verletztheit und Trauer darüber, dass Mitzi ihn verlassen hatte, das Gefühl, versagt zu haben, überlagert. Sie ist seine *Ehefrau*. Er *liebt* sie. Ihm fehlt all das, was sie als Paar zusammen unternommen haben: Sie nahmen eine Segeltuchtasche, vollgepackt mit Handtüchern und Mitzis esoterischer Lektüre, mit an den Strand, und dabei hielt jeder einen Henkel. Sie kauften sich die gleichen Ledersandalen, die sowohl Kevin als auch Ava zu den »hässlichsten Schuhen der Welt« erklärten, und sogar Kelley musste einräumen, dass sie irgendwie unansehnlich waren, doch ihre Hässlichkeit betonte die Schönheit von Mitzis schlanken Knöcheln und Füßen nur noch mehr. Er vermisst Mitzis Stimme am Morgen. Er vermisst die Spitznamen, die sie manchen Gästen gaben – »Mr Wichtigtuer« und »die anspruchsvolle Betty«. Er vermisst es, ihr Nettigkeiten zu erweisen – ihre Windschutzscheibe von Schnee zu befreien, ihr einen Teller seiner selbstgemachten Garnelensuppe zu bringen – und sie dann strahlen zu sehen. Sie hat, das findet jeder, ein bezauberndes Lächeln.

Am Abend zuvor, als sie nebeneinander auf Barts Bett saßen, griff Kelley nach Mitzi, und beide drückten sich die Hände, als könnte das allein ihnen Bart zurückbringen.

Und dann erbot Kelley sich, Mitzi ins Schloss zurückzufahren. Sie war betrunken, ein Zustand, in dem er sie nicht oft gesehen hatte, und er konnte sie nicht zu Fuß gehen lassen. Als er vor dem Hotel hielt, sagte sie: »Weißt du, ich bin nicht so glücklich mit George, wie ich gedacht hatte.«

Er müsste lügen, wenn er behaupten würde, dass ihn das nicht gefreut hatte. Er war versucht, seiner Frau einen Abschiedskuss zu geben, bremste sich jedoch. *Sie ist nur übers Wochenende hier*, rief er sich ins Gedächtnis. *Höchstens noch anderthalb Tage. Die überlebe ich auch noch*.

Er räumt die Überreste des Frühstücks weg. Nur aus einem Zimmer ist keiner heruntergekommen, nämlich aus Zimmer zehn. Margaret und Drake, deshalb stellt Kelley ihnen Kaffee warm. Er versucht, jede Empörung zu unterdrücken – seine Exfrau aalt sich über ihm mit einem begnadeten Chirurgen im Bett.

Jennifer und Kevin verkünden, dass sie mit Jaime und dem Baby in die Stadt gehen. Jennifer bittet Kelley, ein Auge auf ihre beiden älteren Söhne zu haben – doch als er den Kopf in ihr Zimmer steckt, sind sie vollkommen in ihr Videospiel vertieft.

Isabelle fängt an, die Gästezimmer zu putzen. Kelley

macht sich an die Wäsche von Bettzeug und Handtüchern. Ava gesellt sich zu ihm. Sie wirkt niedergeschlagen und durcheinander.

»Wie war deine Weihnachtssängerparty?«, fragt Kelley.

»Oh«, sagt sie, »die war nett.« Ihr Tonfall deutet darauf hin, dass sie alles andere als das war.

Kelley beginnt, die vom Trockner noch warmen Handtücher zusammenzulegen. »Nur nett?«

»Eigentlich gar nicht nett«, sagt Ava. »Diese Frau, Roxanne, die an der Highschool unterrichtet, hat sich auf dem Kopfsteinpflaster den Knöchel gebrochen und wurde mit dem Rettungshubschrauber nach Boston geflogen, und Scott ist ihr nachgefahren. Deshalb kann er heute Abend nicht mit zu der Party kommen. Es sieht also ganz so aus, als wäre ich deine Begleiterin.«

»Prima!«, sagt Kelley. Es gab tatsächlich eine Sekunde, in der er daran gedacht hat, Mitzi als Begleitung mitzunehmen. Nichts würde ihm besser gefallen, als sich vorzustellen, wie George allein im Hotel sitzt, während Mitzi sich aufbrezelt, um mit Kelley auszugehen. Doch Ava als Begleiterin ist eine viel bessere Idee.

Er kann gar nicht glauben, dass er überhaupt erwogen hat, Mitzi zu fragen.

Der einzige Grund ist der, dass er sie vermisst.

Aber ... sie ist nur übers Wochenende hier.

Ava sieht bei der Aussicht, die Party mit ihrem Dad zu besuchen, nicht eben begeistert aus.

»Schau nicht so traurig drein«, sagt Kelley. »Ich hab meinen Smoking reinigen lassen.«

»Das ist es nicht«, sagt Ava. »Ich bin bloß enttäuscht, dass Scott nicht mitkommt. Diese Frau ist nicht mal eine besonders gute Freundin von ihm, aber sie hatte sonst niemanden, der mitfährt, deshalb ist Scott eingesprungen.«

»Aha«, sagt Kelley.

»Und«, sagt Ava.

»Und?«

Ava knabbert an ihrer Unterlippe. »Ich hab gestern Abend zufällig Nathaniel getroffen.«

»Nathaniel? Wirklich? Ich dachte, der wäre weggezogen.«

»Er baut ein Haus auf dem Vineyard«, sagt Ava. »Aber jetzt ist er wieder da.«

»Oh«, sagt Kelley. »Wie war es, ihn zu sehen?«

»Komisch«, sagt Ava. »Es war ... ich weiß nicht ... viel schwieriger, als ich angenommen hatte.«

Kelley nickt. Er weiß genau, wie Ava sich fühlt.

Um halb zwei sind die Zimmer fertig. Margaret und Drake sind unterwegs in die Stadt. Kevin kehrt aus der Stadt zurück und legt das Baby zu einem Nickerchen hin. In der Pension ist es still bis auf die durch die Musikanlage ertönenden Weihnachtslieder: »Away in a Manger«, »I Saw Three Ships«.

Kelley macht sich auf die Suche nach seinen Enkeln und findet alle drei, Joysticks in den Händen, vor dem Fernseher vor. Der Diebstahl von Autos wurde von etwas abgelöst, das noch verwerflicher aussieht.

»Wie heißt das Spiel?«, fragt Kelley.

»Assassin's Creed«, sagt Pierce. »Willst du mitspielen, Opa?«

Ein Videospiel übers Morden: *Das ist das Ende der Zivilisation*, denkt Kelley und erkennt dann den Großvater in sich. Sein eigener Großvater hielt die Beatles für das Ende der Zivilisation – und jetzt gehört Paul McCartney dem Adelsstand an. Kelley ist in Versuchung, als coolster Opa des Universums zu kandidieren, indem er sich einfach dazusetzt und mitspielt, aber mit Patrick als Gefängnisinsassen brauchen diese Jungen eine Vaterfigur und keinen Freund, der mit ihnen zusammen Meuchelmorde begeht.

»Hey«, sagt er. »Ich hab ein bisschen Zeit. Soll ich euch nicht mal Cribbage beibringen?«

»Nein danke«, lehnt Barrett ab.

»Kommt schon, Leute. Ihr könnt doch nicht den ganzen Tag lang Videospiele machen.«

»Wir mögen Videospiele«, sagt Jaime. »Außerdem hab ich heute schon meine bildschirmfreie Zeit gehabt. Ich war mit Mom in der Stadt.«

»Pierce?«, sagt Kelley. »Barrett? Ihr beide schuldet mir noch bildschirmfreie Zeit.«

Die zwei älteren Jungen antworten nicht. Sie zucken nicht einmal mit der Wimper. Während Kelley sich noch unsicher ist, wie stur er bleiben soll, klingelt das Festnetztelefon. Kelley muss den Flur entlangrennen, um abzunehmen. Er hat das Gefühl, es könnten Neuigkeiten über Bart sein.

»Mr Quinn?«, sagt eine junge männliche Stimme.

Bart, denkt Kelley.

»Ja?«, sagt er.

»Hier ist D-Day, der Barkeeper im Starlight. Ich habe Mrs Quinn hier. Sie ist ziemlich betrunken. Ich hab sie gefragt, ob jemand kommen und sie abholen kann, und sie hat mir diese Nummer gegeben.«

»Mrs Quinn?«, sagt Kelley. »Wir sprechen doch von Mitzi, oder?«

»Stimmt.«

»Und sie hat Ihnen *diese* Nummer gegeben?«

»Genau genommen hat sie mir zuerst Ihre Handynummer gegeben, aber da ist niemand drangegangen. Dann diese Nummer.«

»Meine Handynummer?«, fragt Kelley nach.

»Ja.«

Kelley führt sich D-Day vor Augen, den Barkeeper im Starlight. Sein richtiger Name ist Dylan Day; Kelley und Mitzi kennen ihn seit seiner frühesten Jugend. Inzwischen ist er natürlich erwachsen; er hat einen Bart, einen ganzen Arm voller Tattoos und trägt immer einen Filzhut. In der Schule war er Bart um ein paar Jahre voraus, und als Kelley sich das letzte Mal ein Bier fürs Kino bei ihm geholt hat, hat D-Day sich nach Bart erkundigt.

»Ich bin gleich da«, sagt er.

»Danke, Mr Quinn«, sagt D-Day mit hörbarer Erleichterung.

Eingemummelt in Mantel und Schal, wartet Mitzi auf dem Bürgersteig vor dem Starlight, als Kelley vorfährt. Neben ihr steht D-Day, obwohl wahrscheinlich seine Anwesenheit in der Bar notwendig ist. Sowohl Mitzi als auch D-Day rauchen.

Sie raucht?, denkt Kelley. Was ist mit seiner Frau *passiert?*

Er kurbelt das Fenster des gebrauchten Pathfinder herunter, den sie sich nach Barts Unfall mit dem LR3 vor ein paar Jahren gekauft haben.

»Mitzi«, sagt er.

Sie wirft ihre Zigarette auf die Erde und drückt sie mit dem Absatz ihres Clogs aus, dann steigt sie in den Wagen.

»Vielen Dank, Dylan«, sagt Kelley.

»Kein Problem«, sagt D-Day. »Ich denke oft an Sie.«

Kelley holpert über das Kopfsteinpflaster, biegt vor der Bibliothek rechts ab und dann noch einmal rechts in die Water Street. *Überall* sind Menschen, die, ihre Einkaufstüten schwenkend, aufs Geratewohl die Straße überqueren. In der Main Street stehen die viktorianisch kostümierten Weihnachtssänger vor dem Blue Beetle, sodass sich dort eine riesige Menge versammelt hat. Kelley muss aufpassen, dass er niemanden überfährt.

Als er sicher auf der anderen Seite der Stadt angelangt ist – wozu ein großer Umweg nötig war –, fragt er: »Mitzi, was ist los?«

Sie lässt ihren Kopf gegen das Fenster sinken. »Es geht mir nicht gut.«

»Du hast angefangen zu rauchen?«

»Ja«, sagt sie. »Das hilft.«

Kelley hat keine Ahnung, was hilfreich daran sein kann, sich vorsätzlich die Lunge mit *Teer* zu füllen, hält sich jedoch mit Kritik zurück. Er hat selbst geraucht, damals, als er bei J. P. Morgan seine Termingeschäfte tätigte, und zwar eine Schachtel am Tag – nur bei der Arbeit; Margaret hätte nie geduldet, dass er zu Hause raucht –, und er erinnert sich, dass ihm das Nikotin ein paar Momente der, wie es ihm heute erscheint, grimmigen konzentrierten Ruhe gewährte. Vielleicht ist es für Mitzi dasselbe, vielleicht spielt sie sich aber auch nur auf.

»Und was ist mit dem Trinken am helllichten Tage?«, fragt Kelley. »Du hast so viel getrunken, dass Dylan mich anrufen musste. Das ist erniedrigend, Mitzi, oder? Wir kannten Dylan schon, als er noch eine Zahnspange trug. Und warum sollte er *mich* anrufen? Wo ist George?«

»George hat gestern Abend bei der Adventsschmuck-Besichtigungstour eine Frau kennen gelernt«, sagt Mitzi. »Die hat er heute zum Lunch eingeladen.«

»Was?« Kelley lacht. Ist George wirklich so ein Casanova?

»Ich bin sicher, dass es vollkommen harmlos ist«, sagt Mitzi. »Aber George braucht einfach eine normale zwischenmenschliche Kommunikation. Er hat meine ständige Angst und Traurigkeit satt. Er versteht mich nicht. Bart ist nicht sein Sohn.«

»Nein«, sagt Kelley. »Das ist er nicht.«

»George hat Bart kaum gekannt. Für George war er nichts als ein nervtötender Junge, der dauernd in Schwierigkeiten geriet, bis du ihn abgeschoben hast.«

»Mitzi«, sagt Kelley. Sie haben nur drei Minuten gebraucht, um wieder auf ihr altes Streitthema zu kommen.

»Ich habe Bart nicht *abgeschoben*. Er wollte zu den Marines.«

»Ich weiß, tut mir leid. Darum ging es mir auch gar nicht. Es geht darum, dass George mit meinen Gefühlen nichts anfangen kann. Er isst mit einer anderen Frau zu Mittag, weil er mich satthat.«

»Und deshalb hast du dich betrunken?«

»Trinken hilft«, sagt Mitzi.

»Es muss doch außer Trinken noch was anderes geben, das dir hilft.«

Mitzi schenkt ihm ein halbes Lächeln. »Mit dir zusammen zu sein hilft.«

Sie ist nur übers Wochenende hier, denkt Kelley. *Es ist nichts Dauerhaftes. Es ist nicht real.*

Allerdings ist sie nur zu real, wie sie da neben ihm im Auto sitzt und sich mit einem Papiertaschentuch die Nase betupft. Sie klappt die Sonnenblende herunter, um sich im Spiegel zu betrachten, und versucht vergeblich, ihre Locken unter ihre Mütze zu schieben. Diese winzige Geste zerreißt Kelley fast das Herz. Er will sie nicht lieben, will sie nicht attraktiv finden – aber er kann nicht anders. Der ganze Wagen riecht jetzt nach ihr.

Er streckt die Hand aus und legt sie ihr aufs Bein, in der Annahme, dass sie ihn bestimmt zurückweisen wird. Doch stattdessen bedeckt sie seine Hand mit ihrer.

Bevor Kelley sich versieht, schleichen Mitzi und er sich durch die Hintertür in die Pension und eilen den Flur entlang in sein Schlafzimmer – das neunzehn Jahre lang ihr *gemeinsames* Schlafzimmer war. Sobald die Tür zu ist, fangen sie an, sich wie verrückt zu küssen, sich zu küssen, als hätten sie seit Jahren und Jahren niemanden geküsst. Sich so heftig zu küssen, dass sie aufs Bett fallen, und dann zieht Mitzi ihre Bluse aus, und Kelley denkt: *Sollen wir das wirklich tun?* Es ist keine gute Idee, in keiner Hinsicht, es wird sie nur verwirren, und alles ist sowieso schon sehr verwirrend, aber er schafft es nicht, sich loszureißen, seine Hände oder seinen Mund von ihr zu lassen.

Sie lieben sich, rasch und ungestüm, als ob ihr Liebesspiel vielleicht irgendwie das sein könnte, was fehlt, das, was Bart retten wird.

Danach liegen sie beide schwer atmend auf dem Rücken.

Geht es ihm jetzt besser? Körperlich ja, definitiv! Aber emotional? Nein, eigentlich nicht. Er will keine Wochenendaffäre mit Mitzi oder Margaret oder sonst jemandem. Er will seine Frau zurück.

Er greift nach ihrem Kinn und umschließt es mit der Hand. »Hat der Alkohol dein Urteilsvermögen getrübt?«

»Ich hatte nur ein paar Gläser Wein«, sagt sie. »Die allerdings auf leeren Magen, und ich war aufgebracht wegen George, und dann hat D-Day sich nach Bart erkundigt, und ich musste weinen. Erinnerst du dich, wie D-Day und Bart in der Little League zusammenspielten und D-Day Bart bei einem Pitch getroffen hat?«

»Ja, jetzt, wo du danach fragst«, sagt Kelley. Es ist nur halb gelogen. Kelley entsinnt sich nicht, dass D-Day geworfen hat, sondern nur, dass Bart als Zehnjähriger von einem Baseball getroffen wurde. Er entsinnt sich, wie Mitzi *aus-*

flippte und aufs Spielfeld rannte und nach einem Rettungswagen rief. Nicht nach einem Eisbeutel, sondern einem Rettungswagen. So eine Mutter ist Mitzi immer gewesen. Das ist George doch sicher klar. Wie kann er da erwarten, dass sie akzeptiert, dass ihr Sohn Geisel einer angeblich so brutalen Organisation wie des Beleh ist?

Mitzi knöpft ihre Bluse zu und setzt sich auf. »Ich sollte gehen«, sagt sie. »Ich muss was essen. Ich hab den ganzen Tag noch nichts gegessen.«

Kelley schwingt seine Füße auf den Boden. Nach dem Sex fühlt er sich leicht benommen; das letzte Mal ist lange her. »Komm mit in die Küche«, sagt er. »Ich mache dir was.«

»Das brauchst du nicht«, sagt sie.

»Ich möchte aber«, sagt er.

Es ist sowohl angenehm als auch befremdlich, Mitzi bei sich in der Küche zu haben. Sie lehnt sich mit verschränkten Armen an die Theke, während Kelley Pumpernickel mit Schinken und Schweizer Käse belegt – Salatblätter und Tomate für Kelley, nur Salat für Mitzi, scharfer Senf für Kelley, eine absurde Menge Mayonnaise für Mitzi.

»Isst du zurzeit Kartoffelchips?«, fragt er.

»Immer her damit«, sagt sie.

»Wie wär's mit Zitronen-Ingwer-Tee?«

»Sehr gern.«

Er hat die Schachtel mit den Teebeuteln noch, obwohl er im letzten Jahr tausendmal gedacht hat: *Wirf sie weg. Das ist Mitzis Tee.*

Er setzt den Kessel auf.

»Es gibt was, das ich schon den ganzen Tag tun wollte«, sagt er.

»Ach ja? Außer dem, was wir gerade getan haben?«

Er holt ein Kartenspiel aus der Kramschublade. »Ich wollte Cribbage spielen«, sagt er. »Spielst du mit mir?«

»Sehr gern«, sagt sie.

AVA

Jemand klopft an die vordere Tür der Pension. Es ist der Bote von Flowers on Chestnut mit einem herrlichen Adventsgebinde: pralle rote Rosen, weiße Amaryllis, Kiefernzapfen, Stechpalmen- und Fichtenzweige.

»Oh!«, sagt Ava. »Vielen Dank!« Sie nimmt die Blumen entgegen und sucht nach einer Karte. Manchmal bekommen auch Pensionsgäste welche, doch Ava vermutet, dass dieser Strauß zu Genevieves Taufe geschickt wurde.

Auf der Karte steht Avas Name.

Scott, natürlich.

Ava trägt die Blumen in ihr Zimmer. Es wäre großzügiger, sie auf den Couchtisch im Salon zu stellen, damit sich alle daran erfreuen können, aber sie sind so fantastisch und verströmen einen so satten Duft, dass Ava sie für sich allein will. Sie sind von ihrem Freund, dem nettesten, aufmerksamsten Mann auf der Welt, der Ava wissen lassen wollte, dass er an sie denkt, obwohl er am Bett von Roxanne Oliveria sitzt.

Die Blumen helfen auch, etwaige Gedanken an Nathaniel zu verscheuchen. In den zwei Jahren ihrer Beziehung hat er ihr nie Blumen geschenkt – nicht zum Geburtstag, nicht zum Valentinstag, nicht zum Jahrestag.

Sobald Ava in ihrem Zimmer und die Tür zu ist und die Blumen auf der Kommode stehen, wo sie sich in ihrem Spiegel spiegeln, klappt sie die Karte auf. An ihrem Spiegel steckt bereits ein halbes Dutzend Karten von Scott – *Glückwunsch zum letzten Schultag der schönsten Musiklehrerin auf der Welt. Ich liebe dich, Ava.*

Auf dieser Karte steht: *Ich kann nicht aufhören, an dich zu denken. Nathaniel.*

Ava fällt rücklings auf ihr Bett.

»Ohne mich«, sagt sie.

MITZI

Ein, zwei Stunden lang fühlt sie sich wie eine ganz normale Frau.

Es ist so lange her, beinahe ein Jahr.

Sie und Kelley beenden ihr Cribbage-Spiel, und Mitzi lässt ihren Becher auf dem Tisch kreiseln. Ein Rest kalten Tees ist noch darin; sie mag ihn nicht austrinken, weil sie nicht will, dass der Nachmittag zu Ende ist.

»Ich sollte gehen«, sagt sie. »George wird sich fragen, wo ich bleibe.«

»Ach ja?«

Mitzi überprüft ihr Handy – keine Nachrichten von George, keine verpassten Anrufe. Ist er etwa immer noch mit dieser Frau zusammen? Ist Mitzi wirklich für ein Ebenbild seiner Exfrau sitzen gelassen worden?

Vielleicht. Sie stellt fest, dass ihr das egal ist. Das Zusammensein mit Kelley hat sie in gewisser Weise befreit. Sie muss die Last ihrer Sorge um Bart nicht mehr allein tragen. Kelley teilt sie mit ihr. Obwohl sie nicht ausdrücklich über Mitzis wiederkehrende Albträume gesprochen haben – ISIS, die Enthauptungen, der brennende Pilot im Käfig, ihren Kleinen, der womöglich das nächste Opfer ist –, geht es ihr besser mit Kelley an ihrer Seite.

»Weißt du was?«, sagt sie. »Ich habe gar keine Lust zu gehen.«

Kelley nickt bedächtig. Sie sieht, wie es in ihm arbeitet, und weiß, dass sie unfair ist. Kelley ist der Mann, dessen Gefühle sie verletzt, dessen Herz sie gebrochen hat. Dass sie jetzt mit George unglücklich ist, bedeutet nur, dass sie ihre gerechte Strafe bekommt.

»Hättest du Interesse daran, heute Abend mit mir zu der Baumfestparty im Walfangmuseum zu gehen?«, fragt er. »Ava hat ein Ticket übrig, weil Scott auf dem Festland ist.«

»Oh, das möchte ich nicht«, entgegnet Mitzi.

»Warum nicht? Wir müssen ja nicht lange bleiben. Wir können einen Blick auf die Bäume werfen, uns ein paar Häppchen genehmigen, und dann setze ich dich beim Hotel ab.«

»Ich habe nichts anzuziehen«, sagt Mitzi. »Ich hab ein Kleid für die Taufe mitgenommen, das ist alles. Und …« Sie sieht auf die Uhr. Viertel nach vier. »Es ist zu spät, um noch was zu kaufen.«

In dieser Sekunde ertönt ein berühmtes Lachen. Margaret und Drake betreten die Küche und bringen dabei die Kühle und die heitere Stimmung eines in der Stadt verbrachten netten Nachmittags mit. Drake schwenkt eine Flasche Champagner.

»Wir sind auf der Suche nach Flöten«, sagt Margaret. »Von der Sorte, aus der man trinkt.« Sie sieht Mitzi und Kelley am Tisch und die darauf verstreuten Spielkarten, und ihr Gesicht nimmt einen Ausdruck aufgesetzter Neutralität an. »Hallo noch mal, Mitzi.«

»Margaret«, sagt Mitzi.

»Hallo, Mitzi«, sagt Drake.

Mitzi schlägt die Augen nieder. Sie kann gar nicht fassen, wie unglaublich sie sich am Abend zuvor blamiert hat; sie hat sich Drake praktisch an den Hals geworfen.

»Margaret!«, sagt Kelley in dem Ton, den er an sich hat, wenn er Margaret für die Lösung aller Probleme auf der Welt hält. »Ich will Mitzi zu der Party im Walfangmuseum heute Abend mitnehmen, aber sie hat nicht die richtige Garderobe dafür. Könntest du ihr nicht was leihen? Ihr habt ja ungefähr dieselbe Größe.«

»Sie kennen doch Margaret«, sagt Drake. »Sie packt für jeden Anlass drei Outfits ein.«

»Das stimmt«, sagt Margaret und lächelt Mitzi an. »Bist du sicher, dass du dir von mir was ausleihen willst? Früher hat dir mein Geschmack in Sachen Kleidung nicht sonderlich gefallen.«

Mitzi weiß, dass sie diesen Seitenhieb verdient – mindestens. Etwa anderthalb Jahre lang hat sie einen Blog geschrieben, in dem sie ausnahmslos jedes Outfit kritisiert hat, das Margaret trug, wenn sie auf Sendung war, ein dämlicher und grausamer Zeitvertreib, aber die einzige Möglichkeit, die Mitzi fand, ihren gewaltigen Neid auf diese Frau zu artikulieren.

»Ich würde mir sehr gern ein Kleid von dir ausleihen«, sagt sie, denn in Wahrheit findet sie Margarets Geschmack makellos. »Und Schuhe, falls du ein Paar übrig hast?«

»Ha!«, sagt Drake. »Sie hat sieben Paar Highheels mitgenommen.«

Margaret gibt Drake einen Klaps. »Komm mit in mein Zimmer«, sagt sie zu Mitzi. »Welche Schuhgröße?«

»Achtunddreißigeinhalb«, sagt Mitzi.

»Na ja«, sagt Margaret zu Kelley, »zumindest bist du beständig.«

Margaret hat halb so viele Sachen mitgebracht, wie in Mitzis Kleiderschrank in Lenox hängen, nur sind sie weitaus glamouröser. Donna Karan, Diane von Furstenberg, Helmut Lang, Roberto Cavalli – jedes Modell, das Margaret ihr zeigt, entzückt Mitzi mehr als das davor. Zimmer zehn hat sich von dem Raum, den Mitzi pflichtbewusst jeden Tag putzte – zufällig auch der Raum, in dem sie alljährlich ihre Weihnachtsaffäre mit George wiederbelebt hat –, in etwas verwandelt, das direkt aus den Prinzessinnenträumen von Mitzis Kindheit zu stammen scheint.

Drake lässt den Korken knallen und reicht sowohl Margaret als auch Mitzi ein Glas. Mitzi wird klar, dass sie hier überzählig ist. Natürlich wollten Drake und Margaret diese Flasche Krug (ein fantastischer Champagner, den Mitzi noch nie gekostet hat) allein trinken und sich lieben und dann duschen und für die Party zurechtmachen. Stattdessen legt Margaret jetzt Musik auf – die Wiener Sängerknaben –, und sie und Drake setzen sich hin wie Jurymitglieder bei *America's Next Top Model*, während Mitzi mit vier Kleidern ins Badezimmer geht.

Bevor sie die Tür schließt, fragt sie Margaret: »Welches wolltest du denn anziehen?«

»Ist mir egal«, sagt Margaret. »Ich bin mit allem zufrieden.«

Mit allem zufrieden: Die Beiläufigkeit dieser Antwort ist Mitzis Lebensziel. Margaret Quinn ist *mit allem zufrieden*, weil sie auch so schon genügend Selbstbewusstsein und Durchsetzungsvermögen hat. Sie hat ihre Träume hundertfach wahr gemacht. Sie muss niemandem etwas beweisen. Sie würde selbst in einem Jutesack gut aussehen. Margarets Schönheit kommt von innen.

Wie kann Mitzi das auch erreichen? Sie schaut im Badezimmerspiegel in ihr verkniffenes, blasses Gesicht. Auf dem Bord darunter sind Margarets Kosmetikartikel aufgereiht: Cremes und Reinigungsmilch, Eyeliner und Lidschatten und ein halbes Dutzend Chanel-Lippenstifte. Doch keins dieser Produkte wird Mitzi helfen. Sie benötigt nur eins, und zwar die Gewissheit, dass Bart in Sicherheit ist. Wenn jemand ihr das garantieren kann, braucht sie nie wieder etwas anderes. Sie wird für den Rest ihrer Tage voller Frieden und Dankbarkeit sein.

Bart Bart Bart Bart Bart.

Einen Moment lang droht Mitzi, wie üblich in die schwarze Grube der Verzweiflung zu stürzen. Wenn der Champagner doch Tequila wäre!

Gräueltaten. Lebendig in einem Käfig verbrannt. Enthauptet.

Aber dann reißt sie sich zusammen. Margaret und Drake warten, Mitzi zieht das erste Kleid an, ein sexy amethystfarbenes Slipdress aus Seide mit Spaghettiträgern und asymmetrischem Saum. Passende Highheels hat Margaret ihr auch mitgegeben – silbern glitzernde Manolos.

Ihre widerspenstigen Locken fasst Mitzi auf dem Kopf

mit einem silbernen Haarclip von Margaret zusammen, den sie zwischen den Tiegeln und Tuben gefunden hat.

Sie tritt hinaus ins Zimmer. Dort steht jetzt auch Kelley mit einem Glas Champagner.

Er pfeift bewundernd. »Verdammt heiß!«, sagt er.

»Das steht Ihnen«, sagt Drake.

»Mitzi, du siehst umwerfend aus«, sagt Margaret. »Absolut umwerfend.«

Mitzi spürt Tränen in sich aufsteigen. Aber zum ersten Mal seit einem Jahr sind es keine Tränen des Kummers, sondern Tränen der Dankbarkeit.

Mitzi probiert das Etuikleid aus Silberbrokat an, das mit goldenen Pailletten bestickte Charleston-Kleid und die weiße Göttinnenrobe.

»Wer die Wahl hat, hat die Qual«, sagt Kelley. »Du siehst in allen hinreißend aus.«

»Stimmt«, bestätigt Drake.

»Margaret?«, fragt Mitzi. Margarets Meinung ist die einzige, die zählt. Mitzi weiß, dass sie einmal im Monat mit Anna Wintour im Four Seasons zu Mittag isst, dass sie Donatella Versace und Stella McCartney für *60 Minutes* interviewt hat. In den letzten zwanzig Jahren – zumindest vor Barts Verschwinden – war das giftigste Gefühl, das Mitzi empfand, ihr Neid auf Margaret. Aber jetzt wird ihr klar, dass sich hinter diesem Neid ihr Respekt vor der Frau verbarg.

»Mir hat das erste gut gefallen, das violette«, sagt Margaret. »Die Farbe ist dramatisch und ausdrucksstark. Es wird alle Blicke auf sich ziehen. Außerdem … ist es ein Dior.«

»Wirklich?« Mitzi weiß, das bedeutet, dass es vermutlich über fünftausend Dollar gekostet hat.

»John Galliano hat es für mich entworfen, zu einem Anlass, an den ich mich nicht mehr erinnere. Aber ich finde, es steht dir viel besser als mir. Ich hätte gern, dass du es trägst.«

Mitzi weiß nicht, wie die Frau es schafft, so liebenswürdig zu sein. Von nun an wird sie sich bemühen, Margaret nachzueifern. Sie wird ein besserer Mensch werden.

»Das violette also!«, sagt Kelley und deutet mit einem Kopfnicken auf den Flur. »Warum ziehst du dich nicht unten um? Dann können die beiden noch ein bisschen ungestört sein.«

»Ich weiß nicht, wie ich dir danken soll«, sagt Mitzi zu Margaret.

»Lasst uns alle Spaß haben heute Abend«, sagt Margaret. »Den hast du wirklich verdient.«

Mitzi nickt, und Margaret fügt hinzu: »Ich komme gegen Viertel vor sechs runter und schminke dich. Mein Stylist Roger hat mir ein paar Tricks beigebracht.«

Kelley nimmt ihre beiden Champagnerflöten und geht ihr auf der Hintertreppe voran. »Willst du George anrufen und ihm von deiner Planänderung erzählen?«

»George?«, sagt sie.

KEVIN

Zum ersten Mal seit Genevieves Geburt haben sie einen Babysitter angeheuert.

Isabelle ist offen gesagt ein Wrack.

Sie sitzt auf der Kante ihres ordentlich gemachten Bettes. Die größte Veränderung, seit Kevin und Isabelle zusammengezogen sind – außer seiner *Vaterschaft* –, zeigt sich wahrscheinlich darin, wie aufgeräumt und sauber und korrekt sein Zimmer jetzt wirkt. Isabelle macht jeden Morgen als Erstes ihr Bett; sie benutzen dieselben kostspieligen Laken und Daunenkissen wie die Pensionsgäste. Sie wäscht alle vier Tage ihre Handtücher aus türkischer Baumwolle, und in ihrem Bad liegt in einem Korb ein hoher, flauschiger Stapel davon. Ohne darum bitten zu müssen, findet Kevin neue Rasierklingen und frische französische Seife in der Dusche vor; nie geht ihm das Toilettenpapier aus. Er hat sich in einen richtigen Erwachsenen verwandelt.

»Ich mag sie nicht allein lassen«, sagt Isabelle.

»Aber du willst doch zu der Party, oder?«, fragt Kevin.

Isabelle schaut mit großen Augen zu ihm auf. Sie hat gerade geduscht und ist in eins der makellos weißen Handtücher gewickelt. Ihre blonden Haare sind klatschnass und tropfen auf die Bettdecke.

»Ja«, sagt sie.

»Und Avas Freundin Shelby kommt zum Babysitten. Sie ist eine erfahrene Mutter und noch dazu Schulbibliothekarin, was bedeutet, dass sie jeden Tag Dutzende fremder Kinder in ihrer Obhut hat. Genevieve wird nichts passieren.«

»Ich weiß«, sagt Isabelle und fügt dann auf Französisch etwas hinzu, das Kevin nicht versteht.

»Übersetzen, bitte«, sagt er.

»Sie wird mir fehlen.«

»Mir auch«, sagt Kevin. »Aber wir können sie nicht mitnehmen …«

Isabelle öffnet den Mund – zweifellos, um vorzuschlagen, dass sie genau das tun. Kevin kann sich die Babytrage doch einfach über seinem Smoking umschnallen! Aber Kevin bremst sie. »Wir nehmen sie nicht mit. Es wäre eine Zumutung für sie und für uns auch. Zu Hause in ihrem Bettchen wird sie sich viel wohler fühlen.«

Wieder sagt Isabelle etwas auf Französisch. Allmählich wirkt es wie eine passiv-aggressive Taktik ihrerseits.

»Was?«, fragt Kevin.

»Ich werde mich nicht wohler fühlen«, sagt Isabelle.

»Natürlich wirst du das«, sagt Kevin. »Du musst mal rauskommen. Wir müssen mal zusammen ausgehen, als Paar. Da waren wir uns doch einig, als wir die Tickets gekauft haben. Stimmt's?«

Gegrummel auf Französisch.

»Stimmt's?«, fragt Kevin erneut.

»Stimmt«, bestätigt Isabelle widerwillig.

»Okay«, sagt Kevin und küsst sie. »Geh dich anziehen.«

AVA

Sie hat in ihrem Zimmer geduldig auf die Heimkehr ihrer Mutter gewartet und dabei mit einem Auge in dem neuen Jugendroman von Meg Wolitzer gelesen, der, so schwört Shelby, ein Fünfsterneerlebnis ist, und mit dem anderen ihren wunderschönen Adventsstrauß betrachtet. *Ich kann nicht aufhören, an dich zu denken.*

Jetzt kann sie nicht aufhören, daran zu denken, dass Nathaniel an sie denkt. Und das Denken an Nathaniel führt dazu, dass sie an Scott denkt, weil sie ihn mit den Gedanken an Nathaniel betrügt.

Sie braucht ihre Mutter.

Doch als Ava endlich deren Stimme hört, ist sie nur eine von mehreren. Ava schlüpft hinaus in den Flur, späht um die Ecke und sieht gerade noch, wie ihre Mutter und Drake und *Mitzi* die Haupttreppe der Pension hochsteigen.

Mitzi??? Da muss etwas sehr Seltsames vorgefallen sein. Mitzi ist hier in der Pension. Mitzi geht hinter Margaret, ihrer Erzfeindin, nach oben.

Ein paar Sekunden später sieht Ava, dass Kelley ihnen folgt.

Ava hat keinen blassen Schimmer, was zwischen ihren Eltern vorgeht. Das Leben der beiden ist womöglich noch verwickelter und chaotischer als ihr eigenes.

Es ist fünf Uhr – Zeit zu duschen und sich zurechtzumachen. Zeit, das grüne Samtkleid anzuziehen, in dem Scott sie nicht sehen wird.

Es gefällt Ava nicht, wenn sie so das Gefühl für sich selbst verliert. Sie möchte sich nicht als Scotts Freundin oder Nathaniels Exfreundin betrachten, sondern als Ava Quinn.

Sie macht sich auf in den Salon, um Klavier zu spielen.

Sie würde sich gern in Schubert oder Chopin vertiefen. Chopin ist technisch so schwierig, dass kein Platz bleibt, an etwas anderes zu denken. Aber dies ist das Adventsbummel-Wochenende, und ein paar Gäste genießen das Feuer und die weihnachtliche Dekoration. Mr Wilton bewundert Mitzis Nussknacker auf dem Kaminsims. Ava hat ihren Vater ermuntert, sie und die Weihnachtssänger von Byers' Choice gar nicht auszupacken, doch er fand, das Haus würde ohne sie »nackt« aussehen. Womöglich wusste er, dass Mitzi zurückkommen würde. *War* sie denn zurück? Endgültig? Ava nimmt an, dass Mitzi zu Genevieves Taufe nach Nantucket gekommen ist. Das wäre irgendwie plausibel. Ava weiß, dass Kelley und Mitzi nach wie vor einigermaßen regelmäßig Kontakt haben – und dass noch keine Schritte zu einer Scheidung eingeleitet wurden –, weil Bart vermisst wird. Aber falls etwas *anderes* zwischen ihrem Vater und Mitzi vorgeht, wie würde Ava sich dann fühlen?

Nun ja, einerseits wäre sie alarmiert. Zuerst war Kelley neunzehn Jahre lang mit Margaret verheiratet, dann einundzwanzig Jahre lang mit Mitzi.

Letztes Weihnachten war er dann mit Margaret zusammen.

Und dieses Weihnachten ist es Mitzi?

Andererseits hat Ava nie so recht geglaubt, dass Mitzi für immer weg ist. Als sie mit George durchbrannte, erschien Ava das eher wie eine von Mitzis Launen. Im Laufe der Jahre hat Mitzi sich für Yoga begeistert, für Pilates, Vitaminergänzungsmittel und Saftkuren, für afrikanisches Trommeln und heilende Kristalle. Das Neue ist für Mitzi immer das einzig Wahre. Dabei ist das einzig Wahre – wie Ava und ihre Geschwister wissen – nichts anderes als Kelley. Ava hatte stets den Verdacht, dass Mitzi George irgendwann satt bekommen und nach Hause zurückkehren würde. Aber ist das jetzt passiert? Ava ist sich nicht sicher.

In diesem Moment befindet sich Mitzi oben in Margarets Zimmer. Doch warum?

Ava ist neugierig, hat aber keinen Bedarf an weiteren Dramen.

Sie setzt sich ans Klavier und spielt »Ding Dong, fröhlich alle Zeit«. Sie liebt Weihnachtslieder, die Londoner Straßen bei Neuschnee heraufbeschwören, alte Weihnachtsbräuche, hell erleuchtete Fenster auf einem Platz, umstanden von imposanten Backsteinhäusern. Als Nächstes spielt sie »Here We Come A-wassailing« und »Deck the Halls«.

Sie hält inne. Die Wiltons und der beleibte Mr Bernard, der auf dem Sofa die ganze Schüssel mit der Nussmischung niedermacht, klatschen höflich.

»Wie wär's mit ›Jingle Bells‹?«, fragt Mr Bernard.

Ava lächelt freundlich. »Das ist das einzige Lied, das ich nie gelernt habe«, sagt sie. »Deshalb spiele ich zum Schluss jetzt ›We Three Kings‹.« Es ist zwanzig nach fünf, sie muss duschen und sich umziehen. Die Familie verlässt um Punkt sechs Uhr das Haus. Wenn man nicht rechtzeitig zum Baumfest eintrifft, steht man in der Kälte ewig lange draußen vor der Tür an, findet keinen Platz mehr für seinen Mantel und muss dann wieder an der Bar endlos warten.

Sie spielt »We Three Kings« und versucht, dazu zu singen, obwohl das Lied eigentlich besser für eine Männerstimme geeignet ist.

Noch ehe sie fertig ist, trifft sie ein Schwall kalter Luft. Ava dreht sich um und sieht, dass die Haustür aufgeht und jemand eintritt. Sie hebt die Hände von den Tasten. Die Tür knallt zu.

Es ist George.

George, denkt Ava. Mitzi ist also nicht allein nach Nantucket gekommen! Es spielt sich also nichts Romantisches zwischen ihr und Kelley ab, oder?

»Ava«, sagt George. »Wo ist Mitzi?«

»Hey«, sagt Mr Bernard. »Ich erinnere mich an Sie. George, stimmt's? Sie sind der Santa Claus. Meine Frau Elaine und ich haben Sie vor ein paar Jahren kennen gelernt, als wir zu Weihnachten hier waren.«

George nickt kurz, dann wendet er sich wieder Ava zu. »Wo ist Mitzi?«

Irgendetwas ist mit George nicht in Ordnung. Ava hat ihn noch nie so unhöflich erlebt, besonders nicht zu jemandem, der ihn als Santa erkennt. George genießt nichts so sehr wie seine eigene Berühmtheit. Es muss ihm wirklich wichtig sein, Mitzi zu finden – und dann fragt sich Ava, ob er Neues über Bart weiß.

Mitzi ist oben in Moms Zimmer, hätte sie fast gesagt. Doch da sie gesehen hat, dass auch Kelley nach oben gegangen ist, hält sie den Mund.

»Ich bin mir nicht sicher«, sagt Ava.

»Ich weiß, dass sie hier ist«, sagt George, obwohl sein Tonfall verrät, dass er es *nicht* weiß.

»Ehrlich, George, ich bin mir nicht sicher.«

»Würdest du dann bitte deinen Vater fragen?«

Ava ignoriert Georges Bitte. »Hast du versucht, sie anzurufen?«

»Nein«, sagt George. »Ich brauche sie nicht anzurufen, denn ich weiß, dass sie hier ist. Ich möchte sie gern persönlich sprechen. Also, fragst du bitte deinen Vater?«

Die Wiltons und Mr Bernard schweigen, aber ihre Blicke sind fest auf George und Ava gerichtet wie auf etwas, das sie auf einer Bühne sehen. Ava will keine Szene, daher schiebt sie ihre Bank zurück und lächelt George an.

»Klar«, sagt sie. »Bin gleich wieder da.«

Doch als Ava den Flur entlang auf die Wohnung der Eigentümer zugeht, folgt George ihr auf dem Fuße.

»George«, sagt sie. »Bitte warte im Salon. Ich kann dich nicht mit nach hinten nehmen.«

»Wenn du glaubst, ich warte vorne, irrst du dich gewaltig, Fräulein«, sagt George. »Ich will wissen, was Mitzi im Schilde führt.«

Ava *fasst* es nicht. Sie dreht sich zu George um. Sie stehen mitten im Flur, direkt vor der Tür zum Kinderzimmer, die geschlossen ist, was bedeutet, dass das Baby schläft. Ava hört bei Kevin und Isabelle Wasser laufen; einer von ihnen duscht. Sie muss sich fertig machen. Shelby wird jede Minute zum Babysitten hier sein.

Ava schnauft frustriert und marschiert weiter den Flur entlang – vorbei an der Abzweigung zu Barts Zimmer, wo das Licht an ist – zum Zimmer ihres Vaters und klopft an die Tür.

Keine Reaktion.

»Er ist nicht da«, sagt Ava.

George übernimmt es, selbst erneut zu klopfen, so laut, dass er damit Tote wecken könnte, und Ava zuckt zusammen.

»Das Baby schläft«, sagt sie.

In dieser Sekunde hört sie die Stimme ihres Vaters. Dann Mitzis Stimme. Sie kneift die Augen zusammen, als würde sie gleich Zeugin eines Unfalls.

George räuspert sich lautstark.

Ava feuert einen Warnschuss ab. »Daddy?«

Doch als Kelley und Mitzi den Fuß der Treppe erreicht haben und George sehen, sind sie beide vollkommen unvorbereitet. Mitzi ringt nach Luft, als wäre George der Sensenmann. Sie hält ein tiefviolettes Kleid in einer Hand und glitzernde Stilettos in der anderen. Ava wird plötzlich klar, was sich oben abgespielt hat und wie ungelegen Georges Besuch kommt.

»Lass uns gehen, Mitzi«, sagt George.

»Meine Pläne haben sich geändert«, sagt Mitzi. »Ich werde ...«

»Deine *Pläne* haben sich *geändert*?«, donnert George. In dieser Lautstärke klingt seine Stimme echt beängstigend.

Einen Moment lang fragt sich Ava, ob er Mitzi je geschlagen hat.

Mitzi blinzelt ihn nur an. »Senk deine Stimme, George. Das Baby schläft.«

Er geht zu einem wütenden Flüstern über. »Was meinst du damit, dass sich deine *Pläne geändert haben*?«

»Ich gehe zu der Baumfestparty«, sagt sie und hält das violette Kleid hoch. »Das hier hat Margaret mir geliehen. John Galliano hat es entworfen.«

»Von mir aus kann John Wilkes Booth es entworfen haben«, sagt George. »Du kommst mit mir zurück ins Hotel.«

»George«, wirft Kelley ein. »Wir haben ein Ticket übrig für die Party. Wir dachten, es wäre gut für Mitzi, mal auszugehen und sich zu amüsieren.«

»Ich weiß, was gut ist für Mitzi«, sagt George. »Sie gehört zu mir.«

»Und wo *warst* du den ganzen Tag?«, fragt Mitzi. »Warst du mit Mary Rose zusammen?«

»Ich war mit Mary Rose mittagessen«, sagt George. »Dann ist sie einkaufen gegangen, und ich hab vergeblich nach dir gesucht.«

»Du warst gestern mit Mary Rose abendessen«, sagt Mitzi, »und heute mit ihr mittagessen. Und sie sieht genau aus wie Patti. Sie und Patti könnten bei der Geburt getrennte eineiige Zwillinge sein. Was soll ich da wohl denken?«

»Ach, komm schon«, sagt George. »Mary Rose wiegt mindestens zehn Kilo weniger als Patti.«

Ava zuckt zusammen. Kaum zu fassen, wie dämlich sich George anstellt.

»Tut mir leid, George«, sagt Mitzi. »Ich gehe mit Kelley zu der Party.«

»Wenn du das tust ...«, sagt George.

Hier kommt das Ultimatum, denkt Ava.

»... dann packe ich deine Sachen im Hotel zusammen und hinterlasse sie dir am Empfang. Und mach dir nicht die Mühe, nach Lenox zurückzukommen.«

»Ach, wirklich?«

»Ja, wirklich«, sagt George.

»Du darfst dich also ein-, zweimal mit der guten alten Mary Rose treffen, *das* ist kein Problem. Aber es ist nicht erlaubt, dass ich mich einen Abend lang mit meiner Familie amüsiere.«

»Oh, jetzt sind diese Leute also *deine Familie*?«, sagt George. »So hast du sie das ganze letzte Jahr über nicht genannt. Du hast sie verlassen, ohne dabei an irgendjemanden zu denken außer an dich selbst.«

Da hat George nicht ganz unrecht, muss Mitzi zugeben.

»Ich habe sie *deinetwegen* verlassen, George. Weil ich mich in dich verliebt hatte.«

»Na dann«, sagt George, »wenn du mich liebst, komm jetzt mit. Bitte, Mrs Claus.«

»Ich mag es nicht, wenn du mich so nennst«, sagt Mitzi.

Kelley tritt dazwischen. »Okay, George. Warum gehst du nicht? Heute Abend kümmere *ich* mich um Mitzi.«

»Na klar, das würdest du gern!«, sagt George und schüttelt den Kopf. »Willst du zwischen uns hin und her springen wie ein Ping-Pong-Ball, Mitzi? Ich dachte, du wolltest mit mir zusammen sein.«

»Ich weiß nicht, was ich will«, sagt Mitzi und schaut von einem zum anderen. Ava kann ihre Zerrissenheit nachempfinden. Wie sie leider am eigenen Leib erfahren musste, ist es durchaus möglich, für zwei Menschen gleichzeitig Gefühle zu haben.

Ich kann nicht aufhören, an dich zu denken.

Ava kommt sich selbst vor wie ein Ping-Pong-Ball.

Es geht sie absolut nichts an, aber sie äußert sich trotzdem. »George, ich finde, Mitzi sollte heute Abend mit uns kommen. Sie kann ein bisschen Ablenkung gebrauchen, und in diesem Kleid wird sie fantastisch aussehen.«

»Nein«, sagt George. »Nein, nein, NEIN!« Sein letztes »NEIN!« ist so laut, dass ein paar Räume weiter das Baby anfängt zu schreien.

Kelley geleitet Mitzi an George vorbei in sein Zimmer und schließt die Tür, sodass George und Ava allein im Flur stehen bleiben.

»Ich muss nach dem Baby sehen«, sagt Ava.

»Und was soll ich bitte schön tun?«, fragt George.

»Gehen«, sagt Ava.

JENNIFER

Sie nimmt sich ein Glas Wein mit auf ihr Zimmer, einen Ankleidedrink. Sie wirft eine Lorazepam ein und dann noch eine.

Zwei Lorazepam und ein Glas Wein sind wie ein dreitägiger Urlaub an einem einsamen weißen Sandstrand.

Sie ist so lange nicht mehr ausgegangen, dass sie die Vorbereitungsrituale ganz vergessen hat: ausgiebiges Duschen, spezielles Augenmerk auf Haare und Make-up. Sie vermisst Patrick. Er hat ihr einmal anvertraut, sein Lieblingsaspekt an der Ehe sei es, sich gemeinsam zum Ausgehen zurechtzumachen. Das erledigten sie immer im großen Bad des Elternschlafzimmers in ihrem Stadthaus in Beacon Hill, das Jennifer mit jadegrünem Marmor, Teakakzenten und einer Sammlung verschiedener Buddhas – aus Stein, Messing, Keramik – in ein asiatisch inspiriertes Refugium verwandelt hat. Sie legten dazu Frank Sinatra und Tony Bennett auf, Musik, bei der sie sich fühlten wie Verliebte aus einer anderen Ära.

Jennifer und Patrick haben beide denselben klassischen, kultivierten Geschmack. Jennifer hat noch nie einen Mann gekannt, der so maskulin und sexy ist wie Patrick und trotzdem Dinge zu schätzen weiß wie die Kristallvase mit den

Gewächshausrosen, die sie gern auf ihre Kommode stellt. Er hat stets das Parfüm bei ihr aufgetragen – indem er es mit dem Zeigefinger über ihr Schlüsselbein strich – und ihr die Schuhe angezogen. Je höher die Absätze waren und je komplizierter die Riemchen, desto mehr Spaß hatte er daran.

Jetzt reicht es aber mit diesen Gedanken. Es dauert noch sechs Monate, bis er wieder draußen ist und sie berühren darf.

Megan hat einmal im Scherz gesagt, dies sei die ideale Zeit für Jennifer, sich einen Liebhaber zuzulegen.

Doch Jennifer hat null Interesse an irgendjemandem außer Patrick. Es ist, als hätte sie auf einer Maschine zur Erschaffung von Männern auf bestimmte Knöpfe gedrückt – die für alle Eigenschaften und Angewohnheiten stehen, die sie sich wünscht – und er wäre dabei herausgekommen.

Gefängnis.

Jennifer trinkt von ihrem Wein. Ihr Kopf beginnt sich zu drehen. Sie setzt sich auf den geschlossenen Deckel der Toilette und denkt: *Ich bin tablettensüchtig.* Was soll sie tun, wenn das Oxy alle ist? Eine Rückenverletzung vortäuschen? Sich einen Dealer suchen? Sie ist wütend auf sich selbst, weil sie dieser vorhersehbaren Versuchung erlegen ist. Sie weiß, dass die Hälfte der Frauen in Beacon Hill regelmäßig Medikamente nimmt, aber von sich selbst hätte sie mehr erwartet. Sie hätte mit Yoga oder Meditation anfangen sollen. Sie sieht sich in einem süßen Outfit von lululemon auf einer Matte, ihr Körper ein sauberes, leeres, biegsames Gefäß.

Nach ein paar Sekunden der Trauer darüber, wie weit sie von diesem Ziel entfernt ist, schlüpft sie in ihr neues Kleid, erst heute Nachmittag bei Erica Wilson erstanden. Es ist schwarz. Wenn sie mit Patrick ausgegangen ist, hat sich Schwarz sexy angefühlt. Jetzt erinnert es sie an Beerdigungen.

Sie besprüht sich mit Parfüm. Seufz. Aber sie hat keine Zeit für Selbstmitleid; sie muss nach unten und die Jungs beköstigen.

Als Barrett seine Mutter in voller Aufmachung sieht, verdunkelt sich seine Miene. »Du gehst aus?«, fragt er. »Schon wieder?«

»Gestern Abend war ich nicht mal zwei Stunden weg«, sagt Jennifer. »Und auch nur eurer Tante Ava zuliebe. Ihr habt doch gar nicht gemerkt, dass ich weg war.«

»Ich *habe* gemerkt, dass du weg warst«, sagt Barrett. »Opa ist nämlich raufgekommen und hat uns einen Vortrag gehalten.«

»Er hat gesagt, wir sollen nett zu dir sein«, fügt Pierce hinzu.

»Wirklich?« Es rührt Jennifer, dass Kelley sich für sie einsetzt, aber dann fragt sie sich, ob es für die ganze Familie ihres Mannes wohl offensichtlich ist, dass sie die Jungen nicht im Griff hat. Haben sie den Verdacht, dass sie Drogen nimmt?

Barrett knurrt: »Du hast dich ja richtig rausgeputzt.«

»Ja, danke.«

»Du siehst hübsch aus, Mom«, sagt Jaime, obwohl seine

Blicke am Fernseher kleben. Er schießt; Blut spritzt über den ganzen Bildschirm.

»Ich kann euch bei Sophie T's eine Pizza bestellen«, sagt Jennifer, »oder ich mache euch gegrillte Käsesandwiches mit Tomaten.«

»Pizza hatten wir gestern schon«, erinnert Pierce sie. »Und gegrillte Käsesandwiches mit Tomaten sind nur Pizza in anderer Form.«

»Wie wär's mit Essen vom Thai?«, fragt Jennifer.

»Wie wär's damit, dass du uns vernachlässigst?«, sagt Barrett. »Du sperrst uns das ganze Wochenende in diesem Zimmer ein und gibst uns beschissenes Fastfood zu essen.«

Jennifer starrt ihn wütend an. »Ich vernachlässige euch? Willst du erleben, wie ich euch vernachlässige? Ich bin fast in Versuchung, euch ganz ohne Essen hierzulassen!« Sie schreit jetzt. Die Kontrolle über ihre Gefühle entgleitet ihr wie ein Ballon. »Vorhin wollte ich, dass ihr mitkommt in die Stadt, und ihr habt euch geweigert! Also erzähl mir nicht, dass ich euch hier einsperre! Eine Herde Ochsen hätte euch nicht rausschleifen können!«

»Mommy«, sagt Jaime.

»Ihr habt keine *Ahnung*, wie schwierig es für mich ist!«, sagt sie.

»Und was ist mit *uns*?«, fragt Barrett. »Wir haben unseren Vater verloren!«

Kevin steckt den Kopf zur Tür herein. »Alles okay bei euch? Ihr wisst schon, dass wir eine Pension voller Gäste haben?«

»Ja, Onkel Kevin«, blafft Jennifer. »Das wissen wir.«

»Es wird ein bisschen laut«, sagt Kevin. »Ich konnte euch vom anderen Ende des Flurs hören.«

Prima, denkt Jennifer. Jetzt hat das ganze Haus ihr Familiengezänk mitgehört. Sie sollte sich einfach die Kinder schnappen und nach Beacon Hill zurückkehren, wo sie sich in der Privatsphäre ihres eigenen Heims anschreien können. Aber sie darf die Taufe nicht verpassen. »Tut mir leid, Kevin«, sagt sie. »Ich muss den Kindern was zu essen machen.«

»Isabelle hat Brathähnchen und einen großen Cäsarsalat gemacht«, sagt er. »Steht unten in der Küche. Bedient euch.«

Danke, Isabelle, denkt Jennifer. Sie braucht keine Drogen. Alles, was sie braucht, ist die Unterstützung dieser wundervollen Familie, in die sie eingeheiratet hat.

»Wie klingt Brathähnchen, Leute?«, fragt sie.

Die Jungen antworten nicht, legen ihre Joysticks jedoch hin und folgen Jennifer, ihrer nachlässigen Mutter, hinunter in die Küche.

KELLEY

Da Shelby Genevieve auf dem Arm hat – die sie recht sympathisch zu finden scheint, solange sie Isabelle nicht direkt in ihrem Blickfeld hat –, bitten sie Mr Bernard zu fotografieren. Sie reichen ihm Avas Handy, Kelleys Kamera, Kevins Handy, Jennifers Handy und Margarets Handy.

Mitzi ist an Kelleys Seite wie eine Ehefrau. Drake und Margaret stehen nebeneinander, Kevin und Isabelle, Ava und Jennifer.

»Ich bin das fünfte Rad am Wagen«, sagt Ava.

»Das sechste«, sagt Jennifer und hebt die Hand.

Die Männer sind alle im Smoking. Mitzi trägt Violett, Margaret Gold, Jennifer Schwarz, Isabelle Winterweiß und Ava Dunkelgrün. Alle halten Champagnerflöten in der Hand.

»Was für großartige Fotos«, sagt Mr Bernard. »Sie haben eine reizende Familie.«

»Vielen Dank«, sagt Kelley.

»Vielen Dank«, sagt Mitzi.

»Vielen Dank«, sagt Margaret.

»Ohne Patrick und Bart fühlt sie sich nicht vollständig an«, sagt Kevin.

»Nächstes Jahr«, sagt Margaret mit ihrer Fernsehstimme,

die angesichts jedes Weltuntergangs Ruhe und Optimismus vermitteln soll. »Nächstes Jahr sind sie bei uns.«

Kelley fürchtet, dass Mitzi oder Jennifer gleich in Tränen ausbrechen. Aber als alle Fotos gemacht sind und die Gruppe sich entspannt, ist die einzige Person, die sich die Augen wischt, Isabelle.

»Was ist los, Isabelle?«, fragt Kelley.

»Sie mag die Kleine nicht allein lassen«, sagt Kevin.

»Oh!«, sagt Margaret und umarmt Isabelle. »Das ist doch ganz natürlich. Ich erinnere mich, wie ich einen Beitrag in Marokko drehen sollte, als Patrick zwei war und der hier« – sie zeigt auf Kevin – »noch ein Baby, ungefähr in Genevieves Alter. Und ich musste für eine *Woche* weg. Der Flug nach Casablanca dauerte sieben Stunden, und ich hab die ganze Zeit über geheult.«

»Stimmt«, sagt Kelley. »Ich war dabei.«

»Du hast gearbeitet«, sagt Margaret. »Deine Mutter war da.«

Drake räuspert sich.

Margaret wischt Isabelle eine Träne von der Wange. »Es sind nur ein paar Stunden«, sagt sie. »Die wird Genevieve gut überstehen.«

»Das habe ich ihr auch gesagt«, meint Kevin.

Kelley bietet Mitzi seinen Arm an. »Sollen wir gehen?«

AVA

Sie fährt mit Kevin, Isabelle und Jennifer zu der Party und schaut durchs Fenster auf die weihnachtlich bunten Straßen. Normalerweise wäre sie von den Lichtern und Bäumen ganz benommen vor Kleinmädchenstaunen, doch jetzt fühlt sie sich allein und verlassen. Das steht ihr nicht zu, denn Jennifer ist noch verlassener als sie – und für längere Zeit.

Irgendwann fragt Ava: »Weiß jemand, ob Dad und Mitzi wieder zusammen sind?«

»Hör auf damit«, sagt Kevin. »Das geht uns nichts an.«

»George war mit einer anderen Frau in der Pharmacy mittagessen«, sagt Jennifer. »Es sah aus wie ein richtiges Date.«

»Hör *auf*«, wiederholt Kevin. »Es geht uns *nichts* an.«

»Ach nein?«, sagt Ava. »Er ist unser Vater.«

Isabelle meldet sich vom Rücksitz: »Ich glaube, Kelley und Mitzi sorgen sich einfach gemeinsam um Bart.«

In einem Tonfall, der das Thema abschließt, sagt Kevin: »Wir sorgen uns alle um Bart.«

Ava beschließt, Scott anzurufen. Sie möchte seine Stimme hören, und da George so plötzlich aufgetaucht ist, hatte sie bisher keine Gelegenheit dazu.

Scott nimmt beim sechsten Klingeln ab. Seit sie weg ist, hat er ihre Anrufe entweder gar nicht angenommen oder erst beim allerletzten Läuten, was Ava beunruhigt. Warum braucht er so lange dazu, ans Telefon zu gehen, das doch immer in seiner Brusttasche steckt?

Ava will keine Vermutungen anstellen.

»Hallo?«, sagt er.

»Hey«, sagt sie. »Wir sind im Auto unterwegs zur Party.« Das lässt sie ihn ein, zwei Sekunden lang verdauen. »Und was machst du?«

»Na ja«, sagt er mit munterer Stimme, »Roxanne hat die OP hinter sich und ist wach, und ich versuche, sie dazu zu bewegen, dass sie ein bisschen von dem leckeren Vanillepudding isst.«

Ava weiß nicht recht, was sie mit diesem Satz anfangen soll. Sie sieht nur vor sich, wie Scott an Roxannes Bett sitzt und sie füttert, und findet diese Vorstellung äußerst aufreizend.

Er sollte *hier* sein, bei *ihr*.

»Bitte grüß Roxanne herzlich von mir«, sagt sie.

»Mach ich«, sagt Scott. »Wie war dein Tag?«

»*Mein* Tag?«, fragt Ava. Das einzig Ungewöhnliche daran – abgesehen von dem Drama mit Santa und Mrs Claus – war, dass sie Blumen von Nathaniel bekommen hat. Der Gedanke daran macht Ava noch wütender – denn die Blumen *hätten von Scott sein müssen!* Scott hat aber nicht daran gedacht, ihr welche zu schicken, weil er zu beschäftigt war mit dem Versuch, Mz Ohhhhh dazu zu bewegen, ihren Pudding zu essen.

Eine Sekunde lang erwägt Ava, Scott zu erzählen, dass Nathaniel ihr Blumen geschickt hat.

Soll sie?

Soll sie?

Sie hätte heute wirklich das Gespräch mit ihrer Mutter gebraucht. Vielleicht kann sie Jennifer fragen? Aber dazu ist keine Zeit; sie sind fast schon am Walfangmuseum.

»Mein Tag hat gleich seinen Höhepunkt«, sagt Ava. »Wir halten gerade vor dem Museum. Soll ich dich nach der Party anrufen? Es könnte aber spät werden. Vielleicht sehen wir uns einfach morgen Vormittag?« Ava wird die Blumen noch heute aus ihrem Zimmer entfernen müssen. Sie wird sie auf den Couchtisch im Salon stellen und Nathaniels Karte tief in ihrer »Was-alles-hätte-sein-können«-Ablage vergraben.

»Was morgen Vormittag betrifft …«, sagt Scott.

Sprich es nicht aus!, denkt Ava.

»… ich komme heute noch nicht zurück. Roxanne wird morgen früh um neun entlassen und weiß nicht, wie sie auf die Insel gelangen soll, deshalb hab ich ihr versprochen, dass ich sie fahre. Sie geht natürlich an Krücken, und die hat sie noch nie benutzt, und …« Hier senkt er die Stimme. »Ich kann sie einfach nicht allein lassen, Ava. Sie ist *total* hilflos.«

»Du kommst also nicht zur Taufe?«, fragt Ava.

»Nein«, sagt Scott. »Vielleicht schaffe ich es ja zum Mittagessen, je nachdem, wie lange es dauert.«

Es liegt Ava auf der Zunge zu sagen: *Bemüh dich nicht, zum Mittagessen zu erscheinen, und bemüh dich nicht, mich je wieder anzurufen!* Dieses Debakel ist ausschließlich Scotts Schuld! Es war *seine* Idee, Roxanne Oliveria zu der Weihnachtssänger-im-hässlichen-Weihnachtspullover-Party einzuladen, als er sie im Schwimmbad traf! Die Party heute Abend ist *eine* Sache; es ist nur eine Party. Sie können nächstes Jahr zusammen hingehen und im Jahr danach. Die Taufe dagegen ist ein einmaliges Ereignis im Leben der Familie Quinn. Die erste Enkelin. Und Ava ist die Patin des Babys! Da Patrick und Bart nicht teilnehmen können, fehlen ihnen sowieso schon zwei Männer. Unglaublich, dass Scott nicht begreift, wie wichtig seine Anwesenheit ist!

Trotzdem weiß sie, dass er das Richtige tut. Er kann Roxanne die Heimkehr nach Nantucket an Krücken nicht allein überlassen. Das darf er einfach nicht. Ava wäre enttäuscht von ihm, wenn er das täte.

Tiefes Luftholen. Sie muss jetzt supercool bleiben.

»Du bist so ein Held«, sagt Ava. »Mach dir meinetwegen keine Sorgen. Ich habe meine ganze Familie dabei, die mich unterstützt. Bring du Roxanne sicher nach Hause, und wenn du es zum Lunch schaffst, umso besser.«

Sie hört, wie Scott einen Seufzer der Erleichterung ausstößt. »Womit habe ich dich bloß verdient? Ich verpasse das ganze festliche Wochenende mit dir. Ich weiß, dass du mich brauchst, und trotzdem bist du so verständnisvoll. Ich bin so ein Glückspilz, dass ich dich habe, Ava. Ich habe Roxanne die ganze Zeit über erzählt, wie sehr ich dich liebe.«

»Na schön«, sagt Ava. Tatsächlich haben Scotts Worte den Zweck erfüllt, die Sache zwischen ihnen wieder ins Lot zu bringen. »Ich liebe dich auch.«

»Ich komme morgen, so früh ich kann«, sagt Scott. »Und dann melde ich mich gleich bei dir.«

»Tu das«, sagt Ava.

Kevin setzt Ava, Isabelle und Jennifer am Eingang des Walfangmuseums ab. Es ist ein perfekter Winterabend – klar und kalt mit ein paar dicken Schneeflocken, die zur Erde herunterrieseln. Die Schlange vor der Tür ist in Bewegung. Alle tragen Smokings und Mäntel, elegante Roben und Pelze. Ava lüpft den Saum ihres grünen Kleides und hängt wenig später im Discovery Room ihre Stola auf.

Das Walfangmuseum ist weihnachtlich herausgeputzt mit Fichtenzweigen und Samtschleifen und weißen Lichtern – und zweiundachtzig Christbäumen, jeder von einem inselansässigen Unternehmen oder einer Institution geschmückt. Es macht Spaß, herumzuspazieren und die Bäume zu bestaunen, die Bar aufzusuchen und von den Häppchen zu kosten, die fünfunddreißig einheimische Restaurants präsentieren, endlos mit anderen Ganzjahresinsulanern und den Sommergästen zu plaudern, die zum Adventsbummel-Wochenende nach Nantucket gekommen sind. Jeder, der jemand ist, findet sich heute Abend im Walfangmuseum ein. Die Baumfestparty bietet *die* Gelegenheit, zu sehen und gesehen zu werden.

Allerdings gibt es hier niemanden, der so gefragt sein wird wie Margaret Quinn. Sie ist natürlich eine nationale Ikone, eines der bekanntesten Gesichter Amerikas. Ava weiß, dass ihre Mutter auch den größten Rummel spielend meistert und dass die anfängliche Gier nach ihrer Aufmerksamkeit sich allmählich legen wird. Sie beschließt, nicht auf ihre Mutter zu warten, aber als sie den Discovery Room verlässt, merkt sie, dass sie im Getümmel Jennifer und Isabelle verloren hat.

Sie wird später nach ihnen suchen.

Sie geht hinüber zur Bar und passt dabei auf, dass sie nicht auf den Saum ihres Kleides tritt. So elegant sie sich auch vorkommen mag – das wird rasch ein Ende haben, wenn sie stolpert und hinfällt.

An der Theke sitzt Delta Martin, die ungefähr zehn Jahre älter und hundert Millionen Dollar reicher ist als Ava.

»Ava«, sagt Delta, »du siehst aus wie einem Sargent-Gemälde entsprungen. Diese Schultern! Dieses Dekolleté! Für solche Pfirsichsahnehaut wie deine würde ich töten. Und das Kleid ist *himmlisch*.«

»Danke«, sagt Ava. Delta Martin hat ihr schon immer gern Komplimente gemacht, aber Ava ist trotzdem nie so recht warm mit ihr geworden – vermutlich, weil sie, als Nathaniel im vorletzten Jahr Delta Martins Haus renoviert hat, ständig mit ihm flirtete.

»Du wirst nicht glauben, wen ich heute Abend als Gast mitgebracht habe«, sagt Delta. »Einen alten Freund von dir!«

»Hey, Ava«, sagt eine Stimme hinter ihr. »Du siehst genauso aus wie das Mädchen, von dem ich letzte Nacht geträumt habe.«

Ava dreht sich um, und da steht, viel zu attraktiv im Smoking und in einer Seidenweste im Paisleymuster, Nathaniel.

»Ich?«, fragt sie.

»Du«, sagt er.

KEVIN

Wenn er dafür sorgen kann, dass Isabelle eine oder anderthalb Stunden lang beschäftigt ist und sich amüsiert, wird er diesen Abend als Erfolg betrachten. Das kann jedoch schwierig werden, da Isabelle nicht trinkt und hier nicht viele Leute kennt. Wenn sie Fremden begegnet, vergisst sie ihr Englisch und verstummt.

Aber Kevin hat ja noch Jennifer, die ihm hilft. Jennifer schlägt vor, dass sie und Isabelle bei jedem Restaurant ein Häppchen probieren und es mit sehr gut bis sehr schlecht bewerten. Isabelle isst besonders gern Foie gras, Jennifer Jakobsmuscheln. Die beiden Frauen haken sich unter und machen sich auf ihre kulinarische Schatzsuche. Damit werden sie sicher eine Stunde verbringen. Kevin kann sich einen Drink holen und ein bisschen plaudern. Er ist so lange nicht mehr ausgegangen, dass seine Plaudermuskeln schon ganz schlaff sind.

Manchmal fehlt ihm seine Arbeit in der Bar. Er vermisst seine Gäste, er vermisst seinen Wirkungsbereich – so schmuddelig er auch war –, er vermisst die Kumpanei. Nichts isoliert einen Menschen mehr als die Sorge für einen Säugling.

Nicht, dass er daran etwas ändern wollte. Sein Handy steckt in der Brusttasche, und er ist bereit, jedem, der ihn fragt, seine sechs Trillionen Fotos von Genevieve zu zeigen.

Er beschließt, sich einen Jameson zu holen, pur, und dann Shelby anzurufen. Sobald er die Gewissheit hat, dass die Kleine gefüttert ist, ihr Bäuerchen gemacht hat, eine neue Windel und ihren Kuschelpyjama trägt und ihr vorgelesen wurde, kann die Party für ihn beginnen.

»Hey, Shelby«, sagt er. »Wie läuft's?«

»Sie schläft«, sagt Shelby.

»Sie schläft«, wiederholt Kevin. *BINGO! Zwei Stunden, drei vielleicht!* »Danke, Shelby, du bist die Größte.«

»Die bin ich«, sagt sie.

Kevin nimmt einen Schluck von seinem Drink, dreht sich um und sieht ... seinen ... seinen ... *schlimmsten Albtraum* direkt vor sich stehen und gibt ein Geräusch von sich – irgendetwas zwischen einem Bellen und einem Blöken. Der Albtraum hat nackte weiße Arme, die sich nach ihm ausstrecken, um seine Fliege zu richten.

»Fass mich nicht an«, sagt er.

»Ach, komm schon, Kevvy«, sagt sie.

Kevvy. Kevin blinzelt und schüttelt den Kopf, ein Versuch, die Vision, die er vor sich hat, zu verscheuchen. Es ist Norah Vale, seine Exfrau. Irgendwie ist sie hier gelandet, höchstpersönlich, und spricht ihn mit *Kevvy* an, dieser furchtbaren Koseform seines Namens, die sie immer benutzt hat, obwohl sie weiß, dass er sie hasst.

Er verabscheut Norah Vale. Sie hat ihm das Herz gebrochen und sein Leben ruiniert. Und doch regt sich eine Sekunde lang etwas in ihm. Sie ist hier, bei ihm, leibhaftig.

Nein! Er wird sich nicht erlauben, ihr wieder zum Opfer zu fallen. Von dem Tage an, als er sie in der zehnten Klasse kennen lernte, bis zu dem Tag, an dem sie vor zwölf Jahren all sein Geld nahm und nach Miami verschwand, hatte sie ihn fest im Griff – was er sich heute nur noch mit Gehirnwäsche erklären kann.

Damals fand er das Tattoo von der Schlange, die sich mit gefletschten Zähnen Norahs Arm hinauf über ihre Schulter bis zum Schlüsselbein windet, wild und sexy – jetzt erkennt er darin nur das sichtbare Zeichen dafür, dass sie eine Macke hat. Es ist ihre Visitenkarte, mit der sie den Leuten, die sie kennen lernt, mitteilt, dass sie verrückt ist.

Verrückt.

Er muss sich von ihr loseisen. Gott bewahre, dass Isabelle sie sieht. Isabelle ist Französin und daher in vielen Dingen nonchalant. *C'est la vie.* Allerdings vertraute Kevin ihr, als sie noch kein Liebespaar, sondern nur Freunde waren, die ganze lange und schmutzige Geschichte mit Norah Vale an und äußerte dabei, im Nachhinein leider, den Satz: »Ein Teil von mir wird dämlicherweise und wider alle Vernunft immer in Norah verliebt sein.« Daran hat Isabelle ihn seither mindestens ein halbes Dutzend Mal erinnert, obwohl er seine Aussage zurückgenommen hat. »Ich wusste nicht, was Liebe ist, bis ich dir begegnet bin.« Darauf reagiert Isabelle immer mit einem extrem skeptischen Blick.

Es würde ihr *gar nicht* gefallen, Kevin mit Norah Vale sprechen zu sehen – denn ja, Isabelle würde Norah *sofort* erkennen. Kevin hat ihr bereitwillig *alle* Fotos von sich und Norah präsentiert – die sie ebenso auf ihrem Schulabschlussball zeigen wie auch sturzbetrunken im Sloppy Joe's in Key West auf einer Reise, die Kevin als Überraschung für Norah geplant hatte, als er verzweifelt versuchte, ihre Ehe zu retten.

Vor drei oder vier Monaten, kurz nach Genevieves Geburt, als Isabelle sehr empfindlich und manchmal komisch war, ertappte er sie dabei, dass sie sich diese Fotos ansah. Sie saß auf dem Bett, starrte die Bilder an und weinte leise. Als Kevin erkannte, was sie sich anschaute, rastete er mehr oder weniger aus. »Was *machst* du da?«, schrie er sie an.

»Du liebst sie«, sagte Isabelle. »Ich weiß, dass du sie noch liebst.«

»Tue ich *nicht*!«, brüllte Kevin. »Sie bedeutet mir *nichts! Du* bedeutest mir *alles*!« Er nahm Isabelle die Fotos behutsam aus der Hand, schichtete alle zu einem Stapel auf und machte eine große Show daraus, sie zu zerreißen und wegzuwerfen.

Er versucht sich vorzustellen, wie es ihm ginge, wenn Isabelle zufällig ihre erste Liebe Jean-Baptiste, der jetzt ein hohes Tier bei Hachette in Paris ist, treffen würde. Kevin wäre wohl ziemlich aufgebracht und eifersüchtig.

Er muss sich von Norah loseisen.

Und doch – er kann nicht anders, als sie zu fragen, was sie hier macht.

»Was tust du hier?«

Als Norah Nantucket verließ, schwor sie, nie zurückzukommen, obwohl sie auf der Insel aufgewachsen ist und ihre ganze verkorkste Familie hier lebt.

»Ich bin wieder hergezogen«, sagt sie.

Kevin schließt die Augen und denkt: *Nein.*

»Ich wohne bei meiner Mutter. Du hast gehört, dass Shang tot ist, oder?«

»Stimmt«, sagt Kevin. Er hat vor einer Weile in der Zeitung gelesen, dass Norahs Stiefvater gestorben ist, doch er hatte Shang nie gemocht und die Nachricht mit einem dicken, fetten *Was soll's?* abgehakt. »Und deshalb bist du zurückgekommen?«

»Meine Mutter braucht Hilfe, und meine Brüder sind zu nichts zu gebrauchen«, sagt Norah.

»Stimmt«, sagt Kevin erneut. Er will nicht weiter darauf eingehen, obwohl er mit Sicherheit einiges zu der Einschätzung beitragen könnte, dass Norahs fünf Brüder nichtsnutzig sind. Er würde mit Danko anfangen, der Norah an ihrem achtzehnten Geburtstag zu dem Schlangentattoo überredet hat. »Hast du einen Job?« Das muss er herausfinden, denn er will nicht unerwartet irgendwo mit Norah zusammentreffen.

»Ich mache die Buchhaltung für …« Norahs Stimme wird leiser, absichtlich, wie Kevin vermutet. Nie im Leben ist sie Buchhalterin. »Ich hab in Florida meinen Associate's Degree erworben.«

»Wirklich?« Kevin kann nicht *glauben*, dass Norah eine weiterführende Ausbildung gemacht hat. Sie *hasste* die Schule. Und dann Buchhaltung? Mathematik hasste sie besonders. »Und wie lange genau bist du schon wieder hier?«

»Zwei Wochen«, sagt sie.

Zwei Wochen. Das muss erst einmal richtig bei Kevin ankommen. Einerseits fasst er es nicht, dass ihm niemand von Norahs Rückkehr erzählt hat. Sein bester Freund Pierre, dem die Bar gehört, wo Kevin früher arbeitete, hätte ihn doch bestimmt sofort angerufen, oder? Kann es sein, dass

Norah seit zwei Wochen zurück ist und nicht in der Bar vorbeigeschaut hat? Vielleicht ist sie einfach zu Hause und hilft ihrer Mutter. Aber das klingt nicht nach Norah. Sie und ihre Mutter Lorraine haben eine schwierige Beziehung. Zwei Wochen sind für Norah wahrscheinlich schon grenzwertig. Kevin gestattet sich einen tiefen, reinigenden Atemzug. Norah Vale wird auf keinen Fall auf Nantucket bleiben. Sie wird es bald satthaben und abreisen.

»Und wie geht es dir?«, fragt Norah. »Ich hab gehört, du hast eine Freundin. Und ein Baby.«

Kevin runzelt die Stirn. »Wer hat dir das erzählt?«

Norah zuckt die Achseln. »Hab ich vergessen.«

Kevin will nicht, dass Norah irgendetwas über sein Leben weiß. Sie ist ein so schlechter Mensch, dass er sich gut vorstellen kann, wie sie Isabelle in den Gängen des Stop & Shop terrorisiert; er kann sich vorstellen, dass sie Genevieve entführt und die Millionen für sie fordert, die die Quinns ihrer Meinung nach besitzen.

»Ich hab Jennifer gestern Abend bei Murray's Liquors gesehen«, sagt Norah. »Ich glaube, ich hab sie erschreckt.«

»Du hast wen gesehen?«, fragt Kevin. »Jennifer?«

»Ja, Jennifer. Ich hab gehört, Paddy ist im Knast.«

»Sei still«, sagt Kevin. Er ist hier *schwer* im Nachteil, und mit jeder Sekunde, die er noch stehen bleibt, bringt er den Frieden in seiner Familie weiter in Gefahr. Isabelle darf ihn nicht mit Norah reden sehen. Er muss weg hier.

»Und Bart«, sagt Norah. »Der Ärmste! Ich sehe ihn noch als *Baby* vor mir.«

»Hör auf!« Kevins Stimme ist zu laut; er merkt, dass die

Leute um sie herum verstummen. Was Norah gesagt hat, ärgert ihn, denn es ist wahr. Sie kennt Bart, seit er Windeln trug.

Kevin hat eine unerfreuliche Erinnerung an einen Tag, an dem er und Norah Bart hüteten, als der zehn oder elf Monate alt war. Sie waren betrunken und bekifft und schaukelten den Kleinen in seinem Kinderwagen wild hin und her. Gott sei Dank kam er nicht zu Schaden, sondern war nur verängstigt, aber jetzt, da Kevin selbst ein Baby hat, erschauert er aufs Neue. Wie konnte er so fahrlässig mit dem jungen Leben seines Bruders umgehen?

»Und ich hab gehört, dass Mitzi und dein Dad sich getrennt haben«, sagt Norah. »Dabei habe ich sie vor ein paar Minuten zusammen gesehen, also ist das vielleicht eine Fehlinformation? Ich dachte, ich frag dich mal.«

Kevin fasst es nicht, dass Jennifer Norah gestern Abend gesehen und ihm *nichts* erzählt hat! Er war *vollkommen unvorbereitet* auf sie. Eine Warnung wäre sehr, sehr hilfreich gewesen.

»Kein Kommentar«, sagt er. »Pass auf, ich muss weiter.«

»Wohin?«, fragt Norah.

»Zu … meinen Leuten«, sagt Kevin. »Meiner Familie.«

»Zu deiner Freundin? Ich komme mit. Ich würde sie gern kennen lernen.«

»Nein«, sagt Kevin. »Das will ich nicht.«

»Warum nicht?«, fragt Norah. »Schämst du dich für mich?« Sie hakt sich bei ihm ein. »Gehen wir sie suchen.«

Typisch Norah, denkt Kevin. *Immer noch ganz wild darauf, Unruhe zu stiften*. Sie hat ihn so oft auf Abwege geführt, und er ist ihr wie ein verirrtes Lämmchen gefolgt. Zum ersten Mal sah er Norah in der überdachten Passage der Highschool. Sie trug einen schwarzen, bodenlangen Stufenrock, ein weißes Trägerhemd und ein paillettenbesticktes Bolerojäckchen. Sie rauchte, und Kevin – ganz neu an der Schule und schwer angeschlagen von der Scheidung seiner Eltern – eilte, schon spät dran zum Unterricht, mit seinem Trompetenkoffer an ihr vorbei.

»Hey, Musiker«, sagte Norah. »Komm her und spiel ein paar Takte für mich.«

Er gönnte ihr kaum einen Blick. Er registrierte die Zigarette und ihren Look, halb Grufti, halb Secondhand, und dachte: *Nein danke. Auf keinen Fall*, und ging einfach weiter.

Wenn er so standhaft geblieben und Noras klaren grünen Augen und der winzigen Lücke zwischen ihren Vorderzähnen nie erlegen wäre, wäre sie nur Norah Vale gewesen, ein gestörtes Mädchen, mit dem er seinen Highschoolabschluss machte. Er hätte sich viele Jahre des Herzeleids erspart.

Aber nach diesen ersten Worten pirschte Norah sich an ihn heran wie ein Jäger. Das tat sie, wie sie später einräumte, weil sie gehört hatte, dass er aus New York City stamme, wo seine Mutter eine bekannte Nachrichtensprecherin sei. Norah war auf Nantucket geboren und aufgewachsen und wünschte sich nichts mehr, als von dort wegzukommen.

Als Kevin sechs Wochen mit Norah zusammen war, hatte er sowohl das Trompetespielen aufgegeben als auch angefangen zu rauchen und sich außerdem auf Norahs Bitten seine roten Haare abrasieren lassen; lang sähen sie so bieder aus, fand sie. Margaret brach in Tränen aus, als Kevin sie mit Norah im Schlepptau in New York besuchte.

»Es ist *dein* Haar«, sagte Norah. »Wird Zeit, dass du dich nicht mehr darum kümmerst, was deine Mutter denkt.«

Kevins Zensuren verschlechterten sich deutlich. Er nahm einen Wochenendjob in der Bar an und erhielt nach seiner Samstagabendschicht als »Bezahlung« einen Sechserpack Bier, das er und Norah dann am Strand tranken – immer eins für Kevin und fünf für Norah. So ungleich ging es eben zwischen ihnen zu.

Er schaffte es kaum, sich fürs College zu bewerben, wurde dann aber an der University of Michigan angenommen, jedoch nur, weil seine Mutter als Ehemalige intervenierte. Er heiratete Norah zwei Wochen nach ihrem Highschoolabschluss, und Norah kam mit ihm nach Ann Arbor. Aber sosehr sie sich angeblich gewünscht hatte, diesem kümmerlichen Felsen namens Nantucket zu entfliehen: Das Leben im Wohnheim für Erwachsene im, wie sie es nannte, »zurückgebliebenen Mittleren Westen« gefiel ihr gar nicht.

Kevin hielt ein Jahr durch.

»Du musst mich in Ruhe lassen«, sagt er jetzt und befreit sich von ihrem Arm.

»Dich in Ruhe lassen? Ich dachte, wir wären Freunde.«

»Ich weiß nicht, wie du darauf kommst«, sagt Kevin. »Ich bin sehr glücklich mit meinem Leben ohne dich, und so soll es auch bleiben.«

»Also, ich bin nicht glücklich«, sagt Norah. »Überhaupt nicht.«

Kevin zuckt die Achseln, als wollte er sagen: *Nicht mein*

Problem. Natürlich befriedigt es ihn irgendwie, dass Norah nicht glücklich ist, und irgendwie würde er auch gern Einzelheiten darüber wissen. Wahrscheinlich sind ihre Beziehungen alle gescheitert und sie hat keinen der Scheißjobs, die sie hatte, behalten. Wahrscheinlich hatte ihr Wagen einen Getriebeschaden oder defekte Bremsen und ist mitten in den Everglades liegen geblieben. Wahrscheinlich hat man ihr das erbärmliche Loch gekündigt, in dem sie wohnte. Kevin hat Norah Vale schon alles Unglück der Welt an den Hals gewünscht und im Geiste zig Nadeln in eine imaginäre Voodoo-Puppe gebohrt.

Doch bevor Kevin sich versieht, hat Norah mit beiden Händen sein Gesicht ergriffen und drückt ihm einen saftigen Kuss auf die Lippen. Der Kuss ist so unerwartet und ihm zugleich so unheimlich vertraut, dass er sich für den Bruchteil einer Sekunde darin verliert, ehe er merkt, was er da tut. Er legt Norah seine Hände auf die Schultern, um sie wegzuschieben, ohne eine Szene zu machen oder den Eindruck zu vermitteln, er wäre grob zu ihr. Aus dem Augenwinkel erhascht er einen Blick auf Isabelle und Jennifer, die sich ihnen nähern, und denkt: *Nein! Bitte nicht!* Wie wird das für Isabelle aussehen?

Isabelle schaut ihn kurz entsetzt aus weit aufgerissenen Augen an, bevor sie sich umdreht und in der Menge verschwindet. Jennifer schlägt sich eine Hand vor den Mund.

»Lauf ihr nach!«, sagt Kevin zu ihr.

Jennifer hört oder versteht ihn nicht.

Kevin wendet sich Norah zu. »Verzieh dich. Lass mich in Ruhe. Du ruinierst alles.«

Die Menschen um Kevin und Norah herum weichen zurück. Norah schenkt Kevin ein abscheuliches zahnlückiges Grinsen, dann taucht sie ebenfalls in der Menge unter. Jennifer packt Kevins Arm.

»Das war Norah«, sagt sie.

»Ich weiß, dass es Norah war! Sie hat gesagt, sie hat dich gestern *gesehen*! Warum hast du mir nichts erzählt?«

»Ich … ich … ehrlich, Kev, ich war mir nicht hundertprozentig sicher, dass sie es war, und ich wollte dich nicht beunruhigen …«

»Mich nicht *beunruhigen*? Wie wär's denn mit einer *Vorwarnung* gewesen? Sie hat mich aus heiterem Himmel überfallen!«

Jennifer sieht ihn bestürzt an, und es tut Kevin leid, dass er die Stimme erhoben hat, doch sein viel größeres Problem ist Isabelle.

»Ich muss Isabelle finden«, sagt er. »Sie ist sicher ganz verstört. Wie sah es denn aus von dort, wo ihr gestanden habt?«

»Es sah aus, als würdet ihr euch küssen, du und Norah«, sagt Jennifer. »Es sah *wirklich* übel aus.«

»*Wir* haben uns nicht geküsst. *Sie* hat *mich* geküsst.«

»Warum hast du sie gelassen?«, fragt Jennifer.

»Das habe ich *nicht*!«, sagt Kevin.

»Wenn ich sehen würde, dass Patrick eine Frau so küsst, wäre er ein toter Mann«, sagt Jennifer.

Diese Worte versetzen Kevin in Panik. Er stellt seinen Drink auf einem Sims ab und forscht in der Menge nach Isabelle. Sie sind seit zwanzig Minuten hier, und der Abend ist vorbei.

KELLEY

Mitzi bittet ihn, nicht von ihrer Seite zu weichen, und so schlängeln und drängeln sie sich durch die Menschenmenge, genau wie in vergangenen Jahren. Manche Leute reagieren fassungslos darauf, dass sie hier als Paar erscheinen, andere – die der Tratsch ein Jahr lang nicht erreicht hat – gar nicht.

Mitzi erträgt keine Fragen nach Bart, und so schirmt Kelley sie vor allen Erkundigungen und guten Wünschen ab. *Wir haben nicht viele Informationen, irgendwo in Afghanistan gefangen gehalten, danke für Ihre Anteilnahme, wir wissen Ihre Gebete zu schätzen.*

Kelley versucht, sich auf den Grund für ihr Kommen zu konzentrieren: die Bäume zu bewundern, sich ein paar Gläser Wein schmecken zu lassen, von der Foie gras und dem Krabbensalat und dem Jakobsmuschel-Ceviche zu kosten. Von der Bartlett's Farm gibt es winzige Süßkartoffelbrötchen mit Pulled Pork. Kelley verschlingt drei.

Mitzi isst gar nichts.

»Keinen Appetit«, sagt sie.

Ihm ist klar, dass das schon eine Zeitlang ihr Problem sein muss. Mitzi ist immer schlank gewesen, jetzt aber gefährlich mager. Das violette Kleid ist rückenfrei und offenbart, wie stark ihre Wirbel hervorstechen. Als sie sich am Nachmittag liebten, fürchtete Kelley regelrecht, sie zu zerbrechen.

»Wie wär's mit einer Auster?«, fragt er. »Meinst du, du kannst eine Auster essen?«

Mitzi nickt. »Ich glaube, eine Auster schaffe ich. Vielleicht sogar zwei.«

Kelley steuert mit ihr das Meeresfrüchtebüfett an.

DRAKE

Mit Margaret eine Runde durch das Walfangmuseum von Nantucket zu drehen dauert lange. Jeder bleibt stehen, um zu ... nun ja, Drake fällt dafür kein besseres Wort ein als *glotzen*. Frauen stoßen ihre Ehemänner an. *Guck mal, da ist Margaret Quinn!* Die Männer straffen den Rücken und versuchen, nicht zu neugierig zu wirken.

Manche Leute finden es angemessen, Margaret anzuhalten und sich entweder als treue Fans zu outen oder zu erklären, wie gut ihnen ein bestimmter Beitrag von ihr gefallen hat, oder anzumerken, dass sie *in natura noch schöner ist als auf dem Bildschirm!* Margaret fertigt alle mit einem Lächeln und freundlichen Dankesworten ab. *Wie macht die Frau das?*, fragt sich Drake. In New York City wird sie selten angesprochen. New Yorker sind zu übersättigt; Prominente begegnen ihnen an jeder Straßenecke. Einmal sahen Drake und Margaret, als sie im Pearl & Ash in SoHo aßen, Derek Jeter an der Bar, und Drake wurde ganz aufgeregt und fragte Margaret, ob sie sie nicht miteinander bekanntmachen könne. Margaret sagte: »Er *isst*, Drake.« Stimmt, *er isst*, dachte Drake. *Es gehört sich nicht, ihn zu stören.* Aber keine zehn Minuten später kam Jeter an *ihren* Tisch, um *Margaret* hallo zu sagen, und

Drake hatte Gelegenheit, dem Baseballspieler die Hand zu schütteln.

Ein paar Menschen kennt Margaret aber auch persönlich – einen Nachrichtensprecher der Bostoner CBS-Zweigstelle, die Assistentin des Außenministers –, und sie begrüßt sie herzlich und zupft Drake am Ärmel, um ihn vorzustellen.

»Das ist mein Freund«, sagt sie. »Dr. Drake Carroll.«

Freund. Drake muss grinsen. Kein weibliches Wesen hat ihn mehr ihren *Freund* genannt, seit er sechzehn Jahre alt war. Nein, stimmt nicht – dreiundzwanzig, im ersten Jahr seines weiterführenden Studiums. Stephanie Klein. Er musste sich von Steph trennen, weil sein Arbeitspensum zu hoch war und Drake unbedingt hervorragend abschneiden wollte. Und damit endeten seine langfristigen Beziehungen.

Aber jetzt ist er Margaret Quinns Freund. Sie sind ein Liebespaar.

Ein Liebespaar. Margaret schimmert in ihrem mit goldenen Pailletten bestickten Cocktailkleid. Sie sieht aus wie aus einer anderen Ära – den 1920ern vielleicht oder den 1950ern. Sie ist ein Sinatra-Song, zeitlos und elegant.

Er ist verliebt!

Behutsam geleitet er Margaret weg von ihren Bewunderern zu einer ruhigen Nische, wo in Glasvitrinen die Logbücher von Walfangschiffen ausgestellt sind.

»Ich weiß, es ist der helle Wahnsinn«, sagt Margaret. »Tut mir leid.«

Drake umfasst ihre Hände mit seinen. »Ich möchte nicht dein Freund sein«, sagt er.

Sie wirkt verblüfft. »Ach nein?«

»Nein«, sagt Drake. »Dafür bin ich zu alt.«

Margarets Wangen färben sich rosa; es ist das typische Margaret-Quinn-Erröten, von dem sie sich, so gestand sie ihm einmal, durch einen Hypnotiseur hatte befreien lassen wollen, weil sie befürchtete, es würde ihre Chancen auf einen Job im Fernsehen mindern. »Entschuldige«, sagt sie. »Ich dachte wohl …«

»Margaret«, sagt er. »Ich möchte nicht dein Freund sein, sondern dein Ehemann. Willst du mich heiraten?«

AVA

Sie braucht Jennifer, aber die ist nirgends zu finden. Ava sieht ihre Mutter und Drake, doch Margaret umringt ein dreifacher Kreis aus Menschen, der nicht zu durchbrechen ist.

Nathaniel ist mit Delta Martin hier. Ava fragt sich, ob er gestern Abend schon wusste, dass er kommen würde, und es ihr einfach nicht erzählt hat, oder ob er Delta heute telefonisch eine Einladung abgeschwatzt hat, um Ava zu überraschen. Als sie ihn sah, plauderten sie kurz miteinander, dann schien Delta ganz erpicht darauf, ihn jemandem vorzustellen, der ein potenzielles Bauprojekt in Madequecham hat.

Nathaniel packte Ava am Arm und flüsterte ihr rasch ins Ohr: »Treffen wir uns in einer halben Stunde auf dem Ausguck.«

Das war vor zweiundzwanzig Minuten. Das weiß Ava so genau, weil sie, sobald Delta und Nathaniel sich entfernt hatten, ihr Handy zückte und Scott eine SMS schrieb: *Ich liebe dich*.

Natürlich wird Ava nicht zum Ausguck hinaufgehen, um sich mit Nathaniel zu treffen. Das würde sie Scott nie antun, der ihr allerdings zweiundzwanzig Minuten später immer noch nicht geantwortet hat. Er reagiert sonst *immer* auf ihre SMS. Er muss von seinen Pflichten als Pfleger von Roxanne vollkommen absorbiert sein.

Ava bleibt am Stand des Le Languedoc stehen, wo in Knoblauchbutter schwimmende Schnecken serviert werden. Ava liebt Schnecken, verzichtet aber darauf, sich eine zu nehmen, weil sie nicht will, dass ihr Atem nach Knoblauch riecht.

Weil sie vorhat, in acht Minuten zum Ausguck hinaufzugehen, um sich mit Nathaniel zu treffen.

Sie tritt an die Bar, um sich mehr Wein zu holen, und sieht auf der anderen Seite des Raums Delta Martin vor einer Portion von der Entenstopfleber aus dem Dune. Wenn Delta Martin allein hier sitzt, muss Nathaniel schon oben sein.

Den Wein in der Hand, tritt Ava in den Fahrstuhl. Sie drückt auf zwei und befördert sich damit in die oberste Etage. Dort findet sie »die Tür« vor. Dahinter erwarten sie mehrere Stufen, über die sie den Ausguck erreichen wird. Sie zieht ihre gefährlich hohen Christian-Louboutin-Stilettos aus und lässt sie am unteren Ende der Treppe stehen. Ava steigt hinauf bis zu einer Falltür in der Decke. Nun muss sie noch ein Stück klettern – heikel in ihrem langen Kleid und mit dem Wein, den sie trägt. Aber in diesem Moment geht die Falltür auf, und Ava erblickt Nathaniels Gesicht, gerahmt von einem schwarzsamtenen Himmel.

»Hey!«, sagt er und wirkt ebenso belustigt wie erfreut. »Du bist gekommen!«

Nantucket ist berühmt für seine historischen Häuser mit ihren »Witwen-Ausgucken«, obwohl jeder Mitarbeiter der Nantucket Historical Association erklären wird, dass »Witwen« ein moderner Zusatz ist. In den Tagen des Walfangs wurden diese auf den Dächern errichteten Plattformen einfach »Ausgucke« genannt. Doch wenn Ava einen »Ausguck« sieht, denkt sie immer an die Frauen, deren Ehemänner, Väter, Brüder oder Söhne im neunzehnten Jahrhundert zur See fuhren und manchmal nicht zurückkehrten.

Die Aussicht vom Dach des Walfangmuseums ist spektakulär. Sie reicht bis zur Unitarierkirche und bietet ein beeindruckendes Panorama des Hafens. Lichter glitzern an der Küste von Monomoy, Shimmo und Shawkemo. Ava hat das Gefühl, sie müsse eigentlich Bart sehen können, wo auch immer er ist. Bei dem Gedanken erschauert sie – außerdem ist es kalt, und sie hat ihre Stola nicht mitgebracht.

Nathaniel zieht seine Smokingjacke aus und legt sie ihr über die Schultern.

»Hast du meine Blumen bekommen?«, fragt er.

»Ja, habe ich. Sie sind wunderschön. Aber, Nathaniel …«

»Pst«, sagt er. »Ich brauche keine Erklärung. Ich weiß, dass du Scott versprochen bist.«

»Ich bin Scott nicht *versprochen*«, entgegnet Ava. »Ich date ihn. Aber ich bin frei und selbständig.«

»Gut«, sagt Nathaniel. »Dann küss mich.«

Eine Sekunde lang widersteht Ava. *Auf keinen Fall*, denkt sie. *Das tue ich Scott nicht an. So eine Frau bin ich nicht.* Doch der Wein und die Schönheit des Abends verschwören sich gegen sie, desgleichen die Tatsache, dass Scott nicht hier ist und auch morgen nicht rechtzeitig zur Taufe hier sein wird. Er ist bei Roxanne und hat immer noch nicht auf ihre SMS geantwortet: *Ich liebe dich auch.*

Und es ist Nathaniel.

Ava hat sich keine Schnecke genommen, weil sie wusste, dass dieser Moment kommen würde. Sie hat es gespürt – in ihrem Blut, in ihren Knochen.

Sie küsst ihn.

MARGARET

Unerschütterlich ist mit Sicherheit ein Adjektiv aus Margarets Vergangenheit.

Ich möchte nicht dein Freund sein, sondern dein Ehemann. Willst du mich heiraten?

Sie findet keine Worte. Es ist Drake todernst – das erkennt sie an seinem aufrichtigen Gesichtsausdruck.

Sag ja, denkt sie. Das ist die Antwort ihres Herzens. Sie ist so verliebt in den Mann, dass sie immer, wenn sie blinzelt, Schokoladentorte sieht. Lebenslanges Glück – ob das nun fünfzehn Jahre oder dreißig bedeutet – erscheint ihr zum ersten Mal seit Ewigkeiten als reale Möglichkeit. Und alles ist jetzt so viel *leichter* als damals, als sie sich zum ersten Mal verliebte. Margarets Karriere ist fest etabliert. Sie hat noch fünf bis acht Jahre, bevor Norah O'Donnell sie ablösen wird. Vielleicht leitet sie ihren Ruhestand damit ein, dass sie ab und zu einen Beitrag für *60 Minutes* übernimmt. Sie weiß, dass Drake einen ähnlichen Ausstieg plant. Sie werden beide jede Menge Geld und Zeit zum Reisen haben.

Also – ja!

Doch dann meldet sich die Vernunft.

Sie ist sechzig Jahre alt. Eine Ehe heißt höchstwahrscheinlich, mit Drake zusammenzuziehen. Sie hängt ganz und gar nicht an ihrem seelenlosen Apartment, das drei Schlafzimmer, zwei Bäder und eine Terrasse mit Blick auf den Central Park hat. Es gibt darin eine Küche, in der sie nie kocht, ein Esszimmer, in dem sie nie isst. Sie mag den Fitnessraum und das Schwimmbecken im Gebäude und kennt alle Portiers beim Namen. Drakes Apartment ist viel bewohnter als Margarets, aber sie hat dort erst ein halbes Dutzend Mal übernachtet. Er hat ein sehr cooles Podestbett, das immer mit grauem Jersey bezogen ist. Margaret findet dieses Bettzeug weich und behaglich; es ist, als würde sie auf einem von Drakes Jogging-T-Shirts schlafen. Auf seinem Sofa liegt ein Quilt, den seine Mutter ihm aus seinen alten Krawatten genäht hat. Und er besitzt ein paar gute, teure Kunstwerke, die seine Freundin Nance, Galeristin in SoHo, für ihn ausgesucht hat, als er beschloss, Interesse an noch etwas anderem als der Medizin zu entwickeln.

Soll Margaret in Drakes Wohnung ziehen oder Drake seine Zelte bei Margaret aufschlagen? Oder sollen sie sich ein neues Apartment kaufen, vielleicht eins der superluxuriös ausgestatteten in dem eben erbauten Hochhaus an der Park Avenue? Sie haben beide keine Zeit, derartige Entscheidungen zu treffen, geschweige denn, einen Umzug zu organisieren und all die Widrigkeiten zu bewältigen, die ein neues Domizil mit sich bringt. Margaret erinnert sich daran, wie sie und Kelley in das Brownstone in der East 88th Street zogen und sie sich begeistert auf die Renovierung stürzte. Damals waren ihr Dinge wie bis aufs Originalmaterial abgeschliffene Fußböden wichtig. Sie heuerte einen

Tischler für den Einbau eines Fenstersitzes in Avas Zimmer an und suchte im Stoffgeschäft selbst Toile für die Polster und passende Seide für die Kissen aus.

Jetzt hat Margaret keine Zeit mehr dafür, ihre Aufmerksamkeit auch nur dem kleinsten Wohnungsverschönerungsprojekt zu schenken.

Und was ist mit ihren Bankkonten? Die würden doch wohl getrennt bleiben? Wie sollen sie entscheiden, wer was bezahlt? Wenn sie jetzt ausgehen, zahlt Drake immer, obwohl Margaret mehr Geld verdient. Jedenfalls *glaubt* sie das. Vielleicht irrt sie sich aber auch. Ist es nicht seltsam, dass sie absolut keine Ahnung hat, wie hoch Drakes Einkommen ist? Es ist ihr nie in den Sinn gekommen, ihn zu fragen, denn sie fand immer, das sei seine Privatangelegenheit.

Damit sind Margarets Zweifel auf den Punkt gebracht. Sie hat ein festgelegtes Leben, eine bestimmte Art, Dinge zu erledigen, eine Alltagsroutine, eine Wochen- und Monatsroutine. Dasselbe gilt für Drake. Will Margaret sich wirklich dem mühsamen Prozess unterziehen, das alles aufeinander abzustimmen? Jetzt führen sie ernsthafte, kultivierte Gespräche. Sollen daraus Zankereien darüber werden, wer die Sachen aus der Reinigung holt oder ob sie einen Fernseher im Schlafzimmer haben? (Margaret würde ja sagen, Drake nein.)

Sie ist sich nicht sicher, wie sie antworten soll. Einen Heiratsantrag anzunehmen, wäre so romantisch! Sie liebt Drake sehr, und nichts stimmt sie froher als die Vorstellung, mit Drake an ihrer Seite in ihre goldenen Jahre zu starten.

Aber irgendwie gefällt ihr auch alles so, wie es ist. Warum etwas Bewährtes durcheinanderbringen?

Drake sieht ihr vermutlich an, wie ihr all diese Gedanken durch den Kopf schießen – *ja, nein, ja, nein* –, und wird allmählich sicher ungeduldig. Doch ihm ist ja wohl klar, dass er sie überrumpelt hat, oder? Dass die Antwort nicht unbedingt eindeutig ist.

Margarets Handy klingelt, was peinlich ist; sie hatte vor, es vor Betreten des Museums auszuschalten. Als sie es aus ihrer goldenen Clutch zieht, um es zum Schweigen zu bringen, sieht sie, dass die Anruferin Darcy ist, ihre Assistentin.

»Oh nein«, sagt sie.

»Was ist?«, fragt Drake. Als Chirurg weiß er, wie verheerend ein einziger Anruf sein kann. Neben so vielen anderen Dingen schätzt Margaret seine Haltung, seine Würde, seine unbeirrbare, ruhige Konzentriertheit.

»Es ist Darcy«, sagt Margaret.

»Dann musst du drangehen«, sagt Drake.

Ja, das muss Margaret. Darcy ist darauf trainiert, Margaret nie zu stören, wenn sie unterwegs ist, nur *in absoluten Notfällen*.

»Hallo?«, sagt Margaret.

»Margaret?«, sagt Darcy. Schon jetzt hört Margaret die Dringlichkeit in Darcys Stimme. Was wird sie verkünden? Dass die USA Nordkorea den Krieg erklärt haben? Dass George Clooney bei einem Flugzeugabsturz umgekommen ist? *Irgendjemand ist tot*, so viel ist anzunehmen.

»Was gibt es?«, fragt Margaret. Drake nimmt ihr vorsichtig das Weinglas aus der Hand.

»Du hast hier im Sender eine Voicemail von Neville Grey bekommen.«

»Was hat er gesagt? Du hast sie doch abgehört, oder? Bitte sag mir, dass du sie abgehört hast.«

»Ich hab sie abgehört«, bestätigt Darcy. »Sie war kryptisch und ziemlich kurz, aber anscheinend gibt es Neuigkeiten über die vermissten Marines, über Barts Zug.«

»Ja, ja!«, sagt Margaret. »Was denn? Was für Neuigkeiten?«

»Das hat er nicht gesagt«, sagt Darcy. »Beziehungsweise er durfte nichts sagen. Er meinte, er könne dich nicht auf dem Handy anrufen oder dir eine Mail schicken; er hofft, dich über eine sichere Festnetznummer zu erreichen.«

»Ach, Herrgott noch mal!«, sagt Margaret. »Kann ich ihn zurückrufen?«

»Nein«, sagt Darcy. »Ich hab es versucht, aber die Nummer war blockiert. Aber es klang, als wollte er dich wirklich dringend sprechen.« Sie zögert. »Ich glaube, es könnte was Wichtiges sein, Margaret.«

»Hast du mal direkt im Verteidigungsministerium angerufen?«, fragt Margaret. »Die Nummer steht in meinen Kontakten unter …«

»Ja«, sagt Darcy. »Aber ich habe nichts erreicht. Kingman's Büro wollte sich nicht dazu äußern. Keine Statusveränderung, meinten sie. Wenn es eine gebe, würden die Medien unterrichtet.«

»Was da von Neville kam, war also eine Vorankündigung«, sagt Margaret. »Irgendwas ist bei den Marines im Gange.«

»Ja«, bestätigt Darcy. »Da tut sich was.«

KEVIN

Er muss Isabelle finden.

Hat sie die Party verlassen oder Zuflucht auf der Toilette oder in einer stillen Ecke gesucht, um sich zu sammeln? Zu sehen, dass er Norah küsst, war bestimmt ein Schock für sie, doch hat es sie dazu veranlasst, *nach Hause* zu gehen?

Kevin beauftragt Jennifer, in der Damentoilette nachzuschauen, und durchforscht dann die Menschenmenge. Isabelle trägt Weiß, was bedeutet, dass sie hervorstechen würde. Kevin ist noch nie aufgefallen, wie viele Frauen zu Veranstaltungen wie dieser Schwarz tragen. Norah trägt natürlich auch Schwarz wie immer.

Es sah aus, als würdet ihr euch küssen, du und Norah.

Ja, gesteht Kevin sich ein. Für den Bruchteil einer Sekunde haben sie sich geküsst.

Er muss Isabelle finden. Er fasst es nicht, dass Norah Vale ihm auf diese Weise seinen Abend vermasselt hat. Wenn irgendetwas zu einem vorzeitigen Ende hätte führen sollen, dann ein Anruf von Shelby.

Er sieht Paare, die die Bäume bewundern, eine Harfenistin, eine Schlange von Leuten, die auf das Thunfischtatar mit Wasabi-Crème-fraîche aus dem Pearl warten. Kevin verspürt zunehmende Panik. Er hält nicht nur nach

Isabelle Ausschau, sondern auch nach Norah, damit er sie meiden kann.

Er sieht seinen Vater und Mitzi im Gespräch mit Mrs Gabler, seiner Erzieherin im Kindergarten. Kevin versucht es mit einer Kehrtwende, aber Kelley hat ihn schon entdeckt und winkt ihn zu sich.

»Ich bin in einer Art Mission unterwegs, Dad«, sagt Kevin.

Das kümmert Kelley nicht. »Sag Mrs Gabler guten Tag«, fordert er.

»Guten Abend, Mrs Gabler«, sagt Kevin. Sein Vater glaubt an nichts so sehr wie an Respekt gegenüber Älteren, und irgendwie hat Mrs Gabler sich zum Liebling der Quinns gemausert. Wahrscheinlich, weil sie Barts Flausen über sich ergehen ließ – obwohl, war es nicht Mrs Gabler, die Barts Pult in einen Kühlschrankkarton stellte, damit er seinen »Nachbarn« gegenüber nicht ganz so »aufgeschlossen« war? Kevin hat keine Zeit für Smalltalk mit Mrs Gabler, kann sich aber auch nicht dazu überwinden, unhöflich zu sein. »Wie geht es Ihnen?«

»Wer ist das denn?«, fragt Mrs Gabler. »Ist das der, der im Gefängnis sitzt?«

»Nein, das hier ist Kevin«, sagt Kelley. »Der, der ins Gefängnis musste, ist Patrick.«

Wenn ich im Gefängnis wäre, denkt Kevin, *wie könnte ich dann auf dieser Party sein?*

Mrs Gabler legt den Kopf schief, um anzudeuten, dass sie Kelley nicht verstanden hat.

»Patrick ist derjenige, der im Gefängnis sitzt!«, schreit Kelley. »Mein Sohn Patrick!«

Die Umstehenden verstummen, vermutlich in der Hoffnung, mehr über den ungeratenen Sohn zu erfahren. Wer die lautstarke Verkündigung von Patricks Schuld ebenfalls gehört hat, ist Jennifer, die Kelley einen gekränkten Blick zuwirft und dann zu Kevin sagt: »Auf der Toilette ist sie nicht.«

»Scheiße«, sagt Kevin und weiß plötzlich, dass Isabelle gegangen ist. Sie würde nie auf einer Party bleiben, auf der sie Norah Vale gesehen hat, sondern nach Hause zu Genevieve wollen.

Er verbeugt sich vor Mrs Gabler. »Es war reizend, Sie zu treffen, aber meine Verlobte ist verschwunden, und ich muss sie suchen.«

Mrs Gabler wendet ihre Aufmerksamkeit Jennifer zu. »Und wer ist *die* hier?«

Während Kevin sich entfernt, hört er, wie Kelley sagt: »Das ist Jennifer Quinn, die Frau von Patrick. Von dem, der im Gefängnis sitzt.«

Kevin schlängelt sich durch die Menge, bis er die Lobby erreicht. Dort stehen am Kartenschalter seine Mutter und Drake.

Margaret sieht blass und mitgenommen aus, genau so, wie Kevin sich fühlt.

»Kevin«, sagt sie. »Gott sei Dank. Ich muss dir was erzählen.«

»Hast du Isabelle gesehen?«, fragt er. Dann denkt er noch einmal nach. »Hast du *Norah* gesehen?« Norah war immer eingeschüchtert von Margaret Quinn – wie die meisten Frauen –, aber ist es möglich, dass sie ihr diesmal die Stirn geboten und ebenso zugesetzt hat wie Kevin?

»Norah?«, sagt Margaret. »Nein, ich …«

»Okay«, sagt Kevin. »Ich gehe nach Hause. Ich muss Isabelle finden.«

Und damit stürzt er durch die Eingangstür des Walfangmuseums von Nantucket hinaus in den kalten, stillen Abend.

Als er in der Pension ankommt, findet er Mr Bernard laut schnarchend auf dem Sofa vor dem Kamin vor. Kevin eilt an ihm vorbei in den hinteren Teil des Gebäudes. Die Tür zum Kinderzimmer ist geschlossen, was er als ein gutes Zeichen nimmt. Er verlangsamt seine Schritte und entspannt sich ein bisschen. Genevieve schläft; Isabelle ist vermutlich in ihrem gemeinsamen Zimmer. Kevin kann dem Drang nicht widerstehen, nach seiner Tochter zu schauen.

Leise öffnet er die Tür einen Spalt weit. Die Nachttischlampe ist an, wie sie es sein sollte, doch irgendetwas kommt ihm merkwürdig vor. Er späht in das Bettchen – keine Genevieve. Auch keine Decke und kein Monsieur Giraffe. Isabelle muss die Kleine zum Stillen in ihr Zimmer mitgenommen haben. Sicher hat sie Genevieve vermisst, nachdem sie aus gewesen ist. Doch Isabelle hält nichts von Babys im elterlichen Bett. Sie stillt Genevieve lieber hier, im Schaukelstuhl.

Kevin sieht sich um. Die Windeltasche ist verschwunden. Er zieht die oberste Schublade der Kommode auf, wo Isabelles Lieblingskleidungsstücke für Genevieve liegen. Auch von ihnen fehlen einige.

Er rennt den Flur entlang zu seinem und Isabelles Zimmer. Es ist dunkel – und leer. Ihm wird bange ums Herz. Er kann Isabelle nicht anrufen. Sie ist von Amts wegen der letzte Mensch auf Erden, der kein Handy hat.

Wo steckt sie?

Kevin stürmt durchs ganze Haus. Die Küche: leer. Die Gästezimmer im Obergeschoss sind alle verschlossen, auch auf dem Flur ist niemand. Er läuft wieder nach unten und in die Waschküche: leer. *Sie ist nicht hier*, denkt er. *Sie ist gegangen und hat das Baby mitgenommen. Wohin?*

Dann kommt Kevin eine Idee. Er rennt zurück nach oben und den Flur entlang auf das Licht zu. Barts Zimmer. Irgendwann hat jeder in der Familie schon in Barts Zimmer Zuflucht gesucht, und Kevin wird klar, dass Isabelle Genevieve *hierher*gebracht hat. Er rechnet fest damit, sie auf dem Bett sitzend und ein französisches Schlaflied singend mit dem Baby auf dem Schoß vorzufinden.

Aber auch dieser Raum ist leer.

Isabelle ist verschwunden.

JENNIFER

Sie fühlt sich verantwortlich für den Schlamassel mit Kevin und Isabelle. Sie hätte Kevin erzählen sollen, dass sie Norah gesehen hat, natürlich! Sie hätte ihn vorwarnen müssen. Jennifer versteht nicht ganz, wie Kevin sich in ein Gespräch mit Norah hineinziehen lassen konnte. *Sie hat mich aus heiterem Himmel überfallen.* Wärst du doch einfach weitergegangen! Jennifer und Isabelle haben gesehen, wie die beiden sich *küssten*. Wieso um alles in der Welt hat Kevin sich von Norah *küssen* lassen?

Jennifer holt sich noch ein Glas Wein. Kevin hat sich auf die Suche nach Isabelle gemacht, Kelley ist mit Mitzi hier, und Jennifer hat keine Ahnung, wo Ava steckt; sie hat sie den ganzen Abend noch nicht gesehen. Jennifer kennt absolut niemanden auf dieser Party. Sie sollte nach Hause gehen und mit den Jungs abhängen, auch wenn das bedeutet, ihnen dabei zuzuschauen, wie sie Assassin's Creed spielen, auch wenn es bedeutet, sich Barretts fehlgeleiteter Wut auszusetzen. Aber Jennifer hat keine *Lust*, nach Hause zu gehen. Sie genießt es, unterwegs zu sein, schick gekleidet, unter Erwachsenen.

Sie wandert ziellos umher und betrachtet die originell gestalteten Bäume: einen, der aus Bücherstapeln besteht, einen Baum aus hellen Holzklötzen, die wie in einem Jenga-Spiel aufeinandergetürmt und mit Figuren aus durchsichtigem Glas behängt sind, einen altmodischen, mit winzigen weißen Lichtern besteckten Baum, an dem Ketten aus Popcorn und Cranberries und goldene und burgunderrote Kugeln hängen.

Plötzlich überkommt Jennifer unerträgliche Traurigkeit. Gleich nach ihrer Rückkehr nach Boston wird sie die Bäume ihrer Kundinnen für Weihnachten schmücken – was eine Woche voller Zwölfstundentage bedeutet –, ihre eigene Wohnung jedoch nicht. Okay, vielleicht wird sie ein bisschen dekorieren, aber nicht so verschwenderisch wie sonst. Wie könnte sie, wenn Patrick eingesperrt ist? Die Leute sagen ihr das das ganze Jahr über, wie sehr sie sich auf den Tag freuen, an dem sie ihren Baum aufstellt, den schönsten in Beacon Hill, meinen manche. Also wird sie sich wohl doch einen Baum besorgen. Er ist eine gute Reklame für sie als Inneneinrichterin. Außerdem werden die Jungs einen Christbaum erwarten. Oder ist er ihnen völlig egal?

Patrick hat ihr letzte Woche erzählt, dass im Gemeinschaftsraum des Gefängnisses ein trauriger kleiner Plastikbaum mit blauen und roten Lichtern steht. Der Baum selbst ist weiß. *Er sieht aus wie ein Baum zum Vierten Juli,* meinte Patrick.

Patrick würde sich wünschen, dass sie die Wohnung weihnachtlich gestaltet, daher wird sie das auch tun. Und dann, am 23. Dezember, wird sie allen Schmuck wieder entfernen, bevor sie und die Jungs nach San Francisco fliegen, um das Fest bei ihrer Mutter in deren Vorzeigehaus in Nob Hill zu verbringen. Zwischen Jennifer und Patrick werden zu Weihnachten und Silvester dreitausend Meilen liegen. Es gibt auf der ganzen Welt nicht genug Tabletten, um mit dieser deprimierenden Tatsache fertigzuwerden.

Als Jennifer um die Ecke biegt und die Lobby betritt, erblickt sie Margaret und Drake. Sie ist gern mit den beiden zusammen, denn sie sind äußerst interessant, doch es sieht aus, als seien sie in ein sehr ernsthaftes, sehr vertrauliches Gespräch vertieft. Jennifer beschließt, sie nicht zu stören, und verdrückt sich durch die Eingangstür nach draußen. Sie kann ein bisschen frische Luft gebrauchen.

Direkt vor dem Museum steht, eine Zigarette rauchend, Norah Vale.

Das darf nicht wahr sein!, denkt Jennifer.

Umkehren kann sie nicht. Norah hat sie schon entdeckt.

»Jennifer«, sagt sie.

»Hey, Norah«, erwidert Jennifer.

»Ich hab gesehen, wie Kevin seiner kleinen Freundin nachgerannt ist«, sagt Norah. »Sie ist *blond*? Seit wann steht einer von den Quinn-Männern auf Blondinen?«

»Du musst Kevin in Ruhe lassen, Norah«, sagt Jennifer. »Er ist glücklich.«

»Willst du wissen, was ich früher mehr als alles andere verabscheut hab?«, fragt Norah. »Wenn du mir gesagt hast, was ich tun soll. Zum Beispiel, dass ich mir die Haare nicht mehr färben sollte, weil ich dadurch billig wirke.«

»Hab ich das gesagt? Daran erinnere ich mich gar nicht.«

Norah zieht an ihrer Zigarette. »Ich hab Neuigkeiten für dich, Schwester.« Ihre Stimme klingt gepresst, weil sie den

Rauch in ihrer Lunge zurückhält. Dann atmet sie aus. »Ich *bin* billig.«

»Hört sich an, als wärst du stolz darauf«, sagt Jennifer.

Norah lacht. »Du bist hochnäsig wie eh und je.«

»Hochnäsig?«, sagt Jennifer. »Das ist ein Ausdruck, den ich seit meinen Molly-Ringwald-Tagen nicht gehört habe.«

»*Breakfast Club*«, sagt Norah. »Mein Lieblingsfilm.«

»Ach ja, stimmt. Ally Sheedy mochtest du besonders.«

»Gutes Gedächtnis«, lobt Norah. »Und ... wie läuft's bei euch? Patrick ist im Knast?«

Im Knast. Jennifer fragt sich, wie jemand, der so nett und anständig ist wie Patrick, im Knast sein kann, während eine Horror-Tussi wie Norah Vale frei herumläuft. Es ergibt keinen Sinn.

»Ist er«, sagt Jennifer. »Er hat ein paar falsche Entscheidungen getroffen. Also, nur fürs Protokoll: Es ist irgendwie schwer, hochnäsig zu sein, wenn der eigene Ehemann im Gefängnis sitzt.«

»Der Punkt geht an dich«, sagt Norah und hält Jennifer ihre Zigarette hin. »Willst du?«

Jennifer kommt die klare Erinnerung an einen Sommertag vor Jahren, als sie und Patrick einmal übers Wochenende auf Nantucket waren und in der Pension wohnten. Sie bereiteten ein Strandpicknick vor. Jennifer machte in der Küche Kartoffelsalat, während Norah draußen auf der Terrasse rauchte. Jennifer fischte zwei schwarze Oliven aus dem Glas, öffnete die Fliegengittertür und hielt sie Norah vor die Nase. *Siehst du die hier?*, sagte sie. *So sieht deine Lunge aus.*

Kein *Wunder*, dass Norah sie hasste! Sie *war* hochnäsig!

Bevor sie Kinder bekam und erkannte, wie fehlbar sie selbst war, hielt sie sich *tatsächlich* für besser als Norah.

»Nein danke«, sagt sie jetzt. »Ich hab andere Laster.«

»*Du?*«, staunt Norah.

»Ja, ich«, sagt Jennifer. Sie starrt Norah an und fragt sich: Kann es schaden, sich zu *erkundigen*? Jennifer ist verzweifelt, aber verzweifelt genug, um Norah Vale um Tabletten zu bitten? Viele Optionen hat Jennifer nicht. »Du weißt nicht zufällig, wo ich Oxycodon herkriege?«

Norahs Lachen explodiert wie eine Stange Dynamit. Jennifer fährt zusammen. »*Oxycodon?*«, hakt Norah nach. »Hast du dir ein Tablettenproblem zugelegt?«

Jennifer erwägt, auf dem Absatz kehrtzumachen und wieder nach drinnen zu gehen, doch *irgendjemandem* muss sie sich anvertrauen. Warum nicht Norah, die sie sowieso hasst? »Hab ich«, sagt sie.

Norahs Gesicht wird weicher. »Oh, das tut mir leid.«

Jennifer zuckt die Achseln. »Weißt du, wo ich welches bekomme?«

Norah nickt. »Klar.«

Erneut fährt Jennifer zusammen. »Wirklich?«

»Klar«, wiederholt Norah. »Aber billig ist es nicht. Dreißig Dollar pro Tablette.«

Dreißig Dollar pro Tablette? Norah zieht sie über den Tisch.

»Ich kann zehn Dollar pro Tablette bezahlen«, sagt Jennifer.

»Zwanzig«, kontert Norah.

»Fünfzehn.« Jennifer *würde* zwanzig bezahlen, so dringend braucht sie das Zeug. Sie fragt sich, ob Norah blufft oder tatsächlich liefern kann. Letzteres ist zu aufregend, um es zu glauben.

»Wie viele willst du?«, fragt Norah.

»Wie viele kannst du besorgen?«

»Dreißig?«, sagt Norah.

Dreißig Tabletten. Wenn Jennifer vorsichtig ist, könnten die reichen, bis Patrick rauskommt.

»Perfekt«, sagt sie. »Ich gebe dir vierhundertfünfzig Dollar dafür.«

»Ich kann sie dir morgen in der Pension vorbeibringen«, sagt Norah.

»Nicht in der Pension, Norah, um Himmels willen.«

Norah tritt ihre Zigarette mit dem Absatz ihres ausgeleierten Frye-Stiefels auf dem Bürgersteig aus. Jennifer verspürt den Drang, die Kippe aufzuheben und ordentlich zu entsorgen. Sie verspürt den Drang, Norah zu erklären, dass sie diese Stiefel ausrangieren und ihren Profit aus dem Tablettenverkauf direkt in einem Schuhgeschäft investieren solle.

Kein Wunder, dass Norah sie hasst. *Hochnäsig. Versnobte Zicke.*

»Wo sollen wir uns dann treffen?«, fragt Norah.

»Wie wär's um zehn auf dem Parkplatz vom Stop & Shop?«, schlägt Jennifer vor.

»Zehn?«, sagt Norah. »Das ist mir zu früh. Um elf?«

Um elf findet Genevieves Taufe statt, doch das wird Jennifer Norah nicht verraten. »Elf passt mir nicht«, sagt sie. »Wie wär's mit halb elf?«

»Halb elf also auf dem Parkplatz vom Stop & Shop«, sagt Norah. »Abgemacht.«

Jennifer nickt. Einerseits kann sie kaum glauben, dass sie auf dem Supermarktparkplatz mit Norah Vale einen Drogendeal durchziehen wird, andererseits ist ihre größte Sorge die, dass Norah nicht mit den Tabletten aufkreuzt.

Sie ist süchtig.

»Willst du meine Handynummer?«, fragt sie. »Falls es Probleme gibt?«

»Es wird keine Probleme geben«, sagt Norah. »Bis morgen früh dann.«

SONNTAG, 6. DEZEMBER

DRAKE

Margaret erklärt Drake, sie könne nicht auf der Party bleiben.

»Ich möchte Kelley und Mitzi heute Abend nicht mehr sehen, wenn es nicht sein muss«, sagt sie. »Kelley würde merken, dass etwas los ist. Das liest er mir vom Gesicht ab.«

Drake holt Margarets Mantel, und sie gehen zu Fuß zurück zur Pension und gleich hinauf in ihr Zimmer.

Margaret schaltet sofort ihren Laptop ein. »Nichts«, sagt sie. »Gar nichts.« Sie wählt sich in die Mailbox ihres Bürotelefons ein, hört die Nachricht von Neville Grey selbst ab und schnauft frustriert, als sie auflegt. »Es ist der reinste Hohn«, sagt sie. »Er ruft an, um mir mitzuteilen, dass es Neuigkeiten gibt, verrät mir aber nicht, welche. Das ist ein wiederkehrender Albtraum, besonders bei Journalisten. Großartige Quelle, zuverlässiger Informant, und dann … bricht die Verbindung ab.«

»Wie hat er denn *geklungen*?«, fragt Drake. »Nach guten Nachrichten, schlechten Nachrichten?«

»Die Leitung war gestört«, sagt Margaret. »Und es klang, als ob er flüsterte. Aber wenn ich mich festlegen müsste, würde ich sagen, er klang … aufgeregt. Nach fast einem Jahr haben sie endlich Neuigkeiten, *natürlich* ist er da aufgeregt.« Sie schaut Drake schräg an. »Was für Neuigkeiten könnten das sein? Einer der Soldaten wurde hingerichtet, und der Beleh stellt das Video davon ins Netz? Oder ... das Verteidigungsministerium hat die Jungs endlich lokalisiert und entsendet jetzt einen Rettungstrupp?«

Beides hört sich für Drake gleich plausibel an. Er wäre gern optimistisch, doch die Schlagzeilen des vergangenen Jahres geben ihm wenig Grund zur Hoffnung.

»Wir müssen abwarten«, sagt er. »Lass dein Telefon eingeschaltet neben dem Bett liegen.«

»Kelley kann ich natürlich nichts erzählen«, sagt Margaret.

»Stimmt«, sagt Drake. »Weil es nichts zu erzählen gibt.«

Margaret wendet ihm den Rücken zu, damit er den Reißverschluss ihres Kleides aufziehen kann. »Ich habe deine Frage nicht vergessen«, sagt sie.

»Das weiß ich«, sagt er.

Sie legen sich ins Bett, und er drückt sie fest an sich. Er hofft, dass Kelley und Mitzi sich amüsieren. Er fand, sie wirkten glücklich miteinander.

Gute Nachrichten, denkt er im Einschlafen. *Mögen es gute Nachrichten sein.*

AVA

Ein Kuss unterm Sternenhimmel; das war alles. Als sie nach der Party mit Mitzi und ihrem Vater ins Auto steigt, redet sie sich ein, dass es ein Abschiedskuss war.

Wann kann ich dich wiedersehen?, fragte Nathaniel danach.

Gar nicht, sagte Ava.
Wie wär's mit morgen?
Morgen wird Genevieve getauft, und ich bin ihre Patin.
Ist Scott dabei?

Ava zögerte, dann erklärte sie: *Ja, Scott ist dabei.*

Als sie in ihrem Zimmer ist und das grüne Samtkleid ausgezogen hat, simst sie Scott: *Ich bin zu Hause. Ich liebe dich.*

Keine Antwort, aber es ist ja auch schon ziemlich spät. Scott schläft vermutlich längst tief und fest.

KEVIN

Er fährt über eine Stunde lang durch die Straßen und sucht nach dem roten Jeep, den er Isabelle im Frühjahr gekauft hat. Kennzeichen M89 K17, ovaler Aufkleber aus der Bar auf dem Rückfenster. Er überprüft jeden Winkel der Stadt und dann das Haus in der Friendship Lane mit dem riesigen Weihnachtslichtertableau mit dem überdimensionalen Grinch, der Kolonie von Pinguinen, einem aufs Dach kletternden Snoopy-Santa und einem Zug, der sich auf einem Achter-Gleis durch den ganzen Vorgarten schlängelt. Auch hier ist der Jeep nicht. Kevin fährt am Supermarkt vorbei, denn vielleicht sind in der Pension ja Eier oder Sahne oder Kaffee ausgegangen. Doch Isabelles Jeep steht nicht auf dem Parkplatz. Als er an der Bar vorbeikommt, erwägt er, dort ein Bier zu trinken, um seine Nerven zu beruhigen. Er sieht eine lange Schlange vor der Tür. Am Adventsbummel-Wochenende spielt hier eine Band. Vielleicht ist Norah drinnen, Isabelle mit Genevieve dagegen definitiv nicht.

Kevin fährt die Hooper Farm Road entlang, wo sich das Haus von Norahs Mutter befindet – ein sehr schlichtes, vorn zweigeschossiges, hinten eingeschossiges Gebäude mit kümmerlichem, überwuchertem Vorgarten und zwei kaputten Autos in der Einfahrt, ehemalige Taxis, die Norahs Mutter und ihr Mann Shang früher fuhren. Es ist kein Licht an im Haus. Kevin versucht, nicht daran zu denken, wie oft er sich spät abends durch die Seitentür hineinstahl, als er und Norah in der Highschool waren.

Frustriert schlägt er mit den Händen aufs Lenkrad, dann fährt er nach Hause, um zu sehen, ob Isabelle zurückgekehrt ist.

Isabelle ist nicht in der Pension, und Kevin weiß nicht mehr, wo er noch suchen soll. Sie hat keine Freundinnen, bei denen sie übernachten könnte, oder? Ihm fallen jedenfalls keine ein. Und sie würde auch nicht spätabends länger mit dem Baby herumfahren. Hat sie sich ein Hotelzimmer genommen? Jetzt, am Adventsbummel-Wochenende, ist bestimmt alles ausgebucht. Kevin beschließt trotzdem, im Schloss nachzufragen. Es ist nur ein kurzes Stück entfernt von der Pension und daher eine naheliegende Zuflucht für Isabelle.

Kevin tritt an den Empfangsschalter, der von einem hochgewachsenen dunkelhäutigen Herrn besetzt ist. Auf seinem Namensschild steht *Livingston*.

»Guten Abend, Livingston«, sagt Kevin. »Ich suche meine Verlobte und würde gern wissen, ob sie hier eingecheckt hat. Sie heißt Isabelle Beaulieu und hat einen Säugling bei sich.«

Livingston reagiert ruhig und professionell. Sein Gesichtsausdruck verrät nichts. Vielleicht hat Isabelle bei ihm eingecheckt, vielleicht auch nicht. Kevin erkennt sofort, dass der Mann nichts preisgeben wird. »Tut mir leid, mit persönlichen Informationen über unsere Gäste kann ich nicht dienen«, sagt Livingston. »Sie suchen Ihre Verlobte, sagen Sie?«

»Ja«, entgegnet Kevin und kommt sich selbst ein bisschen zwielichtig vor. Warum sollte seine Verlobte ohne ihn in einem Hotel übernachten? Kevin stellt sich vor, wie er versucht, Livingston die Sache mit Norah Vale zu erklären. Vielleicht gibt es in Livingstons Vergangenheit ja auch eine böse Hexe wie sie.

»Nun, ich hoffe, Sie finden sie«, sagt Livingston. »Tut mir leid, dass ich Ihnen nicht helfen kann.«

Kevin hebt eine Hand. »Kein Problem«, sagt er.

Dabei hat er *sehr viele* Probleme. Seine Verlobte und sein Baby sind verschwunden, und in bloß zwölf Stunden soll Genevieve getauft werden. Kevin braucht ein Bier. Er betritt das der Lobby angegliederte Restaurant – und dort sitzt George mit derselben Rothaarigen, mit der Kevin ihn in der Pharmacy gesehen hat.

»George?«, sagt er.

George wirbelt auf seinem Barhocker herum und stößt ein kräftiges *HO-HO-HO!* aus. Er ist, wie es scheint, ziemlich betrunken.

»Kevin, mein Junge!«, sagt er. »Komm, setz dich! Mary Rose, das ist Mitzis Stiefsohn Kevin Quinn. Kevin, dieses reizende Geschöpf ist Mary Rose Garth.«

Kevin lächelt die Rothaarige höflich an. Sie hat einen Cosmopolitan vor sich, und Kevin, der lange Barkeeper war, vermutet, dass sie aus dem Mittleren Westen ist. An der Ostküste werden seit dem Auslaufen von *Sex and the City* keine Cosmos mehr bestellt.

Kevin klopft George auf die Schulter. Er hat es nicht gern, *mein Junge* genannt zu werden, nicht einmal von seinem eigenen Vater, doch er benötigt Georges Hilfe.

»George«, sagt er, »hast du Isabelle und das Baby gesehen? Hier im Hotel vielleicht?«

»Nein«, erwidert George, »hab ich nicht. Natürlich konnte ich meinen Blick auch kaum von Mary Rose losreißen.«

Mary Rose kichert, dann entschuldigt sie sich und steht auf. George erhebt sich ebenfalls, zieht ein Taschentuch hervor und wischt sich sein rotes Gesicht ab. »Ich nehme an, Mitzi verbringt die Nacht mit deinem Vater?«

»Ach du meine Güte«, sagt Kevin. »Ich hab wirklich keine Ahnung.« Wenn er raten müsste, würde er zustimmen. Kelley und Mitzi sind auf der Party recht vertraut miteinander umgegangen, fast so, als wären sie *wieder zusammen*, und wenn Mitzi nicht hier im Hotel bei George ist, muss sie in der Pension sein. Kevin hat jedoch keine Zeit, sich Gedanken über seine Eltern zu machen. »Hör mal, George, wenn du Isabelle morgen früh oder heute noch siehst, würdest du mich dann bitte anrufen?« Kevin kritzelt seine Telefonnummer auf eine Cocktailserviette. George nimmt sie und beäugt sie durch seine Gleitsichtbrille. *Der ruft nie an*, denkt Kevin. *Sobald ich weg bin, wird George sich mit der Serviette die Nase putzen.*

George schreibt *seine* Nummer auf eine zweite Serviette. »Warum rufst *du mich* nicht an und sagst mir, ob Mitzi heute in der Pension übernachtet?«

Kevin schnappt sich die Serviette. »Mache ich«, sagt er, obwohl sie beide wissen, dass der andere ihrer Bitte nicht nachkommen wird.

Beim Verlassen des Restaurants kommt Kevin an Mary Rose vorbei und nickt ihr zu. Sie zwinkert. »Sie sind echt süß«, flüstert sie.

KELLEY

Als Kelleys Wecker um sechs klingelt, stöhnt er auf. Es geht ihm *gar nicht* gut. Mitzi dreht sich zu ihm um und umschlingt ihn. »Verkatert?«, fragt sie.

»Bin ich wohl«, sagt Kelley. Er hat gestern Abend etwas Champagner und ein paar Gläser Rotwein getrunken, sich vom Jameson jedoch ferngehalten. Er fühlt sich nicht so sehr verkatert wie generell krank und unwohl. Er hofft, dass es keine Grippe ist oder dass eine eventuelle Grippe erst nach der Taufe und dem anschließenden Mittagessen richtig ausbricht.

»Ich muss aufstehen«, sagt er. »Die Leute wollen frühstücken.«

»Soll ich mitkommen und dir helfen?«, fragt Mitzi.

Kelley starrt an die Decke. Er hat sich eingeredet, dass dies hier nur eine Wochenendgeschichte sei, aber jetzt sieht es eher danach aus, als ob Mitzi länger bliebe. Er will sich nichts vormachen: Er ist glücklich darüber, dass Mitzi zurück ist. Sie gehört hierher. Sie ist seine *Frau*. Doch soll er sie einfach ihre alten Pflichten, ihre frühere Rolle als Ehefrau und Pensionswirtin wiederaufnehmen lassen? Er ist sich nicht sicher, wie Isabelle das finden würde; sie ist in den letzten Tagen sehr still gewesen.

»Ich glaube kaum, dass das so eine gute Idee ist«, sagt Kelley.

»Bitte«, sagt Mitzi.

Kelley seufzt. »Okay.«

Wie sich herausstellt, wird Mitzi in der Küche gebraucht, denn von Kevin und Isabelle fehlt jede Spur, was *höchst* ungewöhnlich ist. Isabelle ist die zuverlässigste Mitarbeiterin, die Kelley je hatte. Sie hat die Gäste schon wieder bewirtet, als Genevieve erst vier Tage alt war. Vielleicht macht sie die Kleine bereits für die Taufe zurecht?

Kelley brüht den Kaffee auf, und Mitzi schaut in den Kühlschrank. »Würstchen?«, fragt sie. »Und arme Ritter mit Bananen?«

»Und gegrillte Grapefruit?«, schlägt Kelley vor.

»Mmmmm«, sagt Mitzi.

Kelley wendet gerade die Würstchen auf dem Backblech, als Kevin in die Küche kommt. Er trägt immer noch seine Smokinghose. Seine Fliege baumelt locker an ihm herab.

»Hoppla!«, sagt Kelley. »Eine lange Nacht gehabt?«

Kevin nickt. »Isabelle und das Baby sind verschwunden.«

»Verschwunden?«, fragt Kelley.

»Verschwunden«, bestätigt Kevin.

MARGARET

Um halb sechs Uhr morgens wacht sie auf. Ehrlich gesagt ist es ein Wunder, dass sie überhaupt geschlafen hat. Sie checkt ihr Handy: nichts. Ihren Laptop: nichts. Sie würde Neville Grey gern eine Mail schicken, aber sie möchte ihn nicht in Gefahr bringen oder sein Vertrauen aufs Spiel setzen.

Sie wählt sich in ihre Mailbox ein und ruft noch einmal seine Nachricht ab: *Ich hatte gehofft, Sie über eine sichere Festnetznummer zu erreichen … Mailen kann ich Ihnen nicht … Es gibt eine Sondermeldung über die vermissten Marines … Ich hatte wirklich gehofft, Sie zu erreichen …*

Das ist alles. Es ist im Grunde genommen nichts. Schlimmer als nichts!

Margaret schickt Darcy eine SMS: *Hast du irgendwas gehört?*

Es wäre ihr nicht im Traum eingefallen, einer beliebigen Sechsundzwanzigjährigen in Brooklyn an einem Sonntagmorgen um halb sechs zu simsen, aber sie bereitet Darcy auf große Aufgaben vor, und SMS zu jeder Stunde des Tages gehören zu ihrer beider Job. Nachrichten schlafen nicht.

Tatsächlich antwortet Darcy binnen Sekunden: *Nichts.*

Ich war fast die ganze Nacht auf und habe die AP-Meldungen im Auge behalten.

Wenn Margaret morgen nach New York zurückkehrt, wird sie dafür sorgen, dass Darcy eine Gehaltserhöhung bekommt, und wenn sie sie aus eigener Tasche zahlen muss.

Halt mich auf dem Laufenden, simst sie.

Wann ist die Taufe?, fragt Darcy.

Um elf, antwortet Margaret. *Aber schreib mir trotzdem.*

Bist du sicher?

Margaret denkt nach. Während des Taufgottesdienstes für ihre Enkelin wird sie ihr Handy *nicht* checken. *Schick mir die Nachricht einfach, und ich sehe sie mir gleich anschließend an.*

Alles klar, Boss.

Margaret deponiert ihr Telefon auf dem Nachttisch und legt sich wieder hin.

Ein Klopfen an ihrer Zimmertür weckt sie. Sie hört Kelleys Stimme. »Margaret!«

Drake zieht besorgt die Augenbrauen hoch, und Margaret hüllt sich in einen der flauschigen Bademäntel der Pension.

Kelley hat also die Nachrichten gesehen. Und sie selbst hat sie verschlafen.

Margaret öffnet die Tür. Kelley sieht *nicht* gut aus.

»Isabelle und Genevieve sind verschwunden«, sagt er.

»Verschwunden?«

»Verschwunden«, bestätigt Kelley.

AVA

Frühmorgens surrt ihr Handy, so früh, dass Ava sich noch nicht rühren kann. Ein Weilchen später klingelt es erneut. Sie versucht, danach zu greifen, ist aber zu müde dazu.

Sie hört ein Stimmenwirrwarr im Flur. Ihr Vater, ihre Mutter, Kevin. Mit einem Auge schaut sie auf die Uhr. Es ist noch nicht einmal acht. Warum müssen die alle so früh aufstehen? Warum müssen sie ihr Gespräch direkt vor Avas Zimmer führen? Sie versteht die Worte »Genevieve« und »im Schloss«. Dann hört sie, wie Kelley sagt: »Mitzi kümmert sich um das restliche Frühstück und räumt ab. Ich fahre mit Kevin zum Flughafen.«

Flughafen?, denkt Ava und fragt sich, ob Isabelles Eltern vielleicht doch zur Taufe kommen. Soweit Ava weiß, hatten die Beaulieus nicht genug Geld für eine USA-Reise und waren zu stolz, um das Angebot von Margaret und Kelley anzunehmen, ihnen den Flug zu spendieren. Sie sparen darauf, nach Nantucket zu fliegen, wenn Kevin und Isabelle heiraten. Die Hochzeit wurde bisher so lange aufgeschoben, bis Patrick aus dem Gefängnis entlassen wird und Bart gesund heimgekehrt ist.

Bart wird gesund heimkehren.

Ava schläft wieder ein.

Ihr Handy piepst, eine SMS.

Es klopft an die Tür.

Muss das sein?, denkt Ava. Sie ist zu müde, um an die Tür zu gehen oder sich auch nur zu fragen, wer es sein könnte, deshalb murmelt sie: *Komm rein.*

»Ava.«

Ava dreht sich auf den Rücken. Scott steht an ihrem Bett, und er sieht nicht glücklich aus.

»Hi«, sagt sie. »Bist du zu Hause?« Sie greift nach dem Wasserglas neben sich. »Ich bin eine Idiotin. Ich sehe ja, dass du zu Hause bist. Wie geht's dir, Schatz? Willkommen daheim.«

»Nenn mich nicht ›Schatz‹«, sagt Scott.

Seine Stimme klingt erstickt. Sie ist, so erkennt sie, wuterfüllt. *Oh nein*, denkt sie. *Oh nein.*

Scott tritt an Avas Kommode und starrt den Adventsstrauß an, als wäre er ein Haufen toter Frösche.

Oh nein, denkt Ava erneut. Sie hat die Karte ...

»*Ich kann nicht aufhören, an dich zu denken?*«, sagt Scott. »*Nathaniel?*«

Sie wollte die Blumen in den Salon stellen und die Karte irgendwo vergraben. Sie dachte, sie hätte mehr Zeit dafür.

»Nathaniel hat mir Blumen geschickt«, sagt sie schwach.

»Ja, das sehe ich«, sagt Scott. »Weißt du, warum ich so früh zurückgekommen bin?«

»Weil du mit zur Taufe wolltest?«

»Nein, weil Luzo mich gestern Abend angerufen und mir erzählt hat, dass er dich und Nathaniel zusammen auf dem Ausguck des Walfangmuseums gesehen hat!«

Ava wird schwindelig. Sie schließt die Augen. Dominic Luzo ist Scotts bester Freund und Polizeibeamter, und die Wache liegt direkt gegenüber vom Walfangmuseum. Ava hatte nicht angenommen, dass irgendjemand sie und Nathaniel sehen konnte; anscheinend hat sie sich geirrt.

»Was habt ihr da oben gemacht?«, fragt Scott.

»Miteinander geredet«, sagt Ava.

»Und das ging nicht auf der Party? Dazu musstet ihr hoch auf den Ausguck?«

Ava hat Scott noch nie so wütend erlebt – nicht, als das Schulkomitee ihnen das Budget für den Förderunterricht kürzte, nicht, als die talentierte Lehrerin Mrs Fowler es okay fand, Zweitklässlern die menschliche Fortpflanzung zu erläutern. Ava hat große Lust, sich zu wehren. *Du hast das ganze Wochenende mit Roxanne Oliveria verbracht, obwohl du hier bei mir hättest sein sollen!* Aber das würde kleinlich klingen. Ava hat sich nicht mit Nathaniel auf dem Museumsausguck getroffen, weil Scott in Boston war, sondern weil ein Teil von ihr ihn immer noch liebt.

»Es tut mir leid«, sagt sie.

»Was denn? Ich dachte, ihr habt bloß miteinander geredet«, sagt Scott. »Hast du mit ihm *geschlafen?*«

»Nein«, sagt Ava. »Aber ich habe ihn geküsst. Nur einmal. Es war ein … Abschiedskuss.«

»Ein Abschiedskuss?«, sagt Scott. »Du hast dich letztes Weihnachten von ihm verabschiedet! Und was soll das mit den Blumen? Er kann nicht aufhören, an dich zu denken? Ist ihm klar, dass du *meine* Freundin bist?«

»Das weiß er«, sagt Ava.

Ihr Handy surrt wieder, eine weitere SMS.

Oh nein, denkt sie.

»Ist er das?«, fragt Scott.

»Ich …?«, sagt Ava. »Wahrscheinlich ist es Shelby. Sie und Zack kommen zur …«

»Hast du was dagegen, wenn ich nachsehe?«, fragt Scott.

Ava hat was dagegen. Sie hüpft aus dem Bett und schnappt sich ihr Handy. Der Bildschirm zeigt zwei verpasste Anrufe von Scott und zwei Textnachrichten von Nathaniel an.

Die erste SMS lautet: *Ich bin immer noch verliebt in dich, Ava Quinn*, und die zweite: *Kann ich bitte zur Taufe mitkommen?*

Ava lässt sich aufs Bett fallen. »Die Nachrichten sind von Nathaniel.«

»Was will er?«, fragt Scott.

Lüg ihn an, denkt Ava. Aber zum Lügen ist sie zu müde und zu verwirrt. Sie reicht Scott ihr Handy, damit er sie selbst lesen kann.

»Na ja, ich kann es ihm nicht verübeln, dass er immer noch in dich verliebt ist«, sagt er.

Ava steigen Tränen in die Augen. Sie verkraftet im Moment alles, nur nicht, dass Scott verständnisvoll ist. Sie hätte Nathaniel am Freitagabend klarmachen müssen, dass er abschwirren soll, doch das hat sie nicht getan. Sie hat sich erneut in den unwiderstehlichen Strudel hineinziehen lassen, und jetzt ist sie am selben Punkt wie vor einem Jahr: hin- und hergerissen zwischen Nathaniel und Scott.

»Wirst du ihn zur Taufe einladen?«, fragt Scott.

»Nein«, sagt Ava. »Warum sollte ich?«

»Keine Ahnung«, sagt Scott. »Du siehst aus, als wolltest du ihn vielleicht dabeihaben.«

Ava wischt sich das Gesicht ab. »Ich weiß nicht, was ich will.«

»Das ist ja super«, sagt Scott. »Ich bin anderthalb Tage weg, und irgendwie ergreift *Nathaniel Oscar* diese Gelegenheit, um hier aufzutauchen und zu versuchen, meine Freundin zurückzuerobern.« Er beäugt den Blumenstrauß, als hätte er vor, ihn quer durch den Raum zu werfen, was Ava ihm nicht verübeln könnte. »Und jetzt weißt du nicht, was du willst. Ich dachte, du wolltest mich. Ich dachte, du wolltest *uns*!«

»Das tue ich ja«, sagt Ava, doch es klingt nicht einmal in ihren eigenen Ohren überzeugend. Sie trinkt noch einen Schluck Wasser. »Ist Roxanne in Boston geblieben?«

»Sie wurde um sechs Uhr aus dem Krankenhaus entlassen«, sagt Scott. »Sie war froh, so früh rauszukommen.«

»Es war richtig von dir, ihr hinterherzufahren«, sagt Ava. »Du bist ein anständiger Kerl, Scott.«

»Zu anständig vielleicht«, sagt Scott, geht aus dem Zimmer und macht die Tür fest hinter sich zu. Ava lässt ihn ziehen.

KEVIN

Er und Kelley machen sich auf den Weg zum Flughafen, während Margaret und Drake die Fähranleger überprüfen. Kevin hätte gern mehr Mann an Deck, aber Jennifer und Ava schlafen noch, und Mitzi bleibt in der Pension, um sich um die Gäste zu kümmern. Kevin hat schreckliche Angst, dass Isabelle versuchen könnte, mit Genevieve nach Frankreich zu fliegen, und die beiden dann nicht wieder einreisen dürfen. Isabelles Papiere sind nicht in Ordnung. Das steht als Nummer eins auf ihrer Liste der zu erledigenden Dinge, doch die Pension und das Baby beanspruchen sie so sehr, dass sie bisher keine Zeit hatten, in Boston einen Immigrationsanwalt aufzusuchen.

Wie soll Kevin Isabelle finden, wenn sie erst einmal auf dem Festland ist? Er kann sie nicht von der Polizei aufspüren lassen, denn sie ist eine erwachsene Frau, die ihn aus freiem Willen verlassen hat. Oder kann er doch?

Auf dem Weg zum Flughafen erzählt Kevin Kelley von seinem Zusammentreffen mit Norah am gestrigen Abend. »Ich weiß nicht, warum ich mit ihr geredet habe. Ich hätte sie einfach stehen lassen sollen.«

»Na ja, ihr beide habt schließlich eine gemeinsame Vergangenheit«, sagt Kelley.

»Stimmt«, bestätigt Kevin.

»Ihr seid zusammen erwachsen geworden«, sagt Kelley. »Ich finde es nur natürlich, dass du dich zu ihr hingezogen fühltest.«

»Nicht *hingezogen*«, sagt Kevin. Dabei stimmt es, und Isabelle hat es ihm vermutlich an der Nasenspitze angesehen – und ist deshalb gegangen. »Ich hasse Norah.«

»Hass ist ein starkes Wort«, sagt Kelley. »Obwohl sie sicher keinen guten Einfluss auf dich hatte. Du hast das Trompetespielen aufgegeben, deine Zensuren wurden mies, du hast angefangen, in der Bar zu arbeiten. Deine Mutter wollte einschreiten, aber sie hatte ein zu schlechtes Gewissen, weil sie in New York geblieben war, und ich hatte ein schlechtes Gewissen, weil ich dich nach Nantucket verschleppt hatte. Und auf ihre Art hat Norah dich glücklich gemacht. Ihr wart Freunde. Unzertrennlich.« Kelley lehnt sich in seinen Sitz zurück. »Es geht mir *gar nicht* gut.«

»Du siehst furchtbar aus«, sagt Kevin.

»Ach ja?« Kelley richtet sich auf. »Du auch.«

Kevins Telefon klingelt. Es ist seine Mutter. »Sie hat nicht bei Hy-Line Cruises und auch nicht bei der Steamship Authority gebucht«, sagt sie. »Die Angestellte von Hy-Line konnte ich sogar überreden, auf der Passagierliste nachzusehen. Sie hat eine Ausnahme gemacht, weil sie mich erkannt hat.«

»Okay«, sagt Kevin. Sein Herz liegt im Sterben; es wird jede Minute aufhören zu schlagen. Sein kleines Mädchen! Und Isabelle, die Frau, die sein Leben verändert, es lebenswert gemacht hat. Er mag mit Norah zusammen erwachsen geworden sein, doch erst Isabelle hat einen Mann aus ihm gemacht. »Also, wenn sie nicht auf der Fähre ist, muss sie am Flughafen sein.«

»Hoffen wir's«, sagt Margaret.

Der Nantucket Memorial Airport ist rappelvoll mit Leuten, die ihr Adventsbummel-Wochenende genossen haben und jetzt zurück nach Boston, New York und zu weiter entfernten Orten wollen. Kelley und Kevin trennen sich – Kelley geht nach rechts, um das Crosswinds-Restaurant zu durchsuchen, Kevin zu den Schaltern der lokalen Airlines. Dabei hält er in der Menge ständig Ausschau nach Isabelle und Genevieve, entdeckt sie aber nicht. Am Schalter von Island Air fragt er Pamela, ob sie die beiden gesehen hat. Er kennt Pamela seit über zwanzig Jahren und weiß, dass sie nichts für sich behalten kann. Und so erklärt sie ihm auch rundheraus, dass Isabelle bei ihr keinen Vormittagsflug für sich und das Baby gebucht hat.

Die Mitarbeiterin von JetBlue will erst keine Auskünfte über ihre Passagiere geben, aber irgendetwas an Kevins Gesichtsausdruck muss ihr zu Herzen gehen, denn schließlich schaut sie doch nach. Keine Isabelle Beaulieu.

Kevin erkundigt sich am Schalter von Cape Air. Die Angestellte sagt ihm, sie habe heute Morgen schon drei Flüge nach Boston und einen Flug nach Providence abgefertigt, aber falls Kevin keine gerichtliche Vorladung habe, dürfe sie ihm nicht mitteilen, ob Isabelle und Genevieve Passagiere waren.

Aus dem Blick, den die Frau ihm dabei zuwirft, schließt

er, dass die beiden an Bord gegangen sind. Isabelle ist nach Boston geflogen, was ihm einleuchtet; wenn er selbst so unauffällig wie möglich verduften wollte, hätte er dasselbe getan.

Kevin läuft noch vor dem Schalter hin und her, als Kelley sich nähert. Die Frau hat Kevin informiert, dass die nächste Maschine nach Boston mit einem freien Platz um halb drei geht.

»Hast du was rausgekriegt?«, fragt Kelley.

»Mein Instinkt sagt mir, dass sie nach Boston geflogen ist«, sagt Kevin. »Aber vielleicht bin ich auch übermüdet. Was soll ich *tun*, Dad? Soll ich heute Nachmittag nach Boston fliegen? Aber wenn ich nun in Logan ankomme und sie nicht da ist?«

Kelley sieht auf seine Uhr. »Erst mal müssen wir die Taufe abblasen. Wir müssen Pater Bouchard Bescheid geben und allen, die wir eingeladen haben. Ich sage den Lunch im Sea Grille ab.«

Kevin setzt sich auf den Fußboden und fängt an zu weinen. Er ist erschöpft und steckt immer noch in dem verdammten Smoking; ihm wird klar, dass die Leute um ihn herum denken müssen, er habe einen Nervenzusammenbruch. Es ist ihm egal. Heute sollte einer der schönsten Tage seines Lebens werden, doch stattdessen entpuppt er sich als Katastrophe, und Kevin trägt die Schuld daran. Nicht Norah ist schuld, sondern er selbst. Anscheinend kann er nichts richtig machen.

Kelley hockt sich neben ihn und packt ihn am Unterarm. »Lass uns erst mal nach Hause fahren, Junge. Vielleicht ist

Isabelle zur Besinnung gekommen und in die Pension zurückgekehrt.«

Kevin fehlt die Kraft zum Argumentieren. Er wird nach Hause fahren und, falls Isabelle nicht da ist, den Nachmittagsflug nach Boston nehmen. Er steht auf und hilft auch Kelley hoch. *Er ist ein guter Vater, der sich in Zeiten der Not zu dir auf den Boden setzt*, denkt Kevin. Kelley ist immer so ein Dad gewesen, ein herausragendes Vorbild. Kevin möchte sein wie er.

Auf dem Parkplatz klingelt Kelleys Telefon. Er checkt das Display. »Himmelherrgott«, sagt er. »Das ist George. Der Kerl lässt mich echt nicht in Ruhe!«

»Geh dran!«, schreit Kevin.

GEORGE

Als Mitzi um Mitternacht noch immer nicht ins Hotel zurückgekehrt ist, beschließt George, auf Mary Roses freundliches – wenn auch etwas verzweifeltes – Angebot eines »Absackers« in ihrem Zimmer einzugehen. Es ist unter seiner Würde, findet er, Mitzi auf diese Weise zu betrügen, aber dieses Wochenende hat ihm bewiesen, dass er sich nie mit der Familie Quinn hätte einlassen dürfen. Jahrelang hatte er ihnen als Santa Claus und Mitzi einmal im Jahr als intimer Freund gedient; das hätte ihm genügen sollen. Die Quinns sind völlig verrückt, und George will nichts mehr mit ihnen zu tun haben.

Es stellt sich heraus, dass Mary Rose *wirklich* ein nettes Fläschchen Johnnie Walker Black in ihrem Zimmer hat, aus dem sie zwei Finger hoch für sich selbst und drei Finger hoch für George einschenkt. Sie stoßen an.

»Cheers, Big Ears«, sagt sie.

Das ist das Letzte, woran sich George erinnert. Er wacht voll angekleidet auf der Decke von Mary Roses Bett auf, unter der sie selbst leise schnarcht. Er sieht eine ihrer nackten, sommersprossigen Schultern und versucht, genügend Verlangen aufzubringen, um sie zu wecken und sich zu bewähren.

Aber er ist zu alt dafür; ohne Viagra ist er eine schlaffe Nudel, und er gehört sowieso nicht hierher. Behutsam, geräuschlos steigt er aus dem Bett und schlüpft zur Tür hinaus.

Er schaut auf seine Armbanduhr. Es ist sieben. Er fragt sich, ob er Mitzi heute Morgen sehen wird. Sie wird sich das Kleid holen wollen, das sie für die Taufe mitgenommen hat. Vielleicht aber auch nicht. Vielleicht leiht sie sich von Margaret ein Chanel-Kostüm.

Er ist zwei Zimmer weiter, als er ein Baby weinen hört. Es klingt wie das Wimmern eines Säuglings. George bleibt vor der Tür stehen. Er wartet, lauscht. Er hört die Mutter etwas murmeln. *Das könnte jeder sein*, denkt er. Viele Nantucket-Besucher haben Babys. George sollte gehen; er würde gern noch ein, zwei Stunden schlafen und könnte ein Aspirin gebrauchen.

Er drückt sein Ohr an die Tür. Die Worte der Mutter ergeben keinen Sinn.

Sie spricht Französisch.

George klopft. Dann tadelt er sich dafür. Noch vor zwei Minuten hat er sich geschworen, sich nicht mehr um die Quinns zu kümmern, und hier ist er und drängt sich in ihre Angelegenheiten. Doch es ist auch aufregend. George fühlt sich wie Telly Savalas; er braucht nur noch einen Lolli. *Who loves ya, baby?*

Er, George Umbrau, hat die vermissten Personen gefunden.

Isabelle späht zweifellos durch den Spion, doch sie macht trotzdem auf.

»George«, sagt sie. »*Bonjour.*«

»*Bonjour*«, erwidert er. George liebt den Klang der französischen Sprache, und auch französische Frauen hat er immer geliebt. Isabelle sieht absolut umwerfend aus, sogar zu dieser unchristlichen Zeit. Sie trägt Jeans und einen rosa Kaschmirpullover mit Kapuze, und ihre blonden Haare sind geflochten. Sie hält das Baby auf dem Arm.

»Kevin sucht Sie«, sagt George. »Er macht sich große Sorgen.«

Isabelle reagiert mit einem knappen Nicken. »*Oui*«, sagt sie. »Da bin ich sicher.«

»Sie beide haben sich gestritten?«, fragt George. »Gezankt?«

Isabelle zuckt die Achseln.

»Sie sollten nach Hause fahren«, sagt George.

Wieder zuckt Isabelle die Achseln. »Warum?«

»Kevin liebt Sie«, sagt George. »Und Sie lieben ihn. Sie haben ein wunderbares Baby. Sie können glücklich miteinander sein.«

Isabelle wirkt wenig überzeugt.

»Isabelle«, sagt George.

Sie zieht eine Augenbraue hoch.

George beugt sich vor. »Sie wollen doch nicht enden wie wir, oder?«

Isabelle starrt ihn kalt an. Aber dann lächelt sie. »Nein«, sagt sie.

»Holen Sie Ihre Sachen«, sagt George. »Ich bringe Sie nach Hause.«

MITZI

Sie spült in der Küche der Pension Geschirr und findet es angenehm, *nützlich* zu sein. So muss sich ihre Brieffreundin Gayle jeden Tag fühlen, wenn sie in der Arztpraxis arbeitet und zu beschäftigt ist, um all ihre seelische Energie auf ihren vermissten Sohn zu richten. Während Mitzi an Brieffreundinnen denkt, erwägt sie, in ihrem Mail-Eingang nachzusehen, ob Yasmin schon geantwortet und ihr einen Rat gegeben hat. Doch Mitzi schneidet Bananen, wendet Arme Ritter, füllt die Sirupkännchen auf. Sie hat keine Zeit für E-Mails.

Das Festnetztelefon der Pension klingelt, und Mitzi fragt sich, ob sie abnehmen soll. Wahrscheinlich ist das in Ordnung.

»Winter Street Inn«, sagt sie. »Mitzi am Apparat.«

»Mitzi, hier ist George.«

Mitzi ringt nach Luft. Es wäre klüger gewesen, den Anrufbeantworter anspringen zu lassen. Aber jetzt muss sie es ihm sagen: Sie kommt nicht mit zurück nach Lenox. Ihre Tage als Mrs Claus sind vorbei.

Aber bevor sie sich darüber klar geworden ist, wie sie ihren Abschied formulieren soll, sagt George: »Isabelle und das Baby sind hier im Schloss.«

Mitzi schnappt nach Luft. »*Wirklich?*«

»Wirklich. Sie war ziemlich sauer, doch ich habe ihr gut zugeredet.«

»Ach ja?«, sagt Mitzi. »Du?«

»Ja, ich«, sagt George und räuspert sich. »Nachdem ich Mutter und Kind aufgetrieben habe, hoffe ich, dass ich bei der Taufe willkommen bin.«

»Oh«, sagt Mitzi. »Na ja …«

»Als Freund«, sagt George. »Als Freund der Familie.«

Erleichterung überschwemmt Mitzi. »Natürlich«, sagt sie.

JENNIFER

Um halb zehn wacht sie auf. Sie hat nur noch eine Stunde, um dafür zu sorgen, dass die Jungs geduscht und angezogen und beköstigt sind, und sich selbst salonfähig zu machen. Sie muss sich einen Vorwand dafür ausdenken, dass sie sich kurz verdrückt, wenn alle anderen in die Kirche aufbrechen, damit sie sich am Stop & Shop mit Norah treffen kann. Was könnte sie aus dem Supermarkt brauchen, das nicht ebenso leicht in der Pharmacy zu beschaffen ist?

Batterien vielleicht, für die Joysticks der Jungen? Aber sie ist sich ziemlich sicher, dass Kelley einen Schrank voller Batterien, Glühbirnen, Kabel, Klebeband, Papiertücher und Verlängerungsschnüre hat – voll mit allem, was in einer Pension womöglich benötigt wird.

Irgendwelches Obst vielleicht? Clementinen, weil die Jungs die im Winter so gern essen? Oder Avocados, weil sie heute mit einer neuen Diät anfängt? Ein Reinigungsmittel?

Sie beschließt, Ava zu erzählen, dass sie »etwas Persönliches zu erledigen« hat, und sie zu bitten, die Jungen von der Pension zur Kirche zu begleiten und Jennifer einen Platz zu reservieren. Bis kurz vor elf müsste sie es schaffen.

Sie klopft an die Tür von Avas Zimmer, doch Ava reagiert nicht.

Kelley und Kevin platzen durch die Hintertür herein. »Ist sie da?«, fragt Kevin. »Ist sie da?«

»In der Küche!«, ruft Mitzi.

Kelley und Kevin verschwinden. Keiner beachtet Jennifer.

Sie läuft nach oben und wirft eine Oxy ein. Ohne sie würde Jennifer den Vormittag auf keinen Fall durchstehen. Es sind noch vier übrig.

Sie starrt ihr Spiegelbild an. Die Oxy zaubert ihr ein automatisches Lächeln aufs Gesicht.

Sobald Patrick aus dem Gefängnis entlassen ist, wird Jennifer sich in den Entzug begeben.

Sie sollte sich *nicht* mit Norah treffen. Sie sollte geistig, körperlich und seelisch stark genug sein, um den Tabletten zu widerstehen. Sie wird sich hin und wieder einen Lorazepam-Urlaub gönnen, wenn die Situation mit Barrett unerträglich ist. *Ich wünschte, du wärst diejenige, die im Gefängnis sitzt.*

»Jungs!«, sagt sie mit ihrer Böse-Mutter-Stimme. Alle drei sind im Fernsehzimmer, wo sie zweifellos bis um zwei Uhr morgens Assassin's Creed gespielt haben. Jaime hat auf dem Fußboden geschlafen, Pierce auf dem Fernsehsessel, Barrett auf dem Sofa. Auf dem Couchtisch stehen drei Teller mit Hähnchenknochen. »Aufwachen!«

Barrett stöhnt. *Jetzt geht's los*, denkt Jennifer.

»Ich will nicht mit in die Kirche«, sagt er. »Ich will keinen Schlips tragen. Und ich will nicht zu diesem blöden Mittagessen. Ich hasse Meeresfrüchte. Schon der Geruch bringt mich zum Kotzen.«

»Hummer-Pie isst du gern«, sagt Jaime.

»Halt die Klappe«, sagt Barrett und präsentiert Jennifer das Argument für seine Weigerung. »Mom, du hast gesagt, ich muss mich nur firmen lassen ... was ich *getan* habe ... dann könnte ich alle religiösen Entscheidungen allein treffen.«

»Ja, aber darum geht es in diesem Fall nicht. Es handelt sich um eine Familientaufe, um deine Cousine. Du wirst mit in die Kirche kommen und zum Mittagessen auch. Ich hab die Karte im Sea Grille gesehen. Sie haben Steak-Sandwich, und sie haben Burger. Es ist also auch für dich was dabei.«

»Du hast gesagt, alle religiösen Entscheidungen bleiben mir überlassen. Ich hab heute keine Lust auf Religion.«

Das Oxy macht Jennifer unbesiegbar. Das ist vielleicht seine beste Eigenschaft. Solange es durch ihre Adern rinnt, kann sie die Welt dazu bringen, dass sie nach ihrer Pfeife tanzt. »Ihr werdet dem Alter nach duschen, und ihr werdet euch anziehen – Khakihose, Hemd, Schlips, Blazer. Ihr werdet euch kämmen. Ihr werdet lächeln und Hände schütteln. Ihr werdet euch benehmen wie Gentlemen. Das alles werdet ihr zu Ehren eurer kleinen Cousine tun und damit euer Vater stolz auf euch ist. Er würde alles dafür geben, selbst hier zu sein.«

Die Jungen, sogar Barrett, sind ernst geworden. Ist sie zu ihnen durchgedrungen?

»Barrett«, sagt sie. »Duschen.«

»Ich hab Hunger«, entgegnet er.

»Ich hole euer Frühstück und bringe es euch rauf«, sagt

sie und starrt ihn so lange an, bis er wegsieht. »Gern geschehen.«

»Danke«, sagt er.

Die Küche ist das reinste Chaos! Isabelle und das Baby weinen, Kevin entschuldigt sich unter Tränen, Mitzi räumt auf, und Kelley und George sitzen mit Kaffee an der Theke.

George?, denkt Jennifer. Warum ist *George* hier? Irgendwie hat sie gedacht …? Na ja, sie weiß nicht, *was* sie über Mitzi und Kelley und George denken soll. Jennifers Mutter ist seit zwanzig Jahren Witwe. Sie trifft sich nie mit Männern; ihr Leben ist erfüllt und friedlich ohne sie. Besonders in Momenten wie diesem weiß Jennifer ihre Mutter zu schätzen.

»Norah Vale war schon immer unberechenbar«, sagt Kelley.

Jennifer wird klar, dass sie in die Nachwehen der Norah-Vale-Episode hereingeplatzt ist.

»Ich dachte, du wärst endgültig weg«, sagt Kevin zu Isabelle.

Isabelle wischt sich die Augen und schaukelt das Baby.

Endgültig weg?, denkt Jennifer. Norah Vale ist Isabelles Eifersucht nicht wert, obwohl Jennifer sie versteht. Das Zusammentreffen mit Norah Vale gestern Abend war einer der Stolpersteine, die in den meisten Beziehungen irgendwann auftauchen. Sie fühlen sich erst einmal schlimm an, doch dann redet man darüber und ist anschließend stärker. Jennifer und Patrick haben selbst etliche Probleme gehabt, das größte von ihnen natürlich Patricks Verhaftung.

Einen Augenblick lang kommt Jennifer sich richtig abgeklärt vor. Sie tätschelt Isabelle diskret den Rücken.

»Gibt es was, das ich den Jungs zum Frühstück bringen kann?«, fragt sie.

»Dreimal Arme Ritter mit Bananen«, sagt Mitzi. »Wird sofort erledigt.«

»Mach doch viermal draus«, sagt George. »Bitte.«

»Findest du nicht, dass Norah Vale immer unberechenbar war?«, fragt Kelley Jennifer.

»Dad«, sagt Kevin, »bitte hör auf, ihren Namen zu nennen.«

Jennifer zuckt die Achseln; sie wird nicht urteilen. Norah ist unberechenbar, ja, aber das sind sie auf ihre eigene Weise alle. Auch sie, Jennifer Barrett Quinn, ist es.

Sie trägt die Teller mit den Armen Rittern nach oben und eilt dann hinaus, um sich mit Norah Vale zu treffen.

Norah wartet in einem der alten Taxis ihrer Eltern auf dem Parkplatz.

»Steig ein«, sagt sie.

»Ich bin furchtbar in Eile«, sagt Jennifer, klettert aber trotzdem auf den Beifahrersitz. Das Taxi riecht nach abgestandenem Rauch, frischem Rauch und Erbrochenem. Norahs Mutter Lorraine war berühmt dafür, dass sie betrunkene Jugendliche von der Chicken Box nach Hause fuhr.

»Hier sind deine Tabletten«, sagt Norah und hält Jennifer ein echtes Apothekerfläschchen hin. »Dreißig, ich hab zweimal gezählt.«

Jennifer öffnet ihr Portemonnaie und zieht vierhundertfünfzig Dollar heraus. »Hier. Vielen Dank.«

»*Ich* hab zu danken«, sagt Norah. Sie zündet sich eine Zigarette an, dann schenkt sie Jennifer ein aufrichtiges, zahnlückiges Lächeln. »Versteh mich nicht falsch, ich freu mich über das Geld, aber das Beste an diesem Deal ist für mich die Erkenntnis, dass du doch nicht perfekt bist.«

KELLEY

Es geht ihm *gar nicht gut.* Er muss gleich morgen früh einen Termin bei Dr. Field machen, der höchstwahrscheinlich auf eine Untersuchung der invasiven Art, ganz zu schweigen von einer Menge allzu persönlicher Fragen hinauslaufen wird.

Erst einmal jedoch ist Kelley dankbar, dass es vorangeht. Ausgerechnet George hat Isabelle im Schloss entdeckt und ihr gut zugeredet.

Mitzi und Kelley würden beide gern wissen, was George zu ihr gesagt hat.

»Im Wesentlichen«, meint George, »habe ich ihr erklärt, dass Eifersucht sehr stark mit Liebe verknüpft ist.« Er räuspert sich. »Außerdem habe ich darauf hingewiesen, dass sie ja wohl nicht enden will wie wir.«

»Amen«, sagt Kelley.

Alle verlassen die Küche, um sich für die Taufe zurechtzumachen – auch George. Er wird nun doch mitkommen, und danach wird er allein nach Lenox zurückkehren. Wie sich herausstellt, ist Mitzi *nicht* nur übers Wochenende hier. Sie bleibt. Sie bleibt!

»Weißt du, was ich gleich nach dem Mittagessen tue?«, fragt Mitzi.

Den Weihnachtsbrief korrigieren, denkt Kelley. Er wird eine weitere E-Mail verschicken müssen, in der er verkündet, dass er und Mitzi wieder zusammen sind.

»Was denn?«, fragt er. Er vermutet, dass es irgendetwas mit Sex zu tun hat, was großartig wäre – wenn es Kelley nur besser ginge.

»Ich möchte die Weihnachtssänger von Byers' Choice neu arrangieren«, sagt sie. »Du hast sie ganz falsch aufgestellt.«

Sie ist zurück.

DRAKE

Er hat, abgesehen von der Krankenhauskapelle, die ökumenisch ist, seit dem Tod seines Vaters vor fünfundvierzig Jahren keine Kirche mehr von innen gesehen. Es ist wohl nicht weit hergeholt, daraus zu schließen, dass ihn dieses Ereignis so sehr verstört hat, dass er nie den Wunsch verspürte, noch einmal ein Gotteshaus zu betreten.

Dabei glaubt er an Gott. Im Geiste betet er an jedem Arbeitstag – gleich nachdem er sich vor einer Operation abschrubbt und bevor er das Leben eines anderen in seine Hände nimmt. Er betet für den Patienten; er betet für sich.

Heute Vormittag betet Drake für die Familie Quinn. Sie bildet eine starke und imposante Gruppe. Kelley sitzt als Patriarch in seinem marineblauen Anzug aufrecht neben Mitzi. Und George, der ehemalige Santa Claus, hat mit Weihnachtskrawatte und einer roten Santa-Mütze aus Plüsch auf Mitzis anderer Seite Platz genommen. Ist so eine Mütze in der Kirche erlaubt? Die Platzanweiser haben ihn nicht darauf angesprochen; vielleicht ist sie am Adventsbummel-Wochenende zulässig. Margarets Enkel kichern, und Margaret selbst murmelt: »Oh George.« Drake ist verwirrt von Georges Anwesenheit, aber er selbst ist hier, warum also nicht auch George? Die kleinen Quinns sehen in ihren Khakihosen und Blazern fast wie Drillinge aus; sie sitzen in einer Reihe mit Margaret und Drake. Jennifer wird gleich hier sein; sie hatte noch etwas Wichtiges zu erledigen, das anscheinend keinen Aufschub duldete, doch keiner weiß, was.

So leise, dass die Jungen sie nicht hören können, sagt Margaret zu Drake: »Vielleicht ist sie zum Flughafen gefahren, um Patrick abzuholen. Schließlich ist er der Patenonkel. Vielleicht hat er für heute Hafturlaub bekommen. Bei Beerdigungen gibt es den ja auch, warum also nicht bei Taufen? Wenn man der Patenonkel des Kindes ist?« Sie sagt das mit solcher Inbrunst, dass es Drakes harte Rüstung durchdringt. Sie klingt wie so viele Mütter, mit denen er redet. *Nach dem Eingriff ist er doch krebsfrei, oder, Dr. Carroll?* In seinem Berufsalltag unterstützt Drake Optimismus, aber keine falschen Hoffnungen, und das wird er auch jetzt nicht tun.

»Das halte ich für unwahrscheinlich«, sagt er.

»Aber wäre es nicht *fantastisch*, wenn Paddy hier sein könnte?«, sagt Margaret. »Nur heute.«

Sie ist eine Mutter, die ihren Erstgeborenen vermisst.

»Das wäre es«, sagt Drake. Doch dann sieht er, wie Jennifer allein den Seitengang hereineilt. Sie setzt sich neben Jaime in die Bank.

Drake drückt Margarets Hand.

»Ich werde erst nach dem Gottesdienst auf mein Handy schauen«, sagt Margaret. »Kevin und Isabelle sollen diesen Moment genießen.«

»Genau«, sagt Drake.

»Wenn was passiert ist, könnte ich jetzt ja sowieso nichts tun«, sagt Margaret.

»Genau«, sagt Drake.

Am Kircheneingang stehen neben dem Pfarrer Kevin und Isabelle mit Genevieve auf dem Arm. Und Ava als Patin und Kevins bester Freund Pierre, der Patrick vertritt.

Das Innere der St. Mary's erscheint Drake heilig, heiliger als die Krankenhauskapelle, die eigentlich nur ein hellbrauner Würfel mit Bänken und Kniepolstern ist. In der St. Mary's gibt es eine Pfeifenorgel und hohe Buntglasfenster. Der Geistliche ist weißhaarig und bebrillt und erinnert Drake angenehm an Pater Dennis, den Priester seiner Jugend.

Der Pfarrer hebt die Hände und verkündet, dass gleich ein neues Mitglied in ihre Glaubensgemeinde aufgenommen wird, und dass dieses Mitglied Genevieve Helene Quinn heißt.

Margaret schnieft. Drake verspürt eine Woge der Liebe, so stark, dass sie ihn fast umreißt.

AVA

Es dauert lange, bis man Ava, während sie im Vestibül der Kirche warten, die kleine Genevieve übergibt. Sie trägt ein langes weißes Kleid und eine Haube, die ihr wunderhübsches blauäugiges Gesicht rahmt. Ava ist nicht übermäßig religiös – wie alle Quinns –, doch sie hat vor, ihre Rolle als Patentante *sehr* ernst zu nehmen. Sie wird Genevieves spirituelle Ratgeberin sein, ihre Gesprächspartnerin, wenn Genevieve einmal nicht mit ihren Eltern sprechen will.

Ava streichelt die Wange des Babys, das mit seinen Saphiraugen zu ihr aufschaut, während Ava ihm im Geiste erklärt: *Das Wichtigste ist, dass du stark wirst, eine* eigenständige *Person mit eigenen Interessen und Werten und Talenten. Du brauchst keinen Mann, über den du dich definierst!*

Diesem letzten Satz verleiht Ava besonderen Nachdruck.

Scott ist nicht hier. Und Nathaniel auch nicht. Darüber ist Ava glücklich! Sie ist froh! Sie ist kein Staffelstab, der vom einen zum anderen weitergereicht wird, auch kein Preis, den man einem Sieger verleiht. Sie ist eine eigenständige Person. Sie ist unter vielem anderen die Patin dieses prachtvollen Babys.

Erst als sie den Mittelgang entlangschreiten, sieht Ava Scott. Er ist auch wirklich nicht zu übersehen – hochgewachsen und breitschultrig sitzt er eine Bank hinter Margaret und Drake und den Jungs und zwei Bänke hinter Mitzi und Kelley und George. Von wegen »eigenständige Person« – Ava schwillt das Herz, und in ihren Augen brennen Tränen der Dankbarkeit. Er ist gekommen! Er ist trotz Avas abscheulichen Verhaltens an diesem Wochenende zur Taufe gekommen. Sie würde am liebsten die Hand ausstrecken und im Vorbeigehen seine Schulter berühren, aber dann fällt ihr ein, dass sie die Patentante ist. Sie muss sich auf den Altar und die vor ihr liegende Aufgabe konzentrieren.

Genevieve wird mit dem Kreuz bezeichnet und mit Chrisam gesalbt. Kevin und Isabelle geloben, sie im katholischen Glauben zu erziehen. Ava und Pierre als Stellvertreter willigen ein, als Paten des Kindes zu fungieren. Die Gemeinde willigt ein, Genevieve als Mitglied ihrer Kirche aufzunehmen. Dann wird die Kleine mit heiligem Wasser besprenkelt, wobei sie keinen Pieps von sich gibt. Sie blinzelt nur und rümpft das Näschen, als ihr das Wasser von der Stirn tropft. Die Gemeinde macht Ooh und Aah, als Genevieve ihr präsentiert wird; alle applaudieren. Dann ist es Zeit, den Gottesdienst wieder aufzunehmen – mit Lesungen, Liedern, der Liturgie.

Ava sieht Nathaniel erst, als er sich zum Abendmahl dem Altar nähert. Sie kneift die Augen zusammen. Als er an ihrer Bank vorbeikommt, zwinkert er ihr zu. Sie spürt, wie sie errötet.

Sie schaut hinüber zu Genevieve, die jetzt in Kevins Armen schläft, und denkt: *Eigentlich habe ich gar keine Ratschläge an dich.* Die Welt ist ein unendlich verwirrender Ort.

MARGARET

Unerschütterlich hat für Margaret noch nie gegolten, wenn sie in der Kirche war, besonders dann nicht, wenn das Abendmahlslied wie heute »Ich bin das Brot des Lebens« ist. Dieses Lied rührt sie *immer* zu Tränen.

Drake bietet Margaret sein Taschentuch an, und Margaret tupft sich die Augen ab.

Sie beugt sich zu ihm und flüstert ihm ins Ohr: »Ja.«

»Ja, was?«, fragt er.

»Ja, ich will deine Frau werden«, sagt sie.

AVA

Als Patentante muss sich auch Ava nach dem Gottesdienst fotografieren lassen. Sie dachte, Scott würde vielleicht die Kirche verlassen, doch er bleibt in seiner Bank sitzen, bis sie alle Varianten durchgespielt haben, von Kevin und Isabelle mit Genevieve bis hin zur ganzen Familie – soll heißen Mitzi, George aber nicht, Margaret, Drake aber nicht.

»Drake sollte mit auf dem Bild sein«, sagt Margaret Ava ins Ohr. »Wir heiraten.«

»*Wirklich?*«

»Erzähl es noch niemandem. Dies ist Kevins Moment.«

Ava nickt und lächelt pflichtbewusst in die Kamera. Ihre Mutter wird Drake heiraten. Sie werden *sehr glücklich* werden – das spürt Ava instinktiv. Sie versteht nicht, warum sie sich der romantischen Aussichten ihrer Mutter so sicher und ihrer eigenen so unsicher sein kann.

Nachdem die Aufnahmen gemacht sind, tritt Ava zu Scott. »Kommst du mit zum Lunch?«, fragt sie.

»Nein«, sagt er. »Ich glaube nicht.«

»Oh … okay?«, stammelt Ava. Sie dachte, die Tatsache, dass er zum Gottesdienst aufgetaucht und die ganze Zeit danach noch geblieben ist, bedeutete, dass er ihr verziehen hat. Sie dachte, sie würden da weitermachen, wo sie in ihrem glücklichsten Augenblick aufgehört haben – als sie in ihren abscheulichen Pullovern im Our Island Home Weihnachtslieder sangen. Sie dachte, Scott würde vielleicht im Scherz vorschlagen, dass sie Nathaniel Roxanne vorstellen sollten, worauf Ava gesagt hätte: *Nathaniel ist zweiunddreißig, ist das nicht ein bisschen alt für Roxanne?*

»Ich werde dir eine Zeitlang etwas Freiraum lassen«, sagt Scott. »Damit du rausfinden kannst, was du willst.«

»Dasselbe wie heute Morgen«, sagt Ava. »Ich will dich. Ich will uns. Ich möchte heiraten und Kinder haben.« Sie zeigt auf Shelby und Zack, die Hand in Hand die Kirche verlassen. »Ich möchte *das*.«

»Ich weiß, dass du heiraten und Kinder haben möchtest«, sagt Scott. »Aber vielleicht nicht mit mir.«

Ava öffnet den Mund, und es kommen keine Worte heraus. Sie will keine Szene machen. Sie sind immer noch in einem Gotteshaus, in dem ihre Angehörigen herumlaufen. Jennifer steht mit Barrett drüben bei den Kerzen; ihre Stimme ist wahrscheinlich lauter, als sie sein sollte, als sie ihren Sohn auf sein »hundsmiserables Benehmen« anspricht, das er zeige, seit sein Vater weg sei. Zum Glück scheucht Kelley die beiden zur Tür hinaus.

»Ava, ich bin müde«, sagt Scott. »Ich hab seit zwei Tagen kaum geschlafen und muss noch Roxannes Medikamente aus der Apotheke abholen und sie ihr vorbeibringen.«

»*Was?*«, sagt Ava. Roxanne, schon wieder! Sie fragt sich, ob Scotts Angebot, ihr »Freiraum« zu lassen, wohl etwas mit Roxanne zu tun hat. Vielleicht hat er sich in den letzten sechsunddreißig Stunden ja ein bisschen in Mz Ohhhhh verliebt.

»Ava«, sagt Scott erschöpft. »Wir sprechen uns später.«

»*Wann* später?«, fragt sie.

»Ich weiß nicht. Auf jeden Fall sehen wir uns morgen in der Schule.«

Natürlich *wird* Ava Scott morgen in der Schule sehen – und am nächsten Tag und am Tag darauf. Wie unangenehm es sein wird, Scott als *ihrem Chef* zu begegnen, während ihre private Beziehung in der Schwebe ist, während er ihr vorgeblich *Freiraum lässt*! Wie sollen sie im selben Gebäude arbeiten? Was wird sie zu ihm sagen, wenn sie in der Cafeteria hintereinander Schlange stehen?

»Ich will nicht, dass du mir Freiraum lässt«, sagt Ava.

»Du brauchst ihn«, sagt Scott und küsst sie sanft auf die Lippen, und es fühlt sich genau an wie ein Abschiedskuss.

Ava sieht zu, wie Scott sich aus der Kirche entfernt, und fragt sich, wie sie es geschafft hat, ihre Beziehung an einem einzigen kurzen Wochenende so gründlich zu demontieren.

Sie holt tief Luft und greift nach ihrer Handtasche und ihrer Stola. Inzwischen haben alle die Kirche verlassen und sind zum Mittagessen in den Sea Grille unterwegs, und Ava sitzt auf dem Trockenen. Der Rest der Familie hat mit Sicherheit angenommen, sie würde mit Scott zum Restaurant fahren. Jetzt muss sie zu Fuß zurück zur Pension gehen und ihren eigenen Wagen holen.

Als sie aus dem Gebäude in das helle Licht des kalten Tages tritt, erblickt sie Nathaniel, der auf dem Bürgersteig auf sie wartet.

Sie schüttelt den Kopf. Das darf nicht wahr sein! Zweieinhalb Jahre lang hat ihr der Typ keine Beachtung geschenkt – und nun lässt er sie nicht in Ruhe! Nun hat er ihr die großartige Beziehung, die sie mit Scott hatte, praktisch kaputt gemacht. Scott muss Nathaniel gesehen haben, als er die Kirche verließ. Womöglich dachte er, Ava hätte Nathaniel gebeten, nach dem Gottesdienst auf sie zu warten.

»Ehrlich – kannst du dich nicht von mir fernhalten?«, fragt sie. »Kannst du mich nicht in Ruhe lassen? Scott hat gerade mehr oder weniger *mit mir Schluss gemacht* – deinetwegen! Weil er glaubt, ich bin ›verwirrt‹ und ›brauche Freiraum‹! Und weißt du was? Ich *bin* verwirrt!« Sie ist den Tränen nahe. Ihr Adventsbummel-Wochenende ist ruiniert. Nichts war so, wie es hätte sein sollen. Ihre Weihnachtssängerparty war ein Reinfall, das Baumfest eine Katastrophe, und jetzt steht sie hier auf der Kirchentreppe, Patentante des niedlichsten Babys auf der Welt, und fängt gleich an zu weinen.

»Ava«, sagt Nathaniel. »Ich gebe nicht auf. Ich gehe nicht weg. Ich liebe dich.«

Er liebt sie.

Sie wird eine Entscheidung fällen müssen.

»Was hast du vor?«, fragt Nathaniel. »Möchtest du an den Strand fahren? Hast du Lust, mit zu mir nach Hause zu kommen und dir die Patriots anzuschauen? Ich könnte mein weißes Hähnchen-Chili machen.«

»Ich gehe mit meiner Familie mittagessen«, sagt Ava. »Die sind alle schon vorgefahren.«

»Soll ich mitkommen?«, fragt Nathaniel. »Oder dich hinbringen?«

»Nein danke«, sagt Ava. »Ich fahre allein.«

MARGARET

Margaret und Drake fahren mit Mitzi und Kelley von der Kirche zum Sea Grille. Sobald Margaret auf dem Rücksitz Platz genommen hat, holt sie ihr Telefon hervor.

Irgendwie sieht Kelley sie. »Immer am Arbeiten, Margaret?«

Margaret ist so angespannt, dass sie ihn fast angeblafft hätte. Diese Äußerung war während ihrer gesamten Ehe, die vor zwanzig Jahren endete, Kelleys ständiger Vorwurf an sie – warum also muss sie ihn sich jetzt auch noch anhören? Margaret »arbeitet« nur, weil es um Kelleys Sohn geht!

»Genau«, murmelt sie.

Mitzi gibt Kelley einen Klaps auf den Arm. »Sie hat einen sehr wichtigen Job.«

»Ich weiß, ich weiß«, sagt Kelley.

Margaret spürt Drakes Blick auf sich.

Keine SMS, keine Anrufe, keine E-Mails. Und keine neuen Schlagzeilen auf der CBS-Website.

Bedächtig schüttelt Margaret den Kopf.

KEVIN

Von dem Moment an, in dem sie den Sea Grille betreten, weiß er, dass dieser Lunch eine Enttäuschung werden wird. Vielleicht ist er aber auch nur müde. Isabelle macht sich Sorgen, weil das Baby weint.

»In der Kirche war sie ein richtiger Engel«, meint Kevin. »Das ist doch das Wichtigste.«

»Sie braucht ihr Nickerchen, Kevin«, sagt Isabelle. »Sie hat letzte Nacht nicht gut geschlafen.« Ihre Stimme hat einen anklagenden Unterton, und Kevin wäre beinahe darauf eingestiegen und hätte erwidert: *Und wessen Schuld ist das? Wer hat mit Genevieve in einem ihr nicht vertrauten Zimmer in einem fremden Hotel übernachtet?* Aber er hält den Mund. Er hat sich für das Gespräch mit Norah Vale entschuldigt; er hat Isabelle versichert, dass Norah *rien* ist, nichts, Isabelle dagegen *tout*, alles. Sie haben sich geküsst und versöhnt. Er will das Thema nicht wieder aufwärmen.

»Wir legen sie gleich nach dem Essen hin«, sagt er.

Isabelle nickt schmallippig, und sie tragen Genevieve, die jetzt Zeter und Mordio schreit, in das Lokal.

Kelley und Mitzi sitzen schon am Tisch. Als Kevin vorhin sagte, Kelley sehe furchtbar aus, hat er es ernst gemeint.

Der Teint seines Vaters ist grau; er sieht aus wie eine Bleistiftzeichnung seines sonstigen Selbst, und seine Hände zittern, als er ein Glas Wasser an die Lippen führt. Neben Kelley ist Mitzi, lächelnd, aber klapperdürr; sie hat im letzten Jahr sehr stark abgenommen.

Kelley und Mitzi drehen sich beide um, sobald sie das Baby hören. Kevin würde sich nicht wundern, wenn die ganze Insel Genevieve hören könnte. Sie heult so laut, dass ihre Trage vibriert. Ihr winziger Mund steht weit offen, und Kevin kann ihr den Rachen hinuntersehen.

Mitzi erhebt sich. »Oh, das arme kleine Ding. Darf ich sie nehmen?«

Kevin fühlt, wie Isabelle sich neben ihm versteift. Der Rest der Familie hat Mitzis Rückkehr an den heimischen Herd ziemlich gut verkraftet, nur Isabelle ist nach wie vor bestürzt. *Mitzi ist* zurück?, fragte sie am Samstagabend ungläubig, bevor sie alle ausgingen. *Ihr habt ihr* verziehen? Und als sie von Kevin wissen wollte, wer in ihrer Abwesenheit Frühstück gemacht habe, und Kevin antwortete: »Mitzi«, stieß Isabelle ein schrilles, sehr unzufriedenes *Ha!* aus.

Widerwillig übergibt Isabelle Mitzi das Baby. »Oh Schätzchen, Püppi, lass dich anschauen!«, sagt Mitzi. »Du bist so ein allerliebstes, süßes Baby, genau wie es dein Onkel Bart früher war.«

Irgendwie hört Genevieve eine Sekunde lang auf zu weinen. Sie mustert das unbekannte Gesicht und lauscht der Stimme der Frau, die sie jetzt auf dem Arm hat. Dann fängt sie wieder an zu schreien – noch lauter als zuvor, falls das überhaupt möglich ist.

»Ich nehme sie«, sagt Kelley.

»Ich dachte, sie würde mich mögen«, sagt Mitzi. »Die meisten Babys mögen mich.«

»Das hat nichts mit mögen oder nicht mögen zu tun«, sagt Kevin. »Sie ist müde.«

»Sie braucht ihr Nickerchen«, fügt Isabelle hinzu.

Kevin möchte wirklich, dass dieses Mittagessen in Gang kommt, doch dazu braucht er den Rest seiner Familie. Wo *sind* bloß alle?

Margaret und Drake treten als Nächste ein. Margaret, das Gesicht zum größten Teil von ihrem Schal bedeckt, mit Sonnenbrille auf der Nase und gesenktem Kopf, eilt schnurstracks auf ihren Tisch zu, aber trotzdem wogt Getuschel durch das Restaurant. *Margaret Quinn.*

Sie langt nach dem Baby. »Komm zu Mimi.«

Kelley nimmt Mitzi die Kleine ab und reicht sie Margaret. Genevieve heult.

»Bei Margaret hört sie auch nicht auf zu schreien«, sagt Mitzi.

Margaret scheint das als Herausforderung zu begreifen. Sie dreht Genevieve in die »Football-Position«, bei der das Baby nach unten schaut, während Margarets Arme es der Länge nach stützen. »Das hat bei Kevin immer funktioniert«, sagt sie.

Aber Genevieve schreit weiter. Als Kevin am Kopfende des Tisches Platz nimmt, fühlt er sich wie der Herrscher einer aufbegehrenden Nation. Isabelle setzt sich neben ihn, obwohl Kevin ihr anmerkt, dass sie sich Genevieve am liebsten schnappen und in der Pension ins Bettchen legen würde.

Wie konnten sie diesen Lunch jemals für eine gute Idee halten?

Er winkt einem Kellner. »Können Sie uns bitte etwas Brot bringen?«, fragt er. »Und ich hätte gern ein Bier.«

»Ein Glas Chardonnay«, sagt Mitzi.

»Machen Sie zwei daraus«, sagt Margaret und schaut Kevin an. »Soll ich mit ihr rausgehen?«

»Es ist zu kalt draußen, Mom«, sagt Kevin und dreht sich zur Tür um. Ava, Jennifer und die Jungs sollen kommen, pronto!

»Hier«, sagt Drake, »ich nehme sie.«

Margaret übergibt Genevieve an Drake. *Allmählich wird es absurd*, denkt Kevin. Es ist der reinste Verschiebebahnhof. Der einzige Mensch, der das Baby noch nicht gehalten hat, ist ihr Kellner. Aber Genevieve beruhigt sich in Drakes Armen; er massiert mit zwei Fingern ihren Nacken.

»Der Babyflüsterer«, sagt Margaret.

Drake operiert Babys; vermutlich hat er mehr Erfahrung mit Säuglingen als alle anderen zusammen. Sobald Genevieve nicht mehr so abgehackt atmet, legt Drake sie Isabelle in die Arme.

Ahhhhh. Alle am Tisch entspannen sich sichtlich.

»Ich will nicht vom großen Tag meiner Enkelin ablenken«, sagt Margaret, »aber ich habe etwas zu verkünden. Ich werde es euch erzählen, und dann könnt ihr es erst mal wieder vergessen.«

»Nette Einleitung«, sagt Kevin. »Was ist denn?«

»Drake und ich werden heiraten.«

Kelley steht auf, um Drake die Hand zu schütteln. »Willkommen in der Familie, Dr. Carroll. Das heiße ich von ganzem Herzen gut.«

»Na ja, es ist immer schön, die Zustimmung des Exmannes zu haben«, sagt Drake grinsend.

»Was für eine wunderbare Neuigkeit!«, sagt Mitzi. »Glückwunsch!«

»Danke«, sagt Margaret. »Ja, es *ist* eine wunderbare Neuigkeit. Aber bitte sprecht noch nicht darüber. Ich möchte es morgen früh nicht in der Zeitung lesen. Ich werde meine Pressefrau informieren, wenn ich wieder in New York bin.«

»Ich freue mich für dich, Mom«, sagt Kevin. Ihre Getränke kommen, zusammen mit zwei Körben mit warmen Brötchen, Scones und köstlich knusprigen Grissini. Kevin kippt sofort die Hälfte seines Biers herunter und beißt ein riesiges Stück von einem Käsescone ab. Er hat einen *Mords*hunger. Er hat einen Trinkspruch vorbereitet, will aber erst mit den anderen anstoßen, wenn alle da sind.

Sie sitzen in zunehmend peinlichem Schweigen da, während sie auf Ava, Jennifer und die Jungs warten. Es gibt zwei zusätzliche freie Plätze am Tisch, die symbolisch Patrick und Bart zugedacht sind. Das war Kevins Idee. Er vermisst seine Brüder. Sein ganzes Leben lang hat er sich über seine Stellung zwischen ihnen definiert. Er dachte, er würde sich jetzt, da sie weg sind, vielleicht in einen anderen Menschen verwandeln, doch es hat sich herausgestellt, dass er genau derselbe geblieben ist. Er ist ein Liebender, kein Kämpfer. Er wünscht sich Frieden mehr als Geld, und sein größter Wunsch ist eine eigene Familie.

Kevin hört Jennifer, bevor er sie sieht. Sie schreit Barrett an, und als Kevin sich umdreht, zerrt sie ihn gerade am Ärmel seines Blazers auf ihren Tisch zu.

»Es riecht *nicht* komisch hier drinnen«, sagt sie. »Du wirst dich hinsetzen und mit unserer Familie essen.«

»Da *sind* ja meine schicken Enkel«, sagt Margaret diplomatisch.

Pierce und Jaime nehmen ohne Getue Platz; Pierce legt sich sogar seine Serviette auf den Schoß.

»Das ist nicht *unsere* Familie«, sagt Barrett. »Das ist *Dads* Familie, und Dad ist nicht mal *hier*.«

Kelley steht auf und packt Barrett am Arm. »Raus«, sagt er. »Sofort.«

»Aber Opa«, wendet Barrett ein.

»Sofort«, wiederholt Kelley.

Jennifer lässt sich auf einen Stuhl fallen. »Chardonnay, bitte«, sagt sie zum Kellner und legt den Kopf in ihre Hände. »Ich hab die Nase voll von dem Jungen. Mir steht's bis … *hierher*.«

»Ich war schlimmer in seinem Alter«, sagt Kevin. »Ehrlich.«

Jennifer zaust Jaime die Haare. Er entwindet sich ihrem Griff und entschuldigt sich auf die Toilette. Pierce steht auf, um ihm zu folgen, und Jennifer sagt: »Nicht beide gleichzeitig.«

»Ich muss aber *auch*«, sagt Pierce.

»Schön!«, sagt Jennifer. »Dann geh!« Sie wendet sich wieder den Erwachsenen zu. »Es ist so schwer, alles allein zu schaffen. Im letzten Jahr war ich ihre Mutter *und* ihr Vater. Und ich versuche, mein Geschäft aufzubauen und mir ein Einkommen zu sichern, falls Patrick nach seiner Entlassung nicht gleich wieder eingestellt wird. Es ist *mühsam*.« Sie sieht Kevin, Kelley, Margaret an. »Ich brauche Hilfe. Seht ihr nicht, dass ich *Hilfe* brauche? Ich weiß, dass die Kinder zu viele Videospiele spielen. Ich weiß, dass sie draußen sein und Ball spielen müssten oder ich ihnen Cribbage beibringen und Jaime abends vorlesen sollte. Ich habe Barrett alle sieben *Harry-Potter*-Bände und Pierce alle drei *Tribute-von-Panem*-Bände vorgelesen. Der Jüngste zieht immer den Kürzeren, und das ist nicht gerecht. Ist es ein Wunder, dass er jede Nacht zu mir ins Bett krabbelt? Er braucht meine Aufmerksamkeit, und die kriegt er nur, wenn ich schlafe.« Jennifer zeigt auf die in Isabelles Armen schlafende Genevieve. »*Das* wünsche ich mir zurück. Ich wünsche mir das Gurren, das zahnlose Lächeln. Ich wünsche sie mir, bevor sie sprechen lernen. Ich wünsche sie mir, bevor sie anfangen, mich zu hassen.«

»Jennifer«, sagt Margaret, »sie *hassen* dich doch nicht.«

»Barrett schon«, sagt Jennifer. »Er wünscht sich, dass ich im Gefängnis wäre statt Patrick ...«

»Nein«, sagt Mitzi.

»Doch, wortwörtlich«, sagt Jennifer. »Und weißt du, was ich Barrett geantwortet habe? Dass ich *nie* im Gefängnis landen würde, weil ich *niemals* die unbesonnenen, unmoralischen Entscheidungen getroffen hätte, die sein Vater getroffen hat.«

Wow. Kevin – und alle anderen am Tisch – sitzen in verblüfftem Schweigen da. Sogar Margaret, die Frau, die sonst eine beredte Antwort auf alles hat, starrt Jennifer entsetzt und sprachlos an. Die Überraschung über diesen Ausbruch ist auch deswegen so groß, weil er vollkommen untypisch für Jennifer ist. Die Frau gibt sich sonst stets cool und gelassen. Kevin fand immer, dass Patrick Glück gehabt hat, Jennifer zu finden, besonders im letzten Jahr, als sie so fest zu ihrem Mann hielt und es irgendwie schaffte, ihr häusliches Leben in Gang zu halten, indem sie die Jungs regelmäßig zum Lacrosse-Training fuhr und praktisch aus nichts einen Hähncheneintopf zauberte.

Jennifers Stimme ist zu laut für das Restaurant. Die Gäste an den Nachbartischen sind schon verstummt und lauschen zweifellos dem Familiendrama der Quinns. Der Kellner, der vielleicht glaubt, dass Jennifer sich über den Service beschwert, bringt ihr den bestellten Wein und verteilt Speisekarten an alle am Tisch.

»Können wir vorher schon mal zwei Portionen Calamari haben?«, fragt Kevin. »Und frittierte Kartoffelschalen für die Kinder?«

Der Kellner nickt und verdrückt sich dann eilig.

»Du hast recht, Jennifer, du hast recht«, sagt Margaret. »Patricks Handeln war kurzsichtig und von Gier geleitet. Er hat dir und den Kindern einen schlechten Dienst erwiesen.«

Noch mal wow, denkt Kevin. Siebenunddreißig Jahre lang hat er Margaret nie ein böses Wort über Patrick sagen hören. Okay, das ist wahrscheinlich übertrieben. Aber es ist ziemlich gut belegt, dass Patrick Margarets Liebling ist, auch wenn sie das nie zugeben würde. Vermutlich ist er auch Kelleys Liebling. Der erstgeborene Sohn, der Thronerbe der Familie Quinn, der Goldjunge.

Es gefällt Kevin nicht, dass sich das Gespräch am Tag von Genevieves Taufe um Patrick dreht. Und er hat auch nicht vergessen, dass er wütend auf Jennifer ist, weil sie ihn nicht vor Norah gewarnt hat!

Wo um alles in der Welt steckt Ava?, fragt er sich.

Kelley kehrt mit einem anscheinend geläuterten Barrett an den Tisch zurück.

»Tut mir leid, Mom«, murmelt Barrett.

Jennifer wischt sich das Gesicht mit einer Serviette ab. Sie hat *komplett* die Fassung verloren. Es ist fast, als sitze hier nicht Jennifer Barrett Quinn, sondern ihre Doppelgängerin oder eine Jennifer, deren Körper entführt und durch eine Außerirdische ersetzt worden ist.

Hat sie was genommen?, fragt Kevin sich.

»Wow«, sagt Kelley. »Ihr seht ja alle total belämmert aus. Was habe ich verpasst?«

»Können wir bitte bestellen?«, fragt Kevin.

Pierce und Jaime kehren zu ihren Plätzen zurück. Pierce hat einen Mistelzweig in der Hand, den er irgendwo im Restaurant mitgenommen haben muss, hält ihn über den Kopf seiner Mutter und gibt ihr einen Kuss. Das entlockt ihr ein Lächeln.

»Ich glaube, ich nehme die Hummersuppe«, sagt Drake.

»Erinnert sich noch jemand daran, wie ...«, sagt Kelley.

»Ja, Dad«, sagt Kevin. *Aus dem Sagenschatz der Familie Quinn*, denkt er, *die Sea-Grille-Episode*. Als Kelley einmal die Hummersuppe bestellte, die mit einer Dill-Blätterteighaube abgedeckt ist, und den Blätterteig durchstach, war gar keine Suppe in der Schüssel.

Die Geschichte muss jedes Mal zur Sprache kommen, wenn sie im Sea Grille essen. Sie ist abgenudelt, aber immer noch besser als eine Erörterung von Patricks Charakterfehlern und der Enttäuschung, die er ihnen allen bereitet hat.

Kevin steht auf, sein fast leeres Bierglas in der Hand. »Ich will nicht länger auf Ava warten«, sagt er. »Ich möchte einen Trinkspruch ausbringen.« Er checkt die Tischrunde, um sich zu vergewissern, dass alle Augen auf ihn gerichtet sind. Mitzi und Kelley, okay, Margaret und Drake, okay, Barrett, okay, Jaime pflückt die Beeren vom Mistelzweig und versucht, sie in seinem Wasserglas zu versenken, Jennifer trinkt von ihrem Wein, Pierce schaut auf etwas unter dem Tisch, wahrscheinlich sein iPhone, Isabelle, okay. Die leeren Stühle – die Geister von Patrick und Bart – scheinen ihn anzustarren, was für Kevin durchaus Sinn ergibt, denn sein Trinkspruch ist eigentlich für sie.

»Viele Jahre lang«, sagt er, »habe ich mich gefühlt wie der Unbedeutende Quinn. Der Nichtstuer Quinn. Der Blindgänger Quinn. Das unscheinbare mittlere Kind. Schließlich hatte ich einen älteren Bruder, der mit seinen grünen Augen Drachen töten konnte, und eine jüngere Schwester mit absolutem Gehör. Und als es gerade so aussah, als wäre mein jüngerer Bruder ein noch größerer Versager als ich, zieht er in den Krieg, um unser Land und unsere Freiheit zu verteidigen.«

Aus Mitzis Richtung ertönt ein Schniefen.

»Aber heute habe ich gesehen, wie mein kleines Mädchen getauft wurde, eine Tochter, die mir meine wunderschöne Verlobte Isabelle Beaulieu geschenkt hat. Manches, was an meinem Leben gut und richtig ist, verdanke ich denen von euch, die schon mit mir zu tun hatten, bevor ich Isabelle kennen lernte: Mom, Dad, Mitzi, Jennifer, Ava und meinen Brüdern Patrick und Bart. Aber jetzt ist die Liebe, die mir Kraft gibt, die mich motiviert und aufrecht hält, meine Liebe zu Isabelle und zu unserer süßen Tochter Genevieve. Auf sie würde ich gern mein Glas erheben. Danke dafür, dass ihr mich gerettet habt. Danke dafür, dass ihr mir Bedeutung verliehen habt. Prost, und Gott behüte euch.«

Prost, Gott behüte euch am ganzen Tisch. Selbst Jennifer hebt ihr Glas.

Sie bestellen. Suppe für Drake, Fladenbrot für Mitzi, Hummerbrötchen für Margaret, Steak für Kelley, Hähnchensticks für Jaime, Burger für Pierce, *nichts* für Barrett, bis er nachgibt und auch den Burger bestellt, Bouillabaisse für Isabelle, gegrillten Schwertfisch für Kevin und einen Salat ohne Dressing für Jennifer. Bevor sie es sich anders überlegt und die frittierten Garnelen mit extra Krautsalat ordert.

Okay, denkt Kevin. Es geht voran. Genevieve schläft in Isabelles Armen, und Isabelle sieht auch schon recht benommen aus. Kevin ist so müde, dass er seinen Kopf auf den Tisch legen und bis zum nächsten Morgen durchschlafen könnte.

Der Kellner geht, und Ava taucht auf. Scott ist nicht bei ihr, wie alle erwartet haben. Sie ist allein, und ihr Gesicht ist knallrot. Sie wirkt wie ein Damm, der kurz vorm Bersten steht.

»Mitzi?«, sagt Ava. »Daddy?«

Alle am Tisch starren sie an.

Margaret scheint zu ahnen, was Ava sagen wird. »Ist was passiert, Liebling?«

»Ich hab gerade im Radio gehört, dass einem der entführten Marines die Flucht gelungen ist. Das US-Militär hat ihn. Er ist in kritischem Zustand und wird zur Behandlung nach Landstuhl geflogen.«

»Was?«, fragt Mitzi.

Margaret springt mit ihrem Handy vom Stuhl auf.

KELLEY

Er ist hier der Patriarch. Es ist seine Aufgabe, Ordnung zu halten und Entscheidungen zu treffen. Sie können nicht sitzen bleiben und ihr Mittagessen genießen; schon jetzt klingt ihre Tischrunde wie eine Straßenschlacht.

Kevin bittet den Kellner, alle Mahlzeiten zum Mitnehmen zu verpacken, und Jennifer willigt ein, zusammen mit den Jungs auf das Essen zu warten, während die anderen sich auf den Rückweg in die Pension machen.

Mitzi zittert so heftig, dass Kelley und Drake sie gemeinsam aus dem Lokal führen. »Einer der Marines konnte fliehen«, sagt sie. »Einer ist entkommen! Das bedeutet, dass seine Kameraden am Leben sind, oder, Kelley? Oder?«

»Das wissen wir nicht«, sagt Kelley. Einer von fünfundvierzig Soldaten ist geflohen. Wie stehen die Chancen, dass es Bart ist? Bei drei Prozent. Und *will* Kelley überhaupt, dass es Bart ist? Der Marine ist in »kritischem Zustand«.

Aber er lebt. Und Mitzi hat recht. Es bedeutet, dass die anderen vielleicht auch am Leben sind.

Hoffnung.

Margaret steht auf dem Parkplatz, ein Ohr am Telefon, das andere mit der Hand abdeckend. Kelley und Drake geleiten Mitzi zum Wagen und helfen ihr hinein.

Kelley wünscht sich, er hätte etwas gegessen. Es geht ihm *gar nicht* gut. Sein Kopf fühlt sich an, als würde er ihm von den Schultern rutschen.

Margaret legt endlich auf und steigt hinten ein. »Innerhalb der nächsten Stunde geben sie seinen Namen bekannt«, sagt sie.

Mitzi jammert vor sich hin. Kelley setzt sich ans Steuer. Eins nach dem anderen. Er muss sie sicher nach Hause befördern.

Hoffnung.

In der Pension versammeln sich alle in der Küche bis auf Isabelle, die das Baby schlafen legt. Jennifer erscheint mit schweren Tüten voller Essensbehälter, die herrlich duften, obwohl niemand Appetit hat.

Kelley schenkt sich eine Tasse Kaffee ein und beginnt, für Mitzi Tee zu machen, den sie, wie er weiß, nicht trinken wird, doch er muss sich irgendwie beschäftigen.

Alle warten darauf, dass Margarets Telefon klingelt.

Es klopft an der Haustür. Ava sieht Kelley an, der wiederum Kevin anschaut. Kevin geht an die Tür, und ein paar Sekunden später kommt George in die Küche spaziert. Kelley legt Mitzi eine schützende Hand auf die Schulter.

»Ich hab die Nachricht gerade gehört«, sagt George, »und hatte das Gefühl, ich sollte herkommen.«

Kelley nickt und bietet ihrem ehemaligen Santa Claus einen Hocker an der Theke an. »Kaffee?«, fragt er.

George holt seinen Flachmann hervor. »Whiskey«, sagt er.

»Gute Idee«, sagt Kevin und gießt sich einen Schuss Jameson ein. »Dad?«

»Nein danke«, lehnt Kelley ab.

Jennifer nimmt ein paar Styropor-Behälter aus einer der Tüten und sagt: »Ich bringe den Jungs ihr Mittagessen nach oben.«

Sobald sie gegangen ist, klopft es erneut.

»Es spricht sich rum«, sagt Kevin und geht an die Tür. Ein paar Sekunden später tritt Scott in die Küche.

»Ich hab es gerade gehört«, sagt er und sieht Ava an. »Alles okay?«

Ava zuckt die Achseln.

»Wir müssen uns in Geduld üben«, sagt Drake.

»Scott, möchten Sie eine Tasse Kaffee?«, fragt Kelley.

»Nein danke, Mr Quinn.«

»Wir haben Sie beim Lunch vermisst«, sagt Kelley.

»Na ja, also …«

Das Klingeln von Margarets Handy unterbricht Scott.

Alle in der Küche verstummen abrupt und starren auf den Namen auf dem erleuchteten Display.

Darcy.

Der Marine heißt William Burke. Er ist zwanzig Jahre alt und aus Madison, Wisconsin. Er wird wegen Schädeltraumas und diverser Knochenbrüche und Fleischwunden behandelt. Eine afghanische Familie hat ihn entdeckt und zu einem US-Stützpunkt am Stadtrand von Sangin gebracht.

»Das ist alles, was wir bisher wissen«, sagt Margaret. »Er lebt, er war stark genug, um zu fliehen, und mein Kontaktmann vor Ort sagt, die Geheimdienstbeamten glauben, dass die meisten oder alle der übrigen Soldaten auch am Leben sind.«

»Die meisten?«, sagt Mitzi.

»Wir wissen es einfach nicht«, sagt Margaret und umarmt Mitzi fest. »Aber das ist eine *gute* Nachricht, Mitzi. Eine *gute* Nachricht.«

Tränen rinnen Mitzi über die Wangen. Margaret sieht Kelley an und sagt: »Der Junge muss überleben. Wenn er überlebt, kann er dem Militär wertvolle Informationen geben.«

»Wertvolle Informationen«, wiederholt Kelley.

»Damit sie Bart finden«, sagt Margaret.

Sein Sohn. Sein kleiner Junge. Der nicht vollkommen ist, keineswegs, aber dennoch sein geliebtes Kind. Ein Kind, an dem er und Mitzi sich erfreut haben und das sie zu schätzen wussten.

Er hört Mitzi flüstern. *Bart Bart Bart Bart Bart.*

Es ist Kelley, der vorschlägt, dass sie in Barts Zimmer gehen, um zu beten. Er und Mitzi, Margaret und Drake, Ava und Scott, Kevin, Isabelle mit Genevieve auf dem Arm, Jennifer und die Jungen und sogar George, sie alle betreten nacheinander den Raum, stellen sich im Kreis auf und ergreifen sich wortlos an den Händen. Es riecht, als wäre Bart noch vor fünf Minuten hier gewesen – nach Marihuanarauch, Tortillachips, schmutzigen Socken.

»Lieber Gott«, sagt Kelley, »wir stehen in Demut vor dir

und bitten um die Heimkehr unseres Sohns, unseres Bruders, unseres Onkels Bartholomew Quinn. Bitte bring ihn sicher zurück auf diese Insel, in dieses Haus, in diese Familie. Und wir beten für die Genesung des Soldaten William Burke und für seine Angehörigen und Freunde …«

Plötzlich kann Kelley nicht mehr atmen. Er bekommt keine Luft mehr in seine Lunge oder aus ihr heraus. Vor seinem geistigen Auge sieht er Barts Gesicht in den Sekunden, nachdem er von einem Baseball getroffen wurde, geworfen von D-Day, der einen Kopf größer und drei Jahre älter war als Bart. Er sieht den Schmerz in Barts Gesicht und den Willen, diesen Schmerz zu verbergen, ihn abzuschütteln, den Wunsch, tapfer zu sein, sich wieder auf die Home Plate zu stellen und erneut zu versuchen, den Ball zu treffen. *Du hast mir nicht wehgetan, du hast mir keine Angst gemacht, wirf noch mal!* Das ist dieselbe Haltung, die er auch jetzt einnehmen wird, wo immer er sein mag. Bart ist ohne Angst aufgewachsen, weil er nie einen Grund hatte, Angst zu haben. Er war sich mehr als seine älteren Geschwister seines Talents, seines Charmes, seines Glücks immer sicher. Er ist irgendwo am Leben und plant tapfer seine eigene Flucht.

Kelley wird seinen Sohn wiedersehen.

Es ist diese Gewissheit, die ihm alle Luft aus der Lunge saugt.

»Amen«, sagen alle.

Kelley fällt zuerst auf die Knie und bricht dann auf dem Boden zusammen.

»Kelley!«, schreit Mitzi.

Kevin und Ava wählen gleichzeitig den Notruf. Drake kniet sich hin, um Kelleys Puls zu messen. Kelley hört ihn sagen: »Er ist bewusstlos.«

Bart, denkt Kelley. *Das ist eine gute Nachricht*, denkt er.

»Kelley, Schatz, bitte wach auf«, sagt Mitzi. »Bitte, Kelley. Verlass du mich nicht auch noch.«

JENNIFER

Kelley wird ins Nantucket Cottage Hospital gebracht, wo man ihn über Nacht zur Beobachtung und Untersuchung behalten wird. Es ist Erschöpfung, glaubt der Arzt. Stress, Unterzuckerung. Nichts Besorgniserregendes fürs Erste.

Um vier Uhr, nachdem sich die Situation beruhigt hat, setzt Jennifer sich im Wohnzimmer auf einen Sessel, von dem aus sie die glitzernden Lichter und drolligen Anhänger des Christbaums sehen kann. Sie ruft im Gefängnis in Shirley an, um mit Patrick zu sprechen. Die Wirkung der Oxy hat nachgelassen, und sie widersteht der Versuchung, noch eine zu nehmen. Sie fühlt sich ausgelaugt und ist mit den Nerven am Ende.

Das Einzige, was sie nie enttäuscht, ist der Klang von Patricks Stimme, der immer so glücklich über ihren allwöchentlichen Anruf ist. Er hört sich an, als hätte er eine Woche lang die Luft angehalten.

»Hey, meine Schöne«, sagt er. »Weißt du, wie sehr ich dich vermisse? Weißt du, wie sehr ich dich *liebe*?«

»Ja«, sagt sie. »Und *ich* vermisse und liebe *dich*.«

»Wie war das Wochenende?«, fragt er. »Erzähl mir alles.«

Jennifer holt tief Luft. »Dann mach dich auf was gefasst«, sagt sie. »Es könnte eine Weile dauern.«

Anmerkung der Autorin

Am Freitag des Adventsbummel-Wochenendes 2014 verlor ich eine Person, die ich sehr lieb hatte. Sie heißt Grace MacEachern, und als sie – ganz plötzlich, im Schlaf – verstarb, war sie achteinhalb Jahre alt.

Graces Eltern Matthew und Evelyn sind Freunde von mir. Evelyn ist mir so lieb und teuer, dass ich in ihr eher eine Schwester als eine Freundin sehe. Ein Außenstehender könnte also meinen, dass ich, selbst Mutter, den Verlust, den meine Freunde erlitten haben, und ihren unvorstellbaren Schmerz nachempfinde. Es ist jedoch mehr als das; ich teile ihn, denn ich hatte immer das Gefühl, dass Grace nicht nur das Kind meiner Freunde, sondern auch *meine Freundin* war.

Ich bin Romanautorin, aber schaffe ich es, Grace angemessen zu beschreiben? Ich werde es versuchen.

Grace strotzte vor Leben. Sie war voller Leidenschaft. Sie war ein außergewöhnlicher Mensch und hatte ein breites, wunderschönes, ansteckendes Lächeln. Obwohl sie mit einer Vielzahl körperlicher und medizinischer Probleme konfrontiert war, unterließ sie es nie, zu *strahlen* und in rasanter Abfolge eine Million Fragen zu stellen. (»Hi, wie geht's dir? Was hast du gefrühstückt? Was isst du zum Mittagessen? Hast du Lotion dabei? Hast du Lippenbalsam? Bist du schwanger?«) Sie kannte mich seit früher Kindheit beim Namen, und wenn sie mich erblickte, kam sie auf mich zugerannt und umschlang meine Beine. Ihr Griff war eisern. Ich schmeichle mir gern selbst mit dem Gedanken, dass ich für Kinder etwas Besonderes bin und sie magnetisch anziehe, aber in Wahrheit hatte Grace zwei Passionen: Lippenbalsam und Cupcakes. Mit einer konnte ich immer dienen (ich bin nie ohne Lippenbalsam unterwegs), mit der anderen zu fünfzig Prozent (Cupcakes; wie wir alle wissen, koche und backe ich gern).

Wenn ich im vergangenen Sommer, als ich gegen Brustkrebs kämpfte, immer wieder OP-Termine im Mass General hatte, deponierten Evelyn und Grace jedes Mal Macarons aus der Petticoat Row Bakery auf meiner vorderen Veranda. Grace mochte sie besonders gern und ich ebenfalls, und so besorgte Grace sie mir, weil sie wusste, dass ich krank war und die Macarons mich erfreuten. Grace wollte, dass in ihrem Umfeld alle glücklich und gesund waren. Sie hatte ein verblüffendes Gespür für Menschen, auch für Erwachsene, gerade für Erwachsene. Mit ihrem freundlichen und fürsorglichen Wesen und ihrer Fähigkeit zur Empathie war sie ihrem Alter weit voraus.

Das Adventsbummel-Wochenende auf Nantucket Island ist ein magisches Ereignis, das ich immer lieben werde. Allerdings wird es nach dem Verlust meiner kleinen Freundin nie wieder dasselbe sein wie zuvor. Ich hatte sie lieb, sie ist nicht mehr da, und ich vermisse sie. Ich staune über die Kraft und Zuversicht ihrer Eltern und ihrer zwei Brüder. Alle meine Leser, die Kinder haben, bitte ich demütig: Umarmt sie heute Abend ein bisschen fester, für Grace, gebt ihnen noch einen Kuss, für Grace.

Das Leben ist sehr, sehr kostbar.

Fröhliche Weihnachten.

Elin Hilderbrand

hat ihre besten Ideen am Strand oder in den belebten Straßen von Boston. Ihre drei Kinder beknien sie regelmäßig, im Beisein von anderen Leuten nicht lauthals zu singen oder zu tanzen. Die Autorin, die Käsefondue nicht widerstehen kann und es liebt, den Weihnachtsbaum gemeinsam mit ihren Kindern zu schmücken, lebt mit ihrer Familie auf Nantucket. Ihre Bücher stehen regelmäßig in den Top Ten der *New York Times*-Bestsellerliste.

Von Elin Hilderbrand außerdem bei Goldmann lieferbar:

Sommerhochzeit. Roman (auch als E-Book erhältlich)
Sommerabend. Kurzgeschichte (als E-Book erhältlich)
Das Sommerversprechen. Roman (auch als E-Book erhältlich)
Sommerwolken. Kurzgeschichte (als E-Book erhältlich)
Winterglanz. Roman (auch als E-Book erhältlich)
Das Licht des Sommers (auch als E-Book erhältlich)